Michael Köhlmeier

Zwei Herren am Strand

Roman

Carl Hanser Verlag

2 3 4 5   18 17 16 15 14

ISBN 978-3-446-24603-4
© Carl Hanser Verlag München 2014
Alle Rechte vorbehalten
Satz: Gaby Michel, Hamburg
Druck und Bindung: Friedrich Pustet, Regensburg
Printed in Germany

MIX
Papier aus verantwor-
tungsvollen Quellen
FSC® C014889

für Michael Krüger

Kleiner Mann: »Ich habe einen Schirm.«

»Schön dein Schirm, schön groß.«

Kleiner Mann: »Es regnet aber nicht.«

»Stimmt. Du hast einen Schirm, weil es regnen könnte. Es sieht ganz danach aus. Schau, die dunklen Wolken!«

Kleiner Mann: »Wenn es regnet, spanne ich den Schirm nicht auf.«

»Warum das? Da wirst du doch nass, und der Schirm kann dich vor der Nässe schützen, und wenn man nass ist und durchnässt, kann man leicht krank werden.«

Kleiner Mann: »Ich spanne den Schirm nicht auf, weil er neu ist.«

»Hast du Angst, dass er kaputt gehen könnte?«

Kleiner Mann: »Wenn ich ihn nicht aufspanne, wird er nicht kaputt.«

»Da hast du recht. Dann könntest du ihn aber gleich zu Hause lassen.«

Kleiner Mann: »Wenn ich ihn zu Hause lasse, fragen mich die Leute, ob ich keinen Schirm habe.«

Monika Helfer, *Die Bar im Freien*

Erster Teil

1

Am Weihnachtstag 1931, gegen Mittag – so erzählte mir mein Vater –, stand ein Mann auf den Stufen zum Eingang des Hauses 119 East 70th Street in Manhattan, New York. Er wollte Mr. Winston Churchill besuchen, der hier vorübergehend bei seiner Cousine weilte.

Der Besucher war nicht angemeldet, das Personal kannte ihn nicht, weder der Butler noch die Krankenschwester, und dass er behauptete, Charlie Chaplin zu sein, wies ihn in ihren Augen als einen gefährlichen Irren aus. Sie drohten mit der Polizei, der Butler schließlich sogar mit einer Brown Bess Muskete, die allerdings nicht funktionstüchtig war, sondern für gewöhnlich als eines von zwei Erinnerungsstücken aus dem Unabhängigkeitskrieg über der Garderobe in der Lobby hing. Erst als der Mann, die Hände zu einem Trichter an den Mund gelegt, so laut er konnte – er konnte nicht laut –, durch den Türschlitz, in dem sein Knie klemmte, rief: »Winston, Winston, ich bin es, Charlie. Ich bin da, Winston. Ich bin gekommen!«, und Churchill, dessen Zimmer sich glücklicherweise im Parterre befand, seinerseits, so laut er konnte – auch er konnte in diesen Tagen nicht laut –, zurückrief – »Glad tidings you bring!« –, ließ man ihn eintreten.

Churchill saß im Bett. Vor sich hatte er ein Nudelbrett als Schreibunterlage, mit Hand beschriebene Blätter, Füllhalter und Buntstifte. In einer Ecke standen eine übermannshohe Staffelei und ein Tisch, voll mit Tuben, Pinseln, Flaschen, Töpfen. Neben dem Kopfkissen stapelten sich Bücher. Den Oberkörper hatte er frei, die linke Schulter und die linke Brusthälfte waren bandagiert, Arm und Hals gelb von alten Blutergüssen.

Chaplin erinnerte sich: »Tränen kippten aus seinen Augen.«

Zehn Tage zuvor hatte Churchill einen Unfall gehabt. Er war – wie es nicht seiner Gewohnheit entsprach – zu Fuß und allein auf der 76th Street unterwegs gewesen, hatte an diesem überraschend milden Winternachmittag die Fifth Avenue überqueren und durch den Central Park spazieren wollen, um im Museum of Natural History seinen Freund und Berater in finanziellen Belangen Bernard Baruch zu treffen. Die beiden, das war schon lange ausgemacht und immer wieder verschoben worden, wollten sich den *Star of India* zeigen lassen, den größten Saphir der Welt, und anschließend in Baruchs Apartment zu Abend essen. In Gedanken abgelenkt, blickte er nach rechts, wie er es von England gewohnt war, setzte einen Fuß auf die Fahrbahn und wurde von einem Auto erfasst und über den Gehsteig geschleudert. Er verletzte sich schwer an der Schulter, im Gesicht, an der Hüfte und am linken Oberschenkel. Der Fahrer des Unfallwagens, ein italienischstämmiger Elektriker, war als erster zur Stelle; er war es auch, der sich um die Ambulanz kümmerte. Churchill wurde ins nahegelegene Lenox Hill Hospital gebracht, wo man ihn trotz seiner Proteste für eine Woche behielt. Die Ärzte diagnostizierten obendrein eine Gehirnerschütterung, sein Gleichgewichtssinn war gestört, vorübergehend konnte er nichts sehen, weil sich die Augen rasend schnell bewegten, auch übergab er sich mehrere Male.

Durch die Indiskretion eines Pflegers bekam die Presse Wind davon. Weil die Ärzteschaft sich geschlossen weigerte, mit den Reportern zu reden, rächten sich diese mit Erfindungen. Konnte man in der *New York Times* lesen, Churchill gehe es den Umständen entsprechend gut, er grüße vom Krankenbett aus den freundlichen Elektriker aus Napoli, der sich so rührend um ihn bemüht habe, hieß es am folgenden Tag im *Wall Street Journal*, Churchill schwebe zwischen Leben und Tod, und das *New York Journal* mutmaßte gar, wenn der ehemalige britische Schatzkanzler wider Erwarten überlebe, werde er wahrscheinlich nie wieder gehen und höchstwahrscheinlich nie wieder sprechen können, seine politische Karriere sei auf alle Fälle beendet. Zeitungen und Radiosender in aller Welt übernahmen die Meldungen; in London rief der Dekan von Westminster zum Gebet in die Kathedrale.

Chaplin hielt sich zu dieser Zeit in Großbritannien auf. Nach der englischen Premiere von *City Lights* im Londoner *Dominion Theatre* Ende Februar war er mit seiner Entourage durch Europa gereist, hatte Berlin besucht, München, Venedig, Wien, Paris, war in einer Limousine den Atlantik entlang nach Aquitanien gefahren und hatte in Südfrankreich seinen Bruder Sydney getroffen und ihn überredet, sich ihnen anzuschließen. Auf dem eben erst vom Stapel gelaufenen italienischen Luxusdampfer *Augustus* hatten sie nach Algier übergesetzt, wo sie von einem weiteren halben Dutzend Freunden empfangen wurden, und waren schließlich mit vier rauhen Geländewagen im Convoy durch Nordafrika gekurvt.

In diesem Jahr hatten sich Churchill und Chaplin bereits zweimal getroffen: in London nach der Filmpremiere – daran erinnerte sich Chaplin nicht gern – und im September, mehr oder weniger zufällig, in Biarritz. Und sie hatten Gelegenheit gefunden, miteinander allein zu sein und lange Gespräche zu führen, über die sie absolutes Stillschweigen bewahrten – was die als besonders neugierig bekannten englischen Journalisten in Weißglut und Spekulation trieb. Die wohlwollenden flunkerten über ein gemeinsames Filmprojekt, andere deuteten an, Künstler und Politiker seien in windige Börsengeschäfte verwickelt, die bösartigen witterten etwas jüdisch Verschwörerisches. Eine Zeitlang beherrschten Tratsch und Klatsch über dieses seltsame Paar die Gesellschaftsspalten der britischen Zeitungen, »Seriöses« war allerdings nicht zu erfahren. Die Protagonisten hatten einander in Pfadfinderart geschworen, niemandem über ihre Spaziergänge und Gespräche zu berichten.

Auch Churchill war in diesem Jahr viel gereist, hatte sich in Frankreich und Deutschland aufgehalten. Den Herbst hatte er zu Hause in Chartwell verbracht, seinem Landhaus über den Wiesen des Weald of Kent, »in der denkbar besten Laune«, wie er an den Architekten

Philip Tilden schrieb; und das, obwohl seine politische Laufbahn an ihrem Ende angelangt schien, nachdem er sich wieder einmal mit der Führung der Konservativen überworfen hatte und nach den Oktoberwahlen für keine politische Funktion mehr in Betracht kam. »Ich habe die Absicht, als Schriftsteller viel Geld zu verdienen«, schrieb er – man glaubt, den Befehlston seiner Stimme zu hören –, »hier liegt meine Begabung und meine Bestimmung. Ich werde als Schriftsteller in die Geschichte eingehen, nicht als Politiker.« Wahr ist, dass er zu dieser Zeit, er war achtundfünfzig, einen Großteil seines Einkommens über die Schriftstellerei bestritt, mit Kolumnen und Artikeln für Zeitungen und Zeitschriften aus aller Welt und den Tantiemen seiner Bücher (unter anderem *The World Crisis*, die vierbändige Geschichte des Krieges 1914–1918 und *My Early Life*, seine Jugenderinnerungen, beides Bestseller). Nun hatte er einen neuen Stoff: die Lebensgeschichte seines Vorfahren John Churchill, des ersten Herzogs von Marlborough, dem es am Beginn des 18. Jahrhunderts gelungen war, die Mächte Europas gegen die Hegemonialpolitik des französischen Königs Ludwig XIV. zu vereinen. Den bei den Historikern in Ungnade gefallenen Duke zu rehabilitieren, war ein früher Jugendtraum gewesen. Als Churchill im Dezember nach Amerika aufbrach, hatte er bereits zweihundert Seiten diktiert und korrigiert.

Chaplin wollte über Weihnachten in London bleiben und nach Neujahr in das warme Kalifornien zurückkehren. In den Zeitungen war zu lesen, der Filmstar plane eine Christmas-Feier für die Waisenkinder der Hanwell Schools, wo er selbst die einsamste und bitterste Zeit seiner Kindheit verbracht habe. Er hatte der Schule einen Besuch abgestattet und war überwältigt gewesen von der Liebe, mit der ihn die Buben und Mädchen empfingen – »eben nicht als Hollywood-Star, sondern als einen der ihren«, wie er – dies sehr wohl – einem Reporter erzählte. Als er von Churchills Unfall erfuhr, sagte er die Weihnachtsfeier kurzerhand ab und buchte eine Überfahrt nach New York.

Chaplin misstraute den Horrormeldungen. Er wusste aus eigener

Erfahrung, welchen Genuss eine bestimmte Sorte von Journalisten verspürte, einem einst Hochgejubelten Schmerzen zuzufügen, indem sie Lügen über ihn verbreitete. Er machte sich keine Sorgen um das Leben, nicht einmal allzu große Sorgen um die physische Gesundheit Churchills. Der Gemütszustand des Mannes aber ließ ihn bange sein.

Dies alles habe ich über meinen Vater erfahren.

2

Mein Vater war als Kind Chaplin und Churchill begegnet, beiden in unserer kleinen Stadt, beiden zur gleichen Zeit; sie waren auf ihn aufmerksam geworden, hatten sich mit ihm abgegeben und hatten ihn gelobt. Sehr gern möchte ich davon später ausführlicher erzählen. Mein Vater hatte in seiner Jugend und seinem frühen Erwachsensein mit diesen Vorbildern gelebt; er hätte sich ebenso gut vorstellen können, ein Clown zu werden wie ein Staatsmann. Geworden ist er Beamter der kommunalen Marktaufsicht, hat die Milch von den umliegenden Bauernhöfen kontrolliert, hat Bierproben gezogen und den Zuckergehalt von Rübensirup gemessen.

Nach dem Tod meiner Mutter lebten mein Vater und ich allein und weit weg von Freunden. Wir blieben stumm und reglos am Küchentisch sitzen, wenn jemand an der Wohnungstür klingelte. Wir brachten die Tätigkeiten des Tages hinter uns wie Teile einer Maschine, deren Aufgabe es ist, Melancholie zu erzeugen. (Mein erstes abendfüllendes Programm, da war ich bereits Ende Zwanzig, trug denn auch den Titel *Die Melancholiemaschine*: Ein Mann macht seinen Haushalt, alles geht schief, das Gesicht habe ich mir bei Buster Keaton abgeschaut, das Publikum brüllte vor Lachen.) Dann begann mein Vater zu trinken und trank von Anfang an sehr viel. Irgendwann schleifte ich den Bewusstlosen am Arm ins Schlafzimmer und zog ihm vor seinem Bett Mantel, Jacke und Schuhe aus. Beim Frühstück sagte ich, ich hätte keine Lust mehr zu leben. Er weinte und trank nichts mehr.

Nach seinem Abitur hatte mein Vater Geschichte studieren wollen, der Krieg war ihm dazwischengefahren, nun beabsichtigte er, das

Versäumte nachzuholen. Churchill hatte sich über seine schwerste Zeit gerettet, indem er die Biografie des 1. Duke of Marlborough schrieb; mein Vater wollte sich – und mich – retten, indem er eine Biografie über Churchill schrieb. Ich kam gerade in die Schule, als er damit begann. Er ließ mich an seiner Arbeit teilhaben und erklärte mir auch seine Absicht. Wenn ein Mensch sehr traurig ist, sagte er, sei es ratsam, dass er sich von sich selbst ablenke. Es gebe einige Begabte, denen gelinge es, so zu tun, als wären sie ein anderer; sie schauen sich selber an, schütteln den Kopf über sich selbst oder nicken beifällig, sie nehmen sich ernst, aber nicht allzu ernst; auf diese Weise gelinge es ihnen, ohne Schaden über die Traurigkeit hinwegzukommen. Die meisten Menschen aber sähen immer und überall in sich selbst nur sich selbst, was ja auch kein Wunder sei, sei man selbst ja man selbst. Diese könnten nicht so tun, als wären sie ein anderer, ihnen bleibe nichts anderes übrig, als so zu tun, als wäre ein anderer sie. Und das sei gar nicht so schwer. Am besten gelinge das, wenn man das Leben eines anderen nacherzähle. Churchill habe das Leben des 1. Duke of Marlborough nacherzählt, er erzähle das Leben Churchills nach.

Allein zu diesem Zweck lernte er Englisch; er konnte es gut lesen und gut schreiben, gut sprechen konnte er es nie. Er brachte seine Arbeit im Amt hinter sich und dann las und lernte er, las bis spät in die Nacht hinein; las, während ich neben ihm mit meinen Klötzen spielte, las, während ich meine Hausaufgaben machte, las, während ich kochte und meinen Eintopf auf unsere Teller häufte, lernte, während er die Wäsche aufhängte und während er die Wäsche bügelte. Er strebte keinen akademischen Grad an, aber am Ende seines Lebens verfügte er über ein historisches Wissen, vor dem mancher Universitätsprofessor in Verlegenheit geraten wäre.

In unserer Stadt gab es mehr Theater und Kinos als anderswo, und überall wurde Lustiges gezeigt. Mein Vater meinte, er und sein Sohn seien zu einsam und lachten zu wenig. Er schlug vor, zweimal in der Woche ins Theater oder ins Kino zu gehen. Ich sah meinen ersten Chaplin-Film – *Limelight* – und sah meine ersten Clowns – Alfredo Smaldini, Arminio Rothstein alias Habakuk und den unvergleichlichen Charlie Rivel. Ich interessierte mich für Clowns, mein Vater sagte, Clown sei ein ehrenwerter Beruf. Er besorgte mir Bücher mit Biografien berühmter Komiker und mit Sketches und Anleitungen zu Pantomimen, und ich probierte, die Nummern nachzuspielen. Wir hatten schöne Abende. Er erzählte mir, was er gelesen hatte und was er zu schreiben gedenke, ich spielte ihm vor, was mir an Komischem eingefallen war. Er lachte über meinen Clown, wie ich ihn nie hatte lachen sehen. Wir beide lachten sehr viel in dieser Zeit. Ich konnte mir vorstellen, wenn ich groß bin, eine Biografie über Charlie Chaplin zu schreiben, wie er – nun schon seit etlichen Jahren – an einer Biografie über Winston Churchill schrieb.

Ich wurde Lehrer für Geschichte und Literatur an einem Gymnasium. An den Wochenenden trat ich als Spaßmacher auf, erst gemeinsam mit einer Kollegin, dann allein, später, als ich meine Lehrerstelle aufgab und nur noch den Beruf des Clowns ausübte, zusammen mit einer lebensgroßen Puppe.

Im Herbst 1974 nahm mein Vater in Aachen an einem Symposion anlässlich des 100. Geburtstags von Winston Churchill teil. Er saß im Rathaus unter den Zuschauern, als Mr. William Knott – »The *very private* Private Secretary to a *very prime* Prime Minister« – auf der Bühne von dem Journalisten und Churchill-Biografen Sebastian Haffner interviewt wurde. Nach der Veranstaltung – die im selben Saal stattfand, in dem Churchill 1956 den Karlspreis entgegengenommen hatte – hielt mein Vater den unscheinbar aussehenden, ebenso verschlossen wie extrovertiert wirkenden Zeitzeugen am Ärmel fest und sprach ihn in Schriftenglisch an. Offenbar waren die Fragen, die er an ihn richtete, so originell, dass sich Mr. Knott diesen Übergriff nicht nur gefallen ließ, sondern obendrein für den folgenden Tag eine Einladung zu Mittagessen und anschließendem Spaziergang annahm.

Aus dieser Begegnung entstand eine Brieffreundschaft, die es auf zwei bis drei nicht selten an die zehn Seiten umfassende Schreiben pro Woche und Person brachte und zehn Jahre hielt, bis zum Tod von William Knott.

Das Konvolut (über 1000 Seiten) mitsamt einigen fotokopierten Dokumenten habe ich dem *Churchill Archives Centre* in Cambridge übergeben, wo es von Montag bis Freitag zwischen 9–17 Uhr eingesehen werden kann.

3

Dass Chaplin und Churchill niemandem, auch nicht den engsten Freunden, von ihren Spazierganggesprächen erzählten (»talk-walks«, wie der geschmeidige Chaplin sagte, »duck-walk-talks«, wie der korpulente Churchill selbstironisch verdrehte und ergänzte), hatte einen Grund, nämlich das Thema derselben: der Freitod.

Mit anderen Dingen hielten sie sich nicht auf. Sie hatten wenig gemeinsame Interessen und zu viele trennende Ansichten. Sie verzichteten auf Höflichkeitsfloskeln, kürzten ab, indem sie Persönliches, das sich nicht auf die Sache bezog, übersprangen, und schlossen dort an, wo sie ihren Gedankenaustausch vor Monaten, manchmal vor Jahren unterbrochen hatten. Sie besprachen Motive und Techniken, sich das Leben zu nehmen, diskutierten Peristase und Ambiente der letzten Tage und Stunden berühmter Selbstmörder – Vincent van Gogh, Seneca, Ludwig II. von Bayern, Lord Lyttelton, Hannibal oder Jack London (dem Chaplin noch persönlich begegnet war und der ihm die Idee zu *The Gold Rush* geliefert hatte) und analysierten ihre eigenen aktuellen Befindlichkeiten, indem sie die genannten Beispiele dazu in Vergleich brachten. Sie waren sich jederzeit gewärtig, dass sie des Trostes bedurften; klagten vor ihren Nächsten gern, dass sie – beide hatten einen Hang zu Pathos und Weinerlichkeit – ihr ganzes Leben des Trostes bedurft hatten. (Zu ihrem beiderseitigen Erstaunen stellten sie fest, dass sie, längst bevor sie sich kennen gelernt hatten, jeder einen kleinen Essay zu diesem Begriff hatten schreiben wollen. Ohne voneinander zu wissen, waren sie von T. S. Eliot dazu aufgefordert worden. Der berühmte englische Dichter, selbst geplagt von Depressionen, hatte für seine Zeitschrift *The Criterion* ein ABC des Trostes geplant, Chaplins und Churchills Beiträge wären aufeinanderfolgend erschienen. Aus irgendwelchen Gründen war nichts daraus geworden.)

Schon nach ihrem ersten Treffen hatten sie sich vorgenommen, einander wenigstens einmal im Jahr zu sehen und dann mindestens zwei Stunden zu gehen. Beide waren sie keine großen Spaziergänger, und die Natur mit ihren Vögeln, Blumen, Gerüchen und Farben beachteten sie erst, sobald sie sich ihrem Formwillen fügte – Chaplin, wenn er ihre Wirkung vor der Kamera im Gesicht des Tramps spiegelte, Churchill, wenn er in Chartwell den Garten gestaltete, als wäre er ein dreidimensionales, allen Sinnen zugängliches Gemälde, also ein Ding aus seiner Hand. Bei ihren Spaziergängen zwangen sie sich dazu, auf die Natur zu achten und sie gelten zu lassen als einen Zustand, der weder ihres Zutuns noch ihrer Beurteilung bedurfte; wobei – das gestanden sie sich, halb amüsiert, halb bestürzt, ein – sie nicht zu artikulieren vermochten, was sie unter Natur eigentlich verstanden. Einmal, es war bei einer Wanderung über einen schmalen, steilen Weg durch die Malibu Hills, blieben sie vor einem Busch stehen, der über und über mit kleinen blutroten Früchten behangen war. Als nach Minuten keiner von ihnen etwas gesagt hatte, fragte Chaplin, was der Grund für ihr andächtiges Schweigen sei. Churchill antwortete, Verlegenheit. Chaplin sinnierte, sie hätten wohl noch einen weiten Weg vor sich. Worauf sich Churchill umdrehte und über die mit dürrem Gras bestandenen Hügel blickte, abermals den Kopf wandte und vorausblickte und nickte und Blick und Nicken sogleich kommentierte: »Dies ist unser Weg! Dies! Nur so viel, um Ihre Metapher abzuschwächen.« – Metaphern könne man sich nur leisten, wo es nicht ums Ganze geht.

Trost, sagten sie sich, sollte er wirken und vorhalten, musste geplant sein – nicht anders als ein Antrag im *House of Commons* oder der Bau eines Schwimmbeckens, nicht anders als die Vorbereitung eines Films. Die Qualität eines Plans aber hänge ab von der Methode seiner Erstellung. Sie befahlen – ja, befahlen! – sich eine Methode, die alles Pathetische, Sentimentale, Moralische, das Weinerliche, Erpresserische, Fatalistische und die nutzlosen Gottverwünschungen und Weltempörungen eliminierte. Tatsächlich gelang es ihnen, über sich selbst und eine mögliche Selbstauslöschung zu sprechen, als würde über eine dritte Person verhandelt, die nicht anwesend war und deren Gedanken und Schicksal mehr ihr wissenschaftliches oder ästhetisches Interesse weckte, als dass Mitleid für sie empfunden wurde. Churchill bemerkte später rückblickend, dass in ihren Gesprächen die Passivkonstruktionen dominierten – nicht er und sein Freund *verhandelten*, sondern »es wurde verhandelt«, nicht sie *hatten* ein wissenschaftliches Interesse, sondern »es wurde geweckt«, nicht sie *empfanden* Mitleid, sondern »Mitleid wurde empfunden«. Chaplin brachte ihre Gesprächshaltung auf die Formel: »Nüchtern bis zur Erleuchtung.«

Diese Gespräche waren oft lustig, sehr lustig. Aber sie waren nicht lustig gemeint. Manchmal trugen sie Früchte: Die Szene aus *City Lights*, in der sich der reiche Mann die Schlinge eines Seils um den Hals legt, dessen Ende an einem schwerer Stein befestigt ist, den er ins Wasser stoßen will, wovon ihn der Tramp verzweifelt abzuhalten versucht, was damit endet, dass der Tramp selbst ins Wasser fällt – diese Szene hatten sie sich gemeinsam ausgedacht, da kannten sie einander gerade einmal ein paar Stunden.

Chaplin wusste also Bescheid über Churchills immer wiederkehrenden Gemütszustand finsterer Ausweglosigkeit – den »schwarzen Hund«, wie Samuel Johnson diesen Bastard aus fehlgeleiteten Impulsen und verpantschter Gehirnchemie genannt hatte. Er wusste, dass Churchill, der Inbegriff britischen Draufgängertums, immer wieder in den Zwinger der Bestie hineingeriet, ohne dass er vermocht hätte, dagegen Vorkehrungen zu treffen; dass ihn das Tier hinterrücks anfiel und ihn, den Inbegriff des Rhetorikers, innerhalb weniger Stunden zu einem ängstlichen Stammler werden ließ, der bald nur mehr *einen* Begriff denken und nur noch in einsilbigen Worten sprechen konnte. Mit niemandem, auch nicht mit seinen

Ärzten, hatte Churchill je ausführlicher und ehrlicher über dieses Leiden gesprochen.

Churchill wiederum war unterrichtet über die Angstzustände, die dem größten aller Leinwandkünstler in den Tagen und Wochen nach Fertigstellung eines Films zusetzten, ihn knechteten, ihn manchmal bis zur Sprachlosigkeit lähmten und mit dem Gefühl völligen Vernichtetseins alleinließen. Beide hielten sie nicht viel von der Philosophie, schon gar nicht von der deutschen, aber Nietzsches Meinung, dass der Gedanke an Selbstmord ein starkes Trostmittel sei, mit dem man über manch böse Nacht hinwegkomme, teilten sie; obwohl keiner von ihnen die Stelle benennen konnte, wo das geschrieben stand.

Damit dieses radikalste Trostmittel nicht irgendwann als einziges übrig bliebe, darum hatten Churchill und Chaplin beschlossen, einander immer wieder zu treffen; denn wenn es einen gäbe, der den anderen von diesem Weg abhalten könne, dann er oder er.

4

Ihr erstes Zusammentreffen hatte in Chaplin ein starkes Gefühl der Dankbarkeit hinterlassen; und weil Dankbarkeit – wie Gerechtigkeit, Freiheit, Höflichkeit und ein paar weitere -heit- und -keit-Wörter – zur Grundausstattung des Tramps gehörte, hielt er sehr viel von ihr.

Die Begegnung hatte im sogenannten »Ocean House« oder »Beach House« der Schauspielerin Marion Davies in Santa Monica stattgefunden. Miss Davies war die Geliebte des Verlegers und Medien-Tycoons William Randolph Hearst und dies schon seit vielen Jahren. Zur Einweihung des Strandhauses mit seinen einhundert Zimmern waren zweihundert Personen eingeladen worden, lauter Berühmtheiten aus Politik, Film, Wirtschaft, Wissenschaft. Chaplin wollte eigentlich nicht kommen. Douglas Fairbanks und Mary Pickford, seine loyalsten Freunde in Hollywood, hatten ihn schließlich überredet.

Das war im Frühjahr 1927 gewesen – für Chaplin eine schreckliche Zeit. Seine zweite Ehe war zerbrochen. Lita und ihre Anwälte hatten den schmutzigsten Rosenkrieg angezettelt, an den sich die amerikanische Presse erinnern konnte (die für diesen Krieg ausreichend Munition lieferte). Sie wollten Charlie Chaplin ruinieren, finanziell und gesellschaftlich, und sie hatten gute Aussichten. Sie verklagten nicht nur ihn, sondern auch sein Studio und seine Firma *United Artists*. Sie setzten Verfügungen gegen die National Bank of Los Angeles, die Bank von Italien und andere Geldinstitute durch, bei denen sie Teile von Chaplins Vermögen vermuteten, immerhin eines der größten der Filmbranche.

Gerüchte wurden verbreitet, Charlie habe vor der Ehe und während der Ehe immer wieder Sex mit Minderjährigen gehabt. In

schreienden Lettern wurde von einer gewissen Lillita Louise Mac-
Murray berichtet, die als Fünfzehnjährige in die Klauen des Unholds
geraten sei. Bald stellte sich heraus, dass es sich bei der Genannten
um keine andere als um Chaplins Frau handelte, die höchstpersönlich
den Prozess gegen ihn führte, die sich als Künstlerin Lita Grey und
in ihren alltäglichen Geschäften weiterhin stolz und frech Lita Grey
Chaplin nannte. Die Zeitung kommentierte diese groteske Peinlichkeit mit keinem Wort, entschuldigte sich natürlich auch nicht, sondern deckte schon den nächsten Skandal auf: Als Lita zum ersten Mal
schwanger gewesen war, sei sie von Chaplin kurzerhand aus der Besetzung für *The Gold Rush* geworfen worden; statt ihrer habe er eine
gewisse Georgia Hale für die weibliche Hauptrolle besetzt, eine sech-
zehnjährige Schönheitskönigin aus Chicago. Außerdem habe er Lita
gezwungen, die Geburt ihres gemeinsamen Sohnes geheimzuhalten,
damit dieses Ereignis nicht einem »viel wichtigeren«, nämlich der
Premiere des Films, in die Quere komme. Er habe einen Arzt besto-
chen, das Geburtsdatum von Charles jun. um ein paar Tage später an-
zugeben. Die jüngste von Chaplins Liebhaberinnen, konnte man bald
lesen, sei noch nicht dreizehn gewesen, ein Mädchen aus gottesfürch-
tiger Familie, das von zu Hause weggelaufen sei, weil sie mit ihrem
Vater Streit gehabt habe. Chaplin habe die Weinende am Straßen-
rand aufgelesen und mit nach Hause genommen und ihr den gütigen
Onkel vorgespielt, wofür er zweifellos Talent habe. Das Mädchen,
heute eine Frau, wurde in der Zeitung zitiert, er habe ihr vorgelogen,
es sei alles in Ordnung, er sei mit ihrem Vater in Verbindung getreten, der habe ihn sogar ausdrücklich gebeten, »seine Hand über sie zu
halten«; was er – in welcher Form, darüber wolle man aus Rücksicht
auf die Sensibilität der weiblichen Leserschaft schweigen – auch getan habe. Chaplin klagte, und die Zeitung wurde gezwungen, eine
Entgegnung zu drucken; was sie auch tat – winzigklein auf Seite 5
und ein Jahr später.

In ihrem Kreuzzug ließen Litas Anwälte und die Reporter bald
keine Geschmacklosigkeit, keine Niederträchtigkeit aus. Die Ankla-

geschrift – die der Presse zugespielt wurde – schilderte neben seeli-
schen Grausamkeiten, die Chaplin seiner Frau angetan habe, dann
doch detailreich und ohne Rücksicht auf die »Sensibilität der weiblichen Leserschaft« gewisse Sexualpraktiken, die in den USA unter
Strafe standen und die er von ihr Nacht für Nacht verlangt haben
sollte. Noch war frisch im öffentlichen Gedächtnis der Skandal um
Fatty Arbuckle – einen Freund von Chaplin aus frühen Tagen –, den
das Gericht vom Vorwurf des Totschlags an einer Schauspielerin
während einer Sexorgie zwar freigesprochen hatte, nichtsdestoweni-
ger war die Karriere des Mannes beendet, er war ein Wrack. Es war
offensichtlich, dass Lita und ihre Anwälte Chaplin in das gleiche Eck
drängen wollten: nicht nur Kinderschänder, sondern auch pervers.
Frauenverbände forderten landesweit einen Boykott von Chaplins
Filmen, vor den Studios wurde demonstriert, die Gebäude wurden
von den Zwangsverwaltern unter Bewachung gestellt, jeder Kleider-
bügel, den ein Boy von A nach B trug, wurde registriert, zwei seiner
Trampkostüme wurden konfisziert.

Chaplin erlitt einen Nervenzusammenbruch, tagelang war er
nicht in der Lage zu sprechen. Er unterbrach die Arbeiten an *The
Circus* für unbestimmte Zeit, was *United Artists* täglich ein Vermögen kostete. Er zog sich aus der Öffentlichkeit zurück, übersiedelte
in ein Hotel, sein Haus am Summit Drive verwaiste, die einzigen,
zu denen er Kontakt hielt, waren die Fairbanks. Dass Marion Davies
Mr. Charles Chaplin zur Einweihung ihres Strandhauses einlud, war
ein Statement. Douglas und Mary hatten gemeint, er dürfe diese
Sympathieerklärung nicht zurückweisen.

Churchill war nicht von Marion Davies eingeladen worden, sondern
von Hearst; der aber war nicht gekommen, er und seine Geliebte hatten sich an diesem Tag gestritten. Churchill kannte niemanden persönlich, etliche von Angesicht. Die meiste Zeit stand er draußen auf
der Strandterrasse neben einer der Säulen, den Mantel übergehängt,
als wolle er gleich gehen. Chaplin, weil er nicht erleben wollte, wie

man ihn mied, zog sich ebenfalls zurück, noch ehe man ihn mied, und stellte sich an die Säule daneben. Vom Pazifik herauf zog ein kalter Wind. Als im Salon die in dieser Saison berühmte und laut Ankündigung unberechenbar extravagante Edythe Baker Klavier spielte und dazu sang und tanzte, waren Chaplin und Churchill bald die einzigen draußen.

Churchill fragte, ob Chaplin ihn auf einem Spaziergang über den Strand begleiten wolle. Chaplin gab zu bedenken, dass sie mit ihren feinen Partyschuhen im Sand versänken und die Schuhe ruinierten und nasse Füße bekämen. Ob ihn das störe, fragte Churchill. Es störte ihn nicht. Im Gegenteil, allein diese Frage, sagte Chaplin, erleichtere sein Herz.

Nachdem sie mit hochgezogenen Hosenbeinen über den Sand gelaufen und auf dem harten feuchten Streifen nahe am Wasser angelangt waren, wo sie parallel zu den erleuchteten Strandhäusern von Santa Monica Beach nordwärts gingen, fragte Churchill: »Sind Sie krank?«

»Sehe ich so aus?«, fragte Chaplin zurück.

»Ja.«

»Wie sehe ich aus?«

»Wie ein Mann, der an Selbstmord denkt«, hatte Churchill geantwortet.

»Das können Sie in der Dunkelheit nicht beurteilen.«

»Ist es so?«

Bei anderer Gelegenheit erklärte einer dem anderen, er habe in diesem Augenblick beschlossen, sich nicht vorzustellen. Beide fanden die Aussicht auf eine Beichte im Schatten von Nacht und Anonymität verlockender als eine namentliche Bekanntschaft mit welcher Zelebrität auch immer. Sie gaben zu, vielleicht nicht die Person des anderen erkannt zu haben, sehr wohl aber die Persönlichkeit, und meinten damit deren Drangsal. Chaplin – der ohne Zweifel eine Affinität zu romantischen Archetypen hatte – sagte, es sei ihm ein Schauder über den Rücken gelaufen bei dem Gedanken, einem Doppelgänger zu begegnen, freilich einem, dem er nicht im geringsten ähnlich sah, einem zweiten Ich im fleischlichen Kleid eines anderen, sozusagen. Churchill – auch er war in seinem Herzensgrund geprägt von den verführerischen Überspanntheiten des 19. Jahrhunderts (Bram Stoker, der Autor von *Dracula*, war immerhin ein Freund seines Vaters gewesen, und über Robert Louis Stevensons Novelle *Strange Case of Dr Jekyll and Mr Hyde* hatte er seine erste Rede gehalten, als Fünfzehnjähriger in der Harrow School als Abschlussarbeit im Englischunterricht) –, Churchill bestätigte, ihm seien ähnliche Gedanken durch den Kopf gegangen, und dass er und Mr. Chaplin erstens äußerlich, zweitens nach ihrer Herkunft und vor allem drittens in ihren politischen Ansichten sich voneinander gar so stark unterschieden, habe das Unheimliche an der Sache nur noch gesteigert, zugleich aber auch ein Gefühl nie gekannter Vertrautheit in ihm aufgerufen.

»Ist es so?«, fragte Churchill wieder.

»Ja, es ist so«, antwortete Chaplin.

5

Wenige Monate vor seinem Tod, im Sommer 1977, sprach Chaplin – inzwischen Sir Charles Chaplin – ausführlich und ein letztes Mal in seinem Leben mit einem Journalisten, mit Josef Melzer, der von einem deutschen Nachrichtenmagazin den Auftrag erhalten hatte, »dem Geheimnis der Lichtgestalt des Lichtspieltheaters auf die Spur zu kommen, bevor sie sich selbst in Licht auflöse« – so Melzer im Vorwort zu seinem Buch (J. M., *Chaplins Tugend*, W. Kert Verlag, Bern 1979), das mir neben dem Briefwechsel zwischen meinem Vater und William Knott die ergiebigste Quelle für meinen Bericht ist. Melzer besuchte Chaplin im *Manoir de Ban*, seiner Villa in den Weinbergen oberhalb von Vevey mit Blick auf den Genfer See. Churchill war seit zwölf Jahren tot. Chaplin fühlte sich nicht mehr an seinen Pfandfinderschwur gebunden und gewährte Einblick in das intime Thema dieser von aller Welt als kurios empfundenen Freundschaft und erzählte auch von ihrer ersten Begegnung am Strand von Santa Monica.

Er habe, erinnerte er sich, zunächst gebangt, der andere, wer immer er auch sein mochte, könnte ihn erkennen und sich entweder mit Abscheu von ihm abwenden oder in ein solidarisches Mitleid verfallen, je nachdem zu welchem Lager er sich rechnete und welche Zeitungen er las. Der Gedanke an einen Suizid sei zwar, wie der Fremde richtig erkannt habe, durch die mediale Hetze der vorangegangenen Wochen gefährlich akut geworden, diese Option habe ihn allerdings schon seit seiner Kindheit begleitet. Eine himmelschreiende Tatsache sei ihm wieder einmal klar geworden, diesmal am Strand unter dem Sternenhimmel des kalifornischen Februars: Er hatte in seinem an Freunden so reichen Leben bisher nicht einen getroffen, mit dem er über dieses Thema hätte sprechen können.

Der Fremde deutete auf die Wunde. »Erzählen Sie einfach«, sagte er. »Ich höre Ihnen zu.«

»Ich war verlegen, wie und wo ich anfangen sollte«, sprach Chaplin Josef Melzer aufs Band. »Meine Erinnerungen überfielen mich wie ein Sturzbach. Ich meine: gewisse Erinnerungen. Es war, als wäre in meinem Gedächtnis ein Filter eingebaut, der ausschließlich die Erinnerungen an meine Selbstmordgedanken durchließ. Ich sah mich als einen Mann, der nun seit achtunddreißig Jahren durchs Leben hampelte und dabei alles Mögliche unternahm, damit er sich nicht am nächsten Baum aufknöpfte oder sich von der nächsten Brücke stürzte oder eine Pistole kaufte, was damals das Leichteste auf der Welt war, um sich eine Kugel durch den Kopf zu schießen.«

Aber, entgegnete Melzer, er könne doch nicht vergessen haben, auch in so einem Moment nicht, dass er, und das dürfe ohne Übertreibung behauptet werden, nicht nur der beliebteste Schauspieler, sondern der beliebteste Mensch der Welt gewesen sei.

»Ich«, rief Chaplin aus, »ich? Meinen Sie? Meinen Sie tatsächlich? Was meinen Sie damit? Ich war niemand! Alles war der Tramp! Jeder, der mich auf der Straße erkannte, der mir bis vor kurzem zugejubelt hätte, jeder sah in mir den Tramp. Geliebt wurde der Tramp. Als wäre er nicht ich. Als wäre er ein anderer. Ein Kommentator schrieb, es müsse doch eine Möglichkeit geben, mir zu verbieten, weiterhin den Tramp zu spielen, ich sei dieser Rolle nicht mehr würdig. Litas Anwälte prüften, ob eine einstweilige Verfügung auf die Figur des Tramps beantragt werden könnte. Jetzt, da mich alle verfluchten, glaubten sie, hinter Charlie mein wahres Ich zu sehen. Sie hatten in mich investiert, ihre Liebe, ihre Hoffnungen, ihre Schadenfreude, nun fühlten sie sich betrogen. Diesem Fremden am Strand von Santa Monica, so bildete ich mir ein, war es gleichgültig, wer ich war. Ich glaubte, er wisse nichts. Ich glaubte, er sehe in mir weder Charlie, den Tramp, noch Charles Spencer Chaplin, das Monster. Ich glaubte, er war mir gesandt worden, von irgendwoher, ihm wollte ich alles erzählen. Aber ich wusste nicht, wie und wo ich beginnen sollte, ohne meine Identität preiszugeben. Viel mehr, als dass wir beide Engländer waren, haben wir einander nicht verraten.«

Und so habe er beschlossen, nicht einen aktuellen Bericht seiner Drangsal zu liefern, sondern von deren Anbeginn zu erzählen – was ihn nicht weniger Mühe gekostet habe.

»Ich«, sagte er, blieb stehen, verschränkte die Arme eng vor dem Körper und wiegte sich zu einem imaginären Rhythmus, wie es seine Art war, wenn er seiner Sekretärin die Zwischentitel zu einem Film diktierte, »ich gehöre zu der seltenen Sorte von Menschen, die schon im Alter von sechs Jahren ernsthaft darüber nachdachten, freiwillig aus dem Leben zu scheiden.«

Churchill, weil er fürchtete, sich zu erkälten, wenn er sich nicht bewegte – erzählte er fünfzehn Jahre später seinem Privatsekretär William Knott –, legte seine Hand an Chaplins Schulter und schob ihn sanft voran, was auch als eine Geste der Teilnahme verstanden werden konnte. Hinter den letzten Häusern war die Welt schwarz und das Wasser nicht vom Land zu unterscheiden. Er meinte, in der Dunkelheit würde es seinem neuen Freund leichter fallen, »von den Klippen zu erzählen, über die er als Kind in das böse Maul geblickt hatte«. Er habe entschieden, dass beim Rückweg er drankam. Auch er wollte erzählen. Er wollte, dass sich ihr Spaziergang nach dieser Dramaturgie gestaltete.

»Ich höre Ihnen zu«, sagte er, »und wenn Sie wünschen, dass ich eine Meinung abgebe, genieren Sie sich nicht, es mir zu sagen.«

Aus Chaplins Schilderung dieses Abends erfahren wir, dass er von seiner Mutter erzählte, die Soubrette auf Varietébühnen gewesen war und ein bisschen eine Schauspielerin dazu – »von hellem Teint und veilchenäugig, mit Haaren bis zu den Kniekehlen«.

Er habe Churchill gefragt, ob in seinen Kreisen Lokalitäten wie das *London Pavilion* ein Begriff seien oder das *Alhambra* oder das *Poly Variety Theater*? Oder die *Canterbury Music Halls* oder die

Gatti's Music Halls? Aber gewiss doch das *Empire* am Leicester Square?

»Tut mir leid«, verneinte Churchill.

»Schade. Hätte ja sein können, dass Ihr Vater eines dieser Etablissements irgendwann einmal besucht und Ihnen davon erzählt hat. Wer weiß, vielleicht von einem Auftritt meiner Mutter. Oder dass Sie selbst dort waren. Wäre ein schöner Zufall gewesen.«

Sein Vater, erzählte er, sei ebenfalls als Sänger aufgetreten und ein bisschen als Imitator dazu. Seine Eltern hätten durchaus eine Karriere vor sich gehabt, die einiges zum Prahlen hergegeben hätte. Der Vater habe jeden belehrt, der es hören wollte, und die anderen auch: Die Kunst sei allein dazu gut, dem Künstler etwas zum Prahlen zu geben. Weil er sonst nämlich nichts habe. Außer Schnaps. Von dem habe der Vater am Ende zu viel gehabt. Auf dem einzigen Kranz an seinem Grab stand: »Für die Kunst gestorben.«

Die Mutter, erzählte Chaplin, habe ihn und seinen Bruder allein großgezogen. Das heiße: groß nicht, gezogen schon, wenigstens über die ersten Jahre – von einer Rattensuite in die nächste, dazwischen abgestellt in Waisenhäusern.

Und da war eine Kollegin der Mutter, Eva Lester, genannt die »Schneidige« – *Dashing Eva Lester* –, sie stieß eines Tages zu der Truppe im *Empire*. Sie war schön, rücksichtslos, ehrgeizig. Die Mutter rückte in die zweite Reihe, dann in die dritte, dann war sie nur mehr Reserve. Schließlich zog sie sich aus dem Showgeschäft zurück. Sie empfand das Ende ihrer Karriere als Schande und versicherte deshalb in alle Richtungen, es sei ihr freiwilliger Entschluss, sie wolle sich von nun an nur noch um ihre beiden Söhne kümmern. Geld war nicht da. Sie wurden delogiert, fanden Unterschlupf als Aftermieter in einem Kellerloch.

»Aber!«, rief Chaplin aus. »Aber!«

»Aber?«, fragte Churchill.

»Aber die Welt ist gerecht!«

»Ist es so?« Die drei »S« verzischten ineinander.

»Ja, so ist es«, sagte Chaplin.

Das Zischen in Churchills Stimme habe von Anfang an seine parodistische Lust aufgestachelt, das gebe er zu; diese Lust sei eine Sucht, dessen sei er sich inzwischen bewusst geworden, sie habe in seinem Leben schon genug Unheil angerichtet; ganz gleich, welches Gesicht er bei seiner Einvernahme durch den Scheidungsrichter aufgesetzt habe, immer habe sich dieser von ihm gespiegelt und verspottet gefühlt.

»Als ich« – er mahnte sich vor dem folgenden Wörtchen zur Disziplin – »sechs Jahre alt war, nahm mich meine Mutter eines Tages mit auf die East Lane. Um etwas Essbares aufzutreiben. Wir begegneten Eva Lester. Sie war nun nicht mehr schneidig, nein. Ein Elend war sie. Sie kauerte in einer Hausecke, streckte eine dürre schmutzige Hand aus. Die Haare hatte sie geschoren, der Schädel war voll blutverkrusteter Abszesse. Sie hatte nicht einen Zahn mehr im Mund. Sie sah aus wie eine Greisin und war doch jünger als meine Mutter. Sie sagte, nett zu sehen, dass wenigstens du es geschafft hast. Ja, sagte meine Mutter, ich hab's geschafft. Das sagte meine Mutter, stellen Sie sich vor! Sie nahm Eva mit nach Hause in unsern Keller. Sie wusch sie. Sie behandelte den Schorf auf ihrem Kopf. Sie cremte ihren Körper ein und kochte für sie. Als sie tobte, gab sie ihr von dem Schnaps, den sie von unserem Vater geerbt hatte.«

Sydney, der Bruder, vier Jahre älter als Charlie, hatte eine Arbeit als Zeitungsausträger und ein paar andere Jobs, er war tagsüber auf der Straße – »der Ritter unserer Wohlfahrt«, wie ihn die Mutter nannte. Die Mutter verdiente mit Näharbeiten ein paar Schillinge. Dazu musste sie aber außer Haus, weil sie keine eigene Nähmaschine besaß. Charlie war die meiste Zeit allein mit Eva. Sie führte ihn ins Leben ein, so nannte sie es.

»Für Menschen, wie wir welche sind«, sagte sie, »ist kein Glück reserviert. Weißt du, Kirschäuglein, das Schönste, was dem Menschen geschenkt werden kann, ist die Gnade. Und es ist das einzige zugleich. Alles andere ist Leckerei, die gleich weggeputzt ist. Wenn

Leute reich sind, ist bewiesen, dass ihnen die Gnade geschenkt wurde. Wenn sie schön sind und schön bleiben über ihr Leben und sich alle zwei Jahre einen flotten Anzug kaufen können und in einem Restaurant nicht erst auf die rechte Seite der Speisekarte schielen, bevor sie bestellen, dann sind sie in der Gunst der Gnade. Und nun schau mich an und schau deine Mama an. Und schau dich an. Wie sehen wir aus? Und noch etwas musst du wissen, du bist ja dünn wie eine Flunder: Was einer werden kann, das ist er schon. Was willst du einmal werden?«

Er sagte, er wolle Künstler werden, wie sein Vater einer gewesen war, wie seine Mutter eine sei. Da erklärte ihm Eva, was ein Künstler ist – nämlich einer, der sich die Gnade erschleichen möchte; einer, der den Dreh raus hat, der dahintergekommen ist, wie es geht.

»Und wie geht es?«, fragte Charlie bange.

»Ich sag's dir. Dir sag' ich's, Kirschäuglein. Aber es ist riskant.«

Der Künstler betrüge den lieben Gott. Das und nichts anderes sei Kunst. Gott hat ihm die Gnade des Talents gegeben, und wozu nützt er sie? Er zeigt auf der Bühne einen Menschen, und entweder macht er ihn besser, als er ist, oder schlechter. Immer ist es eine Missbilligung von Gottes Werk.

»Und das merkt der liebe Gott nicht?«, fragte Charlie.

»Doch, das merkt er«, sagte Eva. »Fast immer merkt er es.«

»Und was tut der liebe Gott, wenn er es merkt?«

»Er haut den Künstler zusammen, das tut er. Schau mich an. Schau deinen Vater an. Schau deine Mama an.«

Er könne noch heute in seinem Herzen den Nachhall der Erschütterung fühlen, die Eva Lesters Worte in ihm angerichtet hatten, gestand der Achtundachtzigjährige dem Reporter Josef Melzer. Mit einem Mal seien ihm die Welt und die Menschen darin grell ausgeleuchtet erschienen, eine Elendsstätte voller Elendswesen, die sich gegenseitig stoßen und es zu nichts bringen. Nichts Edles mehr war am Untergang seines Vaters, nichts Edles mehr am Scheitern seiner Mutter, nichts Heroisches am Pfenniglaufen seines Bruders, keine

Vorwärme einer besseren Zeit im Umkreis des kleinen Kohleofens in ihrem Keller, der, wenn möglich, nur abends geheizt werden sollte. Er war sechs Jahre alt gewesen, und er habe sich gedacht: Ich habe keine Chance.

»Dabei war ich ein schlauer Kerl, müssen Sie wissen«, sprach Chaplin Josef Melzer ins Mikrophon. »Ich traute mir zu, die Menschen zu betrügen. Es würde unendlich schwer sein und ein unendlich böses Werk, aber ich traute es mir zu, und es bereitete mir kein mürrisches Gewissen. Die Menschen zu betrügen traute ich mir zu. Die Menschen *und* Gott zu betrügen, das traute ich mir nicht zu. Dass Schauspielerei Betrug ist, das hat mein Vater immer behauptet, und es hatte ihm Freude bereitet, die Menschen hinters Licht zu führen. Dass man aber auch Gott betrügen musste, wollte man als Künstler erfolgreich sein, davon hatte er nichts gesagt. Er war achtunddreißig Jahre alt geworden und hat von dieser finsteren Ehre nichts gewusst. Ich wusste davon mit sechs Jahren. Ohne dass ich die Worte dafür gekannt hätte, wusste ich, dass der gescheiterte Künstler entweder elend wie Eva Lester endete oder in einem abgefeimten Konformismus, was sogar schlimmer war, weil ohne Ehre, denn er hatte aufgegeben, wenigstens zu versuchen, Gott zu betrügen. In den meisten Fällen jedoch lebten und starben Künstler arm *und* ehrlos und waren vergessen, ehe auf ihrem Grabhügel ein Kraut gewachsen war. Diese Erkenntnis war erschütternd.«

»Wie hat sich diese Erschütterung auf das Kind ausgewirkt?«, fragte Josef Melzer; er war etwas ratlos, eben weil er meinte, in dem alten Gesicht eine Spur jenes Nachhalls zu lesen, sich aber nicht sicher war, ob hier nicht vielleicht doch Betrug am Menschen geübt wurde, konkret: Betrug an ihm.

Ähnlich hatte auch Churchill gefragt, am Strand von Santa Monica; er aber ohne einen Hintergedanken. Ihm sei nun sehr recht gewesen, dass sie in der Dunkelheit gingen und der Ozean die Nuancen seiner

Worte übertönte. Er spürte, dass ihm die Stimme wackelte und die Tränen aufstiegen, und auch wenn er über genügend Selbsterkenntnis verfügte, um einschätzen zu können, dass dies zu neunzig Prozent seinem Hang zur Sentimentalität zuzuschreiben war, genügten ihm zehn Prozent, um seiner Hand zu erlauben, die Hand des anderen zu suchen.

»Ich lief an diesem Nachmittag davon«, antwortete Chaplin. »Ich lief zur Themse hinunter und über die Tower Bridge, stieg beim Pool auf eine Mauer und hangelte mich an den Haken hinauf, bis ich oben bei den Holzkränen anlangte, dreißig Yards über dem Wasser. Ich setzte mich rittlings auf eine der Seilwellen und kämpfte mit mir. Ob ich springen sollte. Oder nicht springen sollte. Was konnte aus mir anderes werden als ein Künstler? Kein anderer Beruf kam für mich in Frage, wie auch für meinen Vater und für meine Mutter nie ein anderer Beruf in Frage gekommen war. Ihnen war es nicht einmal gelungen, die paar Dutzend Besucher im *Empire* am Leicester Square zu betrügen. Wie denn Gott, der in die Herzen sehen konnte!«

Sie waren eine gute Stunde gegangen, vorbei an Pacific Palisades mit den schmucken Strandhäusern, die meisten waren dunkel, weil nur im Sommer an den Wochenenden bewohnt. Sie erreichten die Stelle, wo jenseits des Strandes, der hier deutlich breiter war, der Sunset Boulevard in den Pacific Coast Highway mündete.

»Es genügt«, sagte Chaplin. »Ich habe erzählt, was ich erzählen wollte. Danke. Kehren wir um.«

»Nun also ich«, sagte Churchill.

6

Dass auch er zu der seltenen Sorte
von Menschen gehöre, die schon im Alter von sechs Jahren ernsthaft
darüber nachdachten, freiwillig aus dem Leben zu scheiden.

Sein Vater – damit begann er – sei nicht stolz auf ihn gewesen. Es
habe keinen Grund gegeben, stolz auf ihn zu sein.
Bis zu seinem sechsten Lebensjahr sei er ein glückliches Kind gewesen. Seine Eltern waren außer Landes, er wurde von einer Kinderfrau betreut. Erzogen wäre zu viel gesagt. Die Frage, was aus dem
Kind einmal werden würde, stellte sich die Frau nicht. Er stammte
aus einer Familie, die nicht untergehen konnte. Außerdem besaß er
eine Schiffsflotte, tausend Zinnsoldaten, eine Laterna Magica und
eine Dampfmaschine mit einem Dutzend kleiner und großer Be-
triebe, darunter eine Brauerei, ein Sägewerk, eine Schmiede, eine
Schiffswerft, eine Schusterwerkstatt und sogar ein Elektrizitätswerk.
Die Maschine auf Höchstleistung aufzuheizen, dauerte einen halben Tag, die Soldaten in Schlachtposition zu bringen, einen ganzen.
Am Abend schlief er mit dem Gefühl ein, etwas Wertvolles getan zu
haben. Nie wieder in seinem Leben war er so wortreich und phanta-
sievoll gelobt worden wie von seiner Kinderfrau, Mrs. Everest. Bis zu
seinem sechsten Lebensjahr glaubte er, das intelligenteste Kind auf
Erden zu sein. Was er trieb, erschien ihm nicht als Spiel, sondern als
Arbeit, nicht weniger wertvoll als die Arbeit seines Vaters, über die er
nur wusste, dass sie für das Empire von größter Bedeutung war.
    Seine Eltern kamen zurück, gerade zwei Wochen hatte er sie für
sich, dann steckten sie ihn ins Internat. Und nach weiteren zwei Wochen wusste er, dass er nicht das intelligenteste Kind auf Erden war,
sondern das dümmste.

Er hatte Heimweh nach Mrs. Everest; vermisste ihre entschiedene Art, die Butterbrote zu schmieren und das Kopfkissen aufzuschlagen, ihre Schadenfreude, wenn der Hund seinem eigenen Schwanz hinterherhetzte; er hatte Sehnsucht nach ihrem staunenden Gesicht, wenn er ihr zeigte, was er gebaut hatte, nach ihren martialischen Ausrufen, wenn er ihr erklärte, wie die britische Flotte unter Admiral Nelson bei Trafalgar den Franzosen und Spaniern eine Niederlage zufügte. Mrs. Everest hatte gejauchzt, als würde es eben erst geschehen. Und es geschah eben jetzt, er steckte in Nelsons Haut. »Mit einer alles zerschmetternden Salve brachte *ich* den Feind zum Wanken«, deutete er um, was ihm Mrs. Everest aus einem historischen Werk für die Jugend vorgelesen und was er auswendig gelernt hatte. Was für ein Zauber, was für eine Lust: eine winzige Änderung – aus »he« mach »I« –, und er war mitten im Geschehen, er, Winston Leonard Churchill! *Er* gab die Befehle, *er* ersann Strategien, *er* stand auf der Brücke der *HMS Victory* und schaute übers Meer auf die feindliche Armada, *er* wurde vom König zum Viscount erhoben. Und Mrs. Everest lieferte die Posaunen dazu, indem sie fluchte, dass es bis in den Garten hinaus hallte, auf Napoleon fluchte – »Dimwit! Know-it-all! Dunderhead!« –, auf den spanischen Admiral Pierre de Villeneuve fluchte – »Arse-licker! Filthy swine! Wimp!« –, besonders laut und derb aber auf jenen französischen Füsilier, der vom Besanmast der *Redoutable* aus den tödlichen Schuss auf Nelson abgegeben hatte – »Go to hell, damn bastard!« Dies seien, erklärte sie ihrem Schützling, nachdem die Emotionen etwas abgekühlt waren, Ausdrücke, die er allesamt ruhigen Gewissens auch vor seinen Eltern verwenden dürfe –, wenn die Rede zum Beispiel auf Napoleon komme; in diesem Fall werde er sogar Lob ernten. Andere Wendungen aus ihrem Repertoire, wie »I'll have your guts for garters«, solle er besser für sich behalten, ebenso ihr Lieblingswort für alles, was sich ihrem Willen und ihrer Vorstellung widersetzte: »Brewed yellow shit!«

Mrs. Everest war sehr stolz auf ihren Liebling. – Dass er der dümmste Schüler werden würde, der je in der ehrwürdigen St.-

James-School unterrichtet worden war – gegen solche Prophezeiung hätte sie ihr Leben in die Schlacht geworfen.

Auch der Direktor konnte den Berichten seiner Lehrer nicht glauben. Er wollte nicht glauben, dass ein Knabe dieser Abstammung auf keine einzige Frage eine Antwort wusste. Er konnte nicht glauben, dass er nach einem Dreivierteljahr Unterricht nur Striche auf die Schiefertafel gemalt hatte, wo Ziffern und Buchstaben geschrieben werden sollten.

Am Beginn des neuen Schuljahres ließ er ihn zu sich kommen und legte ihm ein Blatt Papier vor. Darauf stand:

mensa = der Tisch
mensae = des Tisches
mensae = dem Tisch
mensam = den Tisch
mensa = O Tisch!
mensa = mit dem Tisch

Das solle er auswendig lernen und sich Anwendungen ausdenken. Eine halbe Stunde habe er Zeit.

Winston dachte nach und schrieb:

Der Tisch steht im Zimmer.
Der Teller steht an der Kante des Tisches.
Die Vase steht auf dem Tisch.
Ich schiebe den Tisch unter das Fenster.
Mit dem Tisch verbarrikadiere ich die Tür.

Was *O Tisch!* bedeutete, wusste er nicht.

»Es ist der Vokativ«, erklärte ihm der Direktor. »Du weißt also nicht, was der Vokativ ist?«

»Nein.«

»Man benützt den Vokativ in einem Gespräch mit dem Tisch.

Wenn du mit dem Tisch sprichst oder ihn anrufst, zum Beispiel: O Tisch, bleib stehen! Dann musst du den Vokativ verwenden.«

»Aber ich spreche nicht mit Tischen«, sagte er, »und schon gar nicht, wenn sie sich bewegen.«

»O doch!«, beharrte der Direktor. »Wenn du die lateinische Deklination lernen willst, musst du dich auch herablassen und mit einem Tisch sprechen, und erst recht, wenn er sich bewegt.«

»Das will ich aber nicht.«

»Du musst! In dieser Schule musst du!«

Die Anekdote ist bekannt. Churchill hat sie in *My Early Life: A Roving Commission* erzählt; keine Lebensbeschreibung des Staatsmannes, in der sie nicht zitiert wird.

Was in dem Buch als echt britische, absurd heitere Begebenheit geschildert wird, machte in Wahrheit die Ruhe des sechsjährigen Winston hin. Er habe gedacht: Ich bin nicht in einer Schule. Das hier ist keine Schule. Das hier ist ein Irrenhaus. Hier wird mit gehenden Tischen gesprochen.

Die Sehnsucht nach Mrs. Everest brannte in ihm, die Sehnsucht nach ihrem Lob, ihrer Begeisterung, auch ihren Flüchen; er sah sie in seiner Erinnerung, wie sie mit gerafften Röcken neben dem Hansom cab hergelaufen war und seinen Vater angefleht hatte, ihrem Liebling das bitte nicht anzutun, und er sah seinen Vater unter dem gezwirbelten Schnauzbart lachen und ihr durchs Fenster der kleinen Kutsche zurufen, die St.-James-School sei um Himmelswillen nicht der Tower und sein Sohn nicht Eduard V.; und da war nun endlich eine Gewissheit in ihm: Nicht nur der Direktor und die Lehrer dieser Schule, sondern auch sein Vater und, wer weiß, vielleicht auch seine Mutter, die nur gelächelt hatte, waren zu den Irrsinnigen zu zählen. Das ganze Empire bis auf ihn und Mrs. Everest war in Wahrheit irrsinnig. Wie sonst sollte sein Vater eine so wichtige Person sein und wie St. James so eine berühmte Schule?

Was damals weiter geschah, ist in Churchills Jugenderinnerungen ausgelassen; darüber hatte er bis dahin mit niemandem gesprochen, nicht mit Mrs. Everest, nicht mit seinen Eltern, auch später nicht mit seiner Frau. Dem Fremden am Strand von Santa Monica aber wollte er es erzählen.

Er sei noch im Direktorzimmer gestanden, dessen Wände mit dunklem Holz verkleidet waren, in dessen Mitte der Schreibtisch stand, vor dem sich alle Schüler fürchteten, denn nie hatte es etwas Gutes bedeutet, vor diesem Schreibtisch stehen zu müssen. Der Direktor sei schon bei der Tür gewesen, habe schon die Hand an die Klinke gelegt, was hieß, dass die Unterredung beendet war und er, der Schüler, nun zurück in die Klasse gehen durfte. Er aber habe sich nicht von der Stelle gerührt. Im Geiste, erzählte Churchill dem Fremden, habe er Mrs. Everest vor sich gesehen, die bittend neben der Kutsche hergelaufen war, bis sie nicht mehr konnte und stehenblieb. Und auf einmal sei ihm gewesen, als stehe in ihm einer auf, einer, der viel größer war als er, ein Halunke, ein Trunkenbold, ein Totschläger mit Worten, ein Held der Niedertracht, der lachte wie der Mann, der manchmal nachts Mrs. Everest besuchte und den er nie gesehen, nur gehört hatte. Nun brach es aus ihm heraus. Er hatte sich Mrs. Everests Flüche gemerkt, vor allem die bösen, keinen hatte er vergessen, *diese* Vokabeln merkte er sich. Eine Stimme, die ihm selbst fremd war, die in den eigenen Ohren wie die Stimme eines Erwachsenen klang, sprach ohne Eile, ohne sich zu verhaspeln, nahezu ohne Leidenschaft einen Fluch nach dem anderen dem Direktor mitten ins Gesicht hinein.

So sehr sei der Mann erschrocken, dass ihm nichts einfiel. Ihm fiel nichts ein, was er sagen sollte, ihm fiel nichts ein, was er tun sollte. Also sagte er nichts und tat nichts.

In derselben Nacht, erzählte Churchill weiter, habe er sich aus dem Schlafsaal geschlichen, sei im Flur durch eines der Fenster gestiegen und an der Dachrinne entlang vom ersten Stock in den Hof geklettert. Das Internat war von einer Mauer umgeben, die den Schülern gleich an ihrem ersten Tag vom Direktor präsentiert wurde: damit sie jede Hoffnung fahren ließen, es könne von hier ein Entkommen geben. Die Mauer war fünf Meter hoch und glatt verputzt und auf ihrer Krone mit Eisenspitzen besetzt, die aussahen, als wären sie Verzierungen, die aber messerscharf seien, wie der Direktor feixte. Er wusste nicht, was er tun sollte. Nur in den Schlafsaal zurück wollte er nicht mehr. Er wollte mit niemandem sprechen. Er wollte nie mehr mit einem Menschen sprechen. Er drückte sich an der Hauswand entlang, damit er von den Fenstern aus nicht gesehen werden konnte. Er war barfuß und trug nichts weiter als sein Nachthemd. Er fiel in einen Kellerschacht, schlug sich den Kopf an, meinte, er sei gestorben. Eine Weile brauchte er, um sich zu orientieren. Das Fenster zum Keller war nicht größer als sein Schulranzen. Es war mit einem Tuch verhängt. Er zwängte sich hinein und rollte drinnen über eine Rampe auf einen Kohlenhaufen. Er ertastete sich den Ausgang aus dem Kohlenschlupf und fand einen Lichtschalter. Eine Glühlampe brannte irgendwo. Er ging von Kellerabteil zu Kellerabteil, durch Vorratsräume und Weinlager, vorbei an Abstellkammern und Karzerräumen. Am Ende stand er vor einer Eisentür, die verschlossen war, in deren Schloss aber ein Schlüssel steckte. Er sperrte auf und trat ein. Es war ein enger Raum, in dem der Hauptschalter und die Sicherungen für den elektrischen Strom untergebracht waren. Davon verstand er etwas. An seine Dampfmaschine war eine ähnliche Anlage in Kleinformat angeschlossen, zusätzlich eine kleine Turbine, die aus dem Dampfdruck Strom erzeugte. Der Hauptschalter war ein Hebel, der aussah wie ein Y. Durch die beiden Holme floss der Strom. Darunter lagen die Leitungen frei. Einem Impuls folgend legte er die Hand auf die Kupferdrähte. Er wurde durch die Tür geschleudert. Im ganzen Haus war die Stromversorgung unterbrochen.

Man fand ihn bewusstlos mit Verbrennungen an der Hand und am Unterarm. Die Internatsleitung beschloss, den Eltern nicht Meldung zu erstatten. Der Direktor und die Lehrer waren getrost, dass Winston von sich aus nichts erzählen würde. Sie wussten, dass sich die Kinder vor den Eltern noch mehr fürchteten als vor ihnen. Für zwei Wochen kam er in die Krankenstation, Essen vom Tisch der Lehrer wurde ihm serviert. Den Mitschülern wurde gesagt, er habe eine Art Erkältung, die zu Ausschlägen an den Armen führe und sehr ansteckend sei.

Als sie beim Strandhaus von Marion Davies anlangten, war es weit über Mitternacht. Die meisten Gäste hatten sich davongeschlichen, sie wollten nicht mit dem womöglich mysteriösen Verschwinden eines prominenten Filmstars und eines nicht weniger prominenten Politikers in Zusammenhang gebracht werden. Die Aufrechten, darunter natürlich die Fairbanks, hatten sich auf die Suche gemacht, hatten mit Freunden telefoniert oder waren in nahegelegene Restaurants und Bars gefahren. Niemand wollte glauben, dass die beiden die Party verlassen hatten, ohne sich von der Gastgeberin zu verabschieden. Dass sie einfach den Strand entlang spaziert sein könnten, auf diese Idee war keiner gekommen. Miss Davies hatte die Polizei verständigen wollen, war aber von »Mr. Brown«, einem von Hearsts Männern fürs Grobe, daran gehindert worden.

»William Randolph würde vor nichts zurückschrecken, um zu verhindern, dass sein Name mit einem Skandal in Verbindung gebracht wird«, sagte sie und fügte in doppelter Lautstärke hinzu: »Auch wenn dabei Charlie und Winston draufgehen.« Sie war bekannt für ihre Art, die Wahrheit mit Brutalität zu verzieren.

Aber weder Brutalität noch Wahrheit konnten die beiden schrecken. Sie hatten einander die Tage geschildert, in denen sie von Mächten gekrümmt wurden, die nicht von dieser Welt waren. Und wem es am Beginn ihres Spaziergangs nicht gut gegangen war, dem ging es nun besser.

7

Chaplin schlief in dieser Nacht in seinem Büro im Studio, duschte ausgiebig, bat um neun Miss Nicolaisen, ihm ein Steak zu braten, und stellte sich der Korrespondenz, den Zeitungen, dem Tag. Auch wenn die Artikel in der Presse inzwischen weniger gehässig und von der ersten auf die zweite und weiter auf die dritte Seite gerutscht waren, auch wenn die Schimpf- und Drohbriefe nicht mehr in Körben in sein Büro getragen wurden, sondern in den Händen von Mrs. Pryor Platz hatten – es blieb genug zum Verzweifeln.

Es war fraglich, ob *The Circus* je fertiggestellt werden würde. Der Gedanke, dieses Werk könnte untergehen, tat sehr weh. Er hielt es für sein bestes. Wollte er sein Œuvre statt chronologisch dem Lebensweg des Tramps entsprechend ordnen, dann stünde dieses Abenteuer an erster Stelle. Der Tramp konnte überall auftauchen, in jeder beliebigen Stadt, auf dem Land, in der Wildnis von Alaska, auf einem Hochseedampfer, sogar im Wilden Westen, seine Heimat aber war doch der Zirkus, die Manege. Die Leute hatten immer gefragt, woher kommt er, wenn er kommt, wohin geht er, wenn er geht, warum bleibt er nicht. Hier war die Antwort. Nie, das fühlte er, war er seiner eigenen »poetischen Wahrheit« näher gewesen. Ein Journalist – aus der Zeit, als ihm die Journalisten noch wohlgesonnen waren – hatte in einem Interview anlässlich der Premiere von *The Kid* diesen Begriff geprägt. Er, Chaplin, hatte nicht verstanden, was er damit meinte. Der Tramp war ihm immer rätselhaft gewesen, er wusste nicht, wer dieser Kerl eigentlich war; er hatte keine Entwicklungsgeschichte, er hatte sich nicht im Laufe seiner Auftritte entfaltet, wie dies bei komischen Figuren üblich ist – wie bei Harold Lloyds Buchhaltertyp, W. C. Fields' Misanthrop, dem schielenden Schlaumeier

Ben Turpin und anderen Kollegen aus der Zeit der Keystone-Studios; er verwies auf keine Tradition, war nicht Harlekin, war nicht Pierrot, war nicht August und schon gar nicht Weißclown; er war eines Tages dagewesen, fertig, unbekannt, rätselhaft. In *The Circus* gab er zum ersten Mal mehr von sich preis, hier war er kein Fremder. Auch wenn er das Publikum zum Lachen bringt, weil er alles falsch macht, ahnen wir, dass er sehr wohl – und besser als sein Erfinder – weiß, dass an diesem Ort das Falsche das Richtige ist. Als er sich die ersten Muster angesehen hatte, war er in Verzückung geraten über Mienenspiel und Gestik, die so viel mehr verrieten, als er beim Spiel beabsichtigt hatte, und mit einem Schauder hatte er zu Roland Totheroh, der wieder die Kamera führte, gesagt, nun sei ihm endlich klar, nicht er beherrsche den Tramp, sondern der Tramp ihn. Und Roland hatte genickt, andächtig. Nun glaubte er zu verstehen, was »poetische Wahrheit« meinte.

Aber die Kosten wuchsen durch die Unterbrechungen ins Unrentable. Und von irgendwoher wurden immer weiter Fiasko, Debakel und Schlamassel geschickt: Die Muster waren verdorben, nämlich zerkratzt – »mysteriösen Ursprungs«, wie sich Tim O'Donnell, der Chef des Labors, wand. Chaplin ließ das gesamte technische Team austauschen. Ein Brand legte für Wochen den Studiobetrieb lahm – Ursache der Katastrophe: »mysteriös«. Bis auf die ersten Nebenrollen und Merna Kennedy, den weiblichen Star, musste das Ensemble entlassen werden. Was zu Klagedrohungen führte. Und zu herzzerreißenden Szenen. Betty Morrissey, gerade zwanzig – sie spielte die Assistentin des Zauberers –, bot ihren Selbstmord an, um die Feinde zu beschämen und zur Umkehr zu bewegen; der Chef, erzählte sie später, sei der einzige gewesen, der erkannt habe, dass es kein Scherz war. Obendrein litt Chaplin an einer chronischen Magenverstimmung, wogegen ihm sein Arzt, Dr. Van Riemsdyk, Epsomer Bittersalz verschrieb, was zu dauerndem Rülpsen und Durchfällen führte und ihn gefährlich abnehmen ließ. Und: die Steuerbehörde hatte es auf ihn abgesehen. Man war der Meinung, Mr. Charles Chaplin

45

müsse 1 113 000 Dollar an Einkommenssteuer nachzahlen. Schließlich einigte er sich mit dem Staat auf eine Million, woraufhin eine Anklage wegen Hinterziehung fallengelassen wurde. (Zum Vergleich: die Verfilmung von *Ben Hur* durch Metro-Goldwyn-Mayer zwei Jahre zuvor, die bis dahin monumentalste Produktion, seit Filme gedreht wurden, kostete vier Millionen Dollar.) Zur gleichen Zeit entschied das Gericht, dass er an Lita 600 000 Dollar zahlen musste, plus 200 000 für ihre beiden gemeinsamen Söhne. Chaplins Anwaltskosten beliefen sich noch einmal auf eine Million.

Sydney Chaplin, Geschäftsführer bei United Artists, der sich zu dieser Zeit in New York aufhielt und Vor- und Nachteile einer Übersiedelung der Studios an die Ostküste sondierte, schrieb an seinen Bruder: »Ich möchte wirklich nicht den Teufel an die Wand malen, aber ich habe das dumpfe Gefühl, dass wir uns darauf vorbereiten sollten, nach drüben zu gehen« (er meinte damit: zurück nach England). Und malte den Teufel dann doch an die Wand: »Wenn mich selber Sorgen plagen, denke ich immer daran, wie froh, glücklich und begeistert ich war, als ich bei Fred Karno (dem Direktor der Wanderbühne, bei der sie als Buben ihre ersten Rollen spielten) auf der gestrichelten Linie unterschrieben habe – denk nur, die Riesensumme von drei Pfund die Woche –, ich bin sogar bis zur Kensington Road gelaufen, um dir und Mama die frohe Kunde zu überbringen. Es scheint, dass Glück relativ ist.« Sydney kannte die Bücher der Firma wie kein anderer, er wusste, dass United Artists an einer morschen Schnur über dem Abgrund hing – wie die Goldgräberhütte in *The Gold Rush*. Er hörte, dass bereits Luft geholt wurde zum großen letzten Hohngelächter.

Am Mittag kam ein Bote mit einem Brief. Mister Winston Churchill lud Mister Charles Chaplin zum Dinner ins *Biltmore* Hotel am Pershing Square ein, wo er mit seiner Frau und seiner Tochter wohnte. Als p. s. stand auf der Karte: »Bitte, <u>nicht</u> mit Begleitung.«

Chaplin berichtete seinem Bruder am Telefon.

»Geh hin«, sagte Sydney. »Er ist ein illustrer Mann. Er hat den Daumen auf den Finanzen des Empire. Wenn wir wirklich umsiedeln müssen, wird er uns helfen können. Er hat offensichtlich einen Narren an dir gefressen, das ist gut. Sag ihm, es zieht dich in die alte Heimat zurück oder etwas Ähnliches. Nur erzähl ihm nicht von unserer Lage. Menschen wie er haben für Verlierer nichts übrig. England muss froh sein, wenn wir kommen. So soll es aussehen. Sag etwas in dieser Richtung, eine Andeutung oder ein bisschen mehr, du kannst das. Vielleicht erwähnst du auch, so nebenbei natürlich, dass wir immer noch britische Staatsbürger sind, dass wir nie Amerikaner geworden sind, dass wir immer noch unsere britischen Pässe haben. Wirst du?«

»Ja, das werde ich.«

»Versprich es mir!«

»Ja, ich verspreche es.«

Er würde dem Bruder nicht erklären können, worüber er und der Schatzkanzler seiner Majestät gestern Nacht am Strand von Santa Monica gesprochen hatten und dass es keine Rolle gespielt hatte, dass der eine Schatzkanzler und der andere Filmkünstler war, auch nicht, ob der eine das eine und der andere das andere bleiben würde und wie lange noch.

Er freute sich auf den Abend ...

… der dann so enttäuschend begann.

Sie saßen in einer Loge hinten im Speisesaal, ihr Tisch konnte nur in unhöflicher Weise eingesehen werden. Es war wenig wahrscheinlich, dass die anderen Gäste verstanden, was Churchill, sich in Fistelstimme redend, über seinen Plan einer »zukünftigen Allianz gegen den schwarzen Hund« vortrug; aber dass sie die Aufmerksamkeit aller auf sich zogen, konnte Chaplin hören, weil er in den wenigen Pausen, die sein Gegenüber ließ, nämlich nichts hörte, wo normalerweise Stimmen, Gelächter, Besteckgeklapper waren. Dass inzwischen jeder im Saal wusste, wer dort hinten feierte, dafür war längst gesorgt, da war er sich gewiss. Hollywoods Kellner und Kellnerinnen bestritten ihren Lebensunterhalt nicht nur, indem sie Cocktails und Braten reichten, sondern auch indem sie Gerüchte weitergaben.

Er habe sich, erzählte Chaplin aus der Erinnerung, sehr ungemütlich gefühlt. Churchills in alle Richtungen trompetete Überschwänglichkeit habe ihn irritiert, eigentlich abgestoßen und noch mehr sein unmäßiger Alkohol- und Nikotinkonsum. Er habe den Eindruck gehabt, der Mann erhebe das Glas nicht, um seiner Rede Nachdruck zu verleihen, sondern er rede, um das Glas zu erheben. Und wenn er sprach, quoll Rauch aus seinem Mund, als wäre sein Bauch ein Kohlenmeiler. Diese bemühte Feierlaune habe er nur ertragen, wenn er die Szene verwischte, indem er schielte.

»Und so wollen wir einander versprechen, dass, wann immer einer Hilfe in diesem Kampf benötigt, der andere, wo immer auf der Welt er sich auch befindet, alles liegen und stehen lässt, um dem in Not Geratenen zu helfen!«

Er habe sich gefühlt, als werde er vorgeführt. Churchill habe lauter als nötig gesprochen, viel lauter. Als wäre es seine Absicht, dass zugehört wird. Er wollte der Welt demonstrieren, dass Mr. Charles Chaplin trotz ihrer Niedertracht das Feiern nicht verlernt habe. Aber Mr. Charles Chaplin wollte niemandem irgendetwas demonstrieren. Gekränkt sei Chaplin gewesen, kommentiert Josef Melzer. Er habe ihrem Nachtspaziergang eine Bedeutung beigemessen, die seiner Meinung nach nicht zu einem öffentlichen Statement taugte und sich auch nicht ironisieren ließ. Nun schien ihm, Churchill wolle beides, vor allem wolle er einen Spaß daraus machen, einen dieser Männerspäße, wie sie in englischen Clubs üblich waren, Zeremonien aus Nonsens und Sauferei. Sehr kindisch sei ihm das vorgekommen – der »schwarze Hund«! Er habe in der Depression nie etwas Tierisches gesehen, einen Hund schon gar nicht – warum nicht gleich einen Teddybär? –, er habe vor Jahren einen schwarzen Hund besessen, einen Zwergschnauzer, der war ihm während der Dreharbeiten zu *A Woman of Paris* zugelaufen, hatte jeden Abend an der Ecke Hollywood-Boulevard Cherokee Street auf ihn gewartet, er hatte ihn zu *Henry's* mitgenommen und ihm von dem Filipino Koch ein Rumpsteak zerkleinern lassen, ein besonders liebes Tier, vor dem sich niemand gefürchtet habe, nicht einmal der Postbote.

Und so antwortete er ziemlich blöde: »Ich könnte nicht sagen, welche Farbe meine Verstimmung hat und ob sie überhaupt eine Farbe hat, und angenommen, sie wäre tatsächlich ein Tier, was ein ebenso niedlicher wie gespenstischer Einfall ist, dann würde ich eher…«

»Ich bin ein Imperialist«, herrschte Churchill ihn an, nun sehr ernst und nüchtern, »ein John Bull. Ich bin wie England. Ich pfropfe aller Welt meine Einfälle auf. Ich bewundere Samuel Johnson, obwohl ich von ihm nicht mehr als fünf Seiten gelesen habe. Auf diesen fünf Seiten aber schildert er seine Krankheit, und ich habe gedacht, er spricht von mir. Das hat mir genügt, um einen guten Eindruck von ihm zu gewinnen. Er nennt seine Krankheit ›den schwarzen Hund‹. Warum sollten wir etwas Neues erfinden?«

49

Wenn er, Chaplin, seinen Freunden vor dreißig Jahren geweissagt hätte, er werde eines Tages mit diesem Herrn in einem vornehmen Hotel in Los Angeles Champagner trinken, sie hätten ihn wegen Angeberei verprügelt. Gewiss, Churchill war heute ein illustrer Mann; damals aber war er eine Legende gewesen, eine mythische Figur. Ihm war auf dem Trafalgar Square zugejubelt worden, und er, Charlie, zehn Jahre alt, hatte sich durch die Menge gedrückt, um ihn aus der Nähe anzuglotzen, was ihm dank seiner Kleinheit und Unterernährtheit besser gelang als den anderen Kindern. Nicht einer im Empire, dem die Geschichte dieses Mannes unbekannt war, ein Heldenroman, als hätte ihn Walter Scott erfunden: Gefangen genommen im Burenkrieg, auf spektakuläre Weise geflohen, tagelang durch die Wüste Karoo geirrt mit nichts anderem als einer Feldflasche halb voll Wasser, einer aufgeweichten Tafel Cadbury-Schokolade und einem Fetzen Schirm, hatte er sich zuletzt auf einem Güterzug unter die Kohlen gewühlt und dort ausgeharrt, bis er im neutralen Mozambique ankam, schwarz wie ein Zulu – und war im Triumph nach Hause zurückgekehrt, um hier eine große Zukunft zu beginnen. Schlank war er gewesen, und sein Haar war lang und gewellt und kühn nach hinten gekämmt.

Und nun saß er der einstigen Inkarnation Ivanhoes gegenüber und tat, als höre er zu – sogar so zu tun fiel ihm schwer. Churchill erhob sich immer wieder von seinem Platz, sein Blick war unstet. Er redete und gestikulierte. Und zischte. Und steigerte sich in ein Pathos, das die Luft in ihrer Loge schwer machte. – Was tue ich hier, habe er sich gedacht. Was habe ich hier verloren? Kein Gefühl von dem nächtlichen Zauber sei mehr in ihm gewesen. Ein Doppelgänger? Absurd! Er habe in das grobe, aufgedunsene Gesicht gesehen. Ein Vexierbild aus Bub und Greis. Kein nobler Herr. Er mochte sich noch so gewissenhaft pflegen, immer würde er ungestriegelt wirken. Sein Anzug saß schlecht. Jeder Anzug würde diesem Mann schlecht stehen – wie ihm selbst jeder Anzug gut stand.

Manchmal ließ er in der Stadt Flugblätter verteilen oder schaltete in einer der Zeitungen einen Aufruf, die Chaplin-Studios suchten eine Schauspielerin oder einen Schauspieler. Dann standen die Menschen Schlange. Er sagte: Spielen Sie mir vor, wer Sie sind! Ich will nicht Julia sehen und nicht Othello, ich möchte Sie sehen! Mit klammheimlicher Freude hatte er zugesehen, wie einer nach dem anderen aus der Fassung geriet. Dann hatte *er* ihnen vorgespielt, wer sie waren. Alle hatten sich wiedererkannt, zweifelsfreier als in einem Spiegel. Und waren erschüttert gewesen. Wenige ärgerten sich, die meisten waren dankbar und drückten ihm die Hand, auch nachdem er ihnen hatte sagen lassen, dass sie nicht gebraucht wurden.

Nicht jeden Charakter konnte er nachahmen – seine Freunde und seine Feinde behaupteten, er könne wohl, aber das stimmte nicht –, bei manchen gelang es ihm ohne Überlegung, dann überließ er sich bedenkenlos seinen Muskeln und Sehnen, andere wiederum waren ihm fremd und blieben es. Mister Churchill nachzuahmen, würde ihm leicht fallen. So wahrhaftig würde er ihn spielen, dass jeder im Zuschauerraum oder vor der Leinwand von dem dunklen, dichten, krausen Haar absehen und sich eine mit blondrötlichen Strähnen überzogene Glatze denken könnte. Sein graziler biegsamer Körper würde überzeugender die Plumpheit zeigen als die Plumpheit sich selbst, und im Spiel von Nase und Mund, Stirnfalten und Adamsapfel, Augenbrauen und Kinn würde sich, wenn er es darauf anlegte, ein Blick in ein Innerstes auftun – welches er nicht einem Vorurteil nachbilden, sondern im Spiel selbst erst entdecken würde.

»Was meinen Sie dazu?«, unterbrach Churchill seine Gedanken. »Sie müssen auch etwas sagen! Es geht nicht nur um mich. Es geht auch um Sie. Das ist das Wesen einer Allianz!«

Er wusste nicht, was er wozu meinen sollte. Er hatte nicht zugehört.

Churchill war betrunken; das befeuerte das Pathos seiner Rede, dämpfte aber nicht seine Aufmerksamkeit und stumpfte seine Empfindlichkeit nicht ab. Er stand bewegungslos und sah über Chaplin hinweg. Ihm war nicht zugehört worden, er hatte in den Rauch seiner eigenen Zigarre hineingepredigt. Er stand bewegungslos und starrte auf die Seidentapete über Chaplins Scheitel. Vielleicht wäre er gleich sehr wütend geworden, und vielleicht hätte er den Fehler begangen, sich der Herkunft seines Gastes und seiner eigenen Herkunft zu besinnen, und hätte womöglich einen Ton angeschlagen und Worte gewählt, wie es nicht oft, aber doch einige Male schon geschehen war und was jedes Mal die Beziehung zu gewissen Menschen für immer verwüstet hatte. (Brendan Bracken, ein guter Freund der Churchills, erzählt in seinen Erinnerungen von einem horriblen Ausbruch Winstons, nachdem Mitglieder der eigenen Fraktion während einer seiner Reden Kreuzworträtsel gelöst, Fingernägel gefeilt und Schiffchen gefaltet hatten. – »Hätten sie ihn kritisiert und seine Rede zerfetzt, selbst wenn sie ihn verspottet hätten, er hätte ihnen verziehen, nicht aber, dass sie ihm nicht zuhörten.«) Vielleicht wäre die Freundschaft zwischen Charlie Chaplin und Winston Churchill, gerade gekeimt, schon wieder erstickt – wenn in diesem Augenblick nicht der Oberkellner aufgetreten wäre, an seiner Hand ein Mädchen: Sarah, Churchills Tochter, dreizehn Jahre alt.

Sie habe nicht schlafen können, sagte sie und drückte ihren kupfernen Haarschopf an den Arm ihres Vaters. Ein türkisfarbenes Nachthemd trug sie, barfuß war sie, ein schmales langes Gesicht hatte sie und sehr weiße Zähne. Ob sie sich zu ihnen setzen dürfe, fragte sie. Ihren Vater nannte sie »Pomp«. Sie begrüßte Chaplin mit einem Knicks. Sie wisse, wer er sei, sagte sie. Er sei der berühmteste Mann der Welt. Sie habe alle seine Filme gesehen.

Churchill veränderte sich von einem ihrer Worte zum anderen. Im weiteren Verlauf des Abends trank er keinen Alkohol mehr. Die Farbe seines Gesichts beruhigte sich zu einem gleichmäßigen Rosa. Seine Stimme wurde tief und ruhig, seine Gesten großzügig. Er lächelte und hielt jedem Blick stand. Nie in seinem Leben sei er einem zärtlicheren Vater begegnet, erzählte Chaplin. Und nie einer zärtlicheren Tochter.

»Mister Chaplin kann alle Menschen auf der Welt nachmachen«, sagte Churchill.

»Wie nachmachen?«, fragte Sarah.

»So dass jeder ihn sofort erkennt.«

»Wirklich jeden Menschen?«

»Wirklich jeden.«

»Das glaube ich nicht.«

Ihm sei unheimlich geworden, erzählte Chaplin und lachte lange auf Josef Melzers Tonband, bis dieser in sein Lachen einstimmte. Als wären, sagte er und war wieder ernst, als wären seine Gedanken irgendwo in der Luft hängengeblieben, nur für dieses Mädchen sichtbar. Sarah habe gesagt: »Hat er dich schon nachgemacht, Pomp? Dich kann er bestimmt nicht machen, dich nicht.«

»Glaubst du?«, habe Churchill gesagt. »Sollen wir ihn bitten, es zu versuchen?«

»Ja«, rief sie. »Bitten wir ihn!«

»Ich glaube, sie hat uns durchschaut«, erzählte Chaplin fünfzig Jahre später. »Wenn sie mich ansah, was sie ungeniert tat, dann war mir, als wüsste sie über uns beide Bescheid. Über uns Krüppel.« – (Wieder langes Lachen) – »Sie bangte um ihren Vater. Und sie bangte, glaube ich, auch ein wenig um mich, weil ich ja der einzige war, der ihrem Vater helfen konnte.«

Diese Bangigkeit in ihren Augen habe ihren Vater in sein Herz zurückgeholt.

Er habe sich für seine Widerborstigkeit und seine Unaufmerksamkeit geschämt. Auch für seinen plebejischen Dünkel. Er habe sich geschämt, dass er so wenig Vertrauen in seinen Freund gehabt hatte. Was wer auch immer über ihn, Chaplin, sagen mochte, es würde Churchill ganz egal sein. Und wenn er tatsächlich der miese Schuft wäre, als den ihn Lita und ihre Anwälte und journalistischen Komplizen der Welt unter die Nase rieben, es war Churchill ganz egal. Dass sie politisch einander diametral gegenüberstanden; dass der eine in Gandhi einen nackten Fakir ohne Bedeutung sah, der andere aber einen großen Politiker, der dem Empire noch mächtig zusetzen könnte; dass der eine dem Kommunismus zutraute, die Ungerechtigkeit abzuschaffen, der andere ihn als eine Maschine zur gleichmäßigen Verteilung des Elends bezeichnete; dass der eine erst vor einem Jahr gefordert hatte, den Generalstreik der britischen Arbeiter mit Gewalt niederzuschlagen, während der andere von Amerika aus seine Solidarität mit den Gewerkschaften telegrafiert hatte; dass der eine der amtierende Schatzkanzler seiner Majestät war, der andere der berühmteste Schauspieler, seit es die Schauspielkunst gab – das alles war ganz egal. Sie hatten einen gemeinsamen Feind, der saß *in ihnen*; er lauerte nicht in dem mondänen, gold- und vanillefarbenen Speisesaal des *Biltmore* Hotels, nicht in dem skandalsüchtigen Hollywood, nicht in den Hirnen irgendwelcher heruntergekommener Schreiber, nicht in Anwaltskanzleien und nicht hinter Richterpulten, er lauerte nicht in irgendeiner Parteizentrale und nicht im Schützengraben jenseits einer Stacheldrahtbarriere – er saß *in ihnen*, und diesem Feind galt ihre Allianz; alles andere stand nicht zur Diskussion und würde nie zur Diskussion stehen.

Beim Abschied habe er zu Churchill gesagt: »Wir wollen einander versprechen, dass, wann immer einer Hilfe benötigt, der andere, wo immer auf der Welt er ist, alles liegen und stehen lässt und kommt!«

Er habe die Hand ausgestreckt und vorgeschlagen, dass sie einander Winston und Charlie nennen. Und Churchill – nun wieder ganz unter Tränen – war einverstanden.

9

An einem der folgenden Tage unternahmen sie eine Wanderung hinauf zu den Malibu Hills. Wieder war es Churchill gewesen, der den Vorschlag gemacht hatte. Die Feierlichkeiten seien beendet, sagte er am Telefon, jetzt müsse die Sache nüchtern angegangen werden. Jetzt gelte es, Methoden zu vergleichen und eventuell neue Methoden zu entwickeln.

»Warum die Malibu Hills?«, fragte Chaplin.

»Ich möchte Ihnen etwas zeigen.«

Churchill wartete mit einem Chauffeur am Pacific Coast Highway vor einem mexikanischen Restaurant. Er hatte sich Tacos und Wasserflaschen in einen Rucksack packen lassen, auch etwas Süßes dazu. Keinen Alkohol. Er hatte derbe Schuhe an und ein winddichtes Cape um den Leib gebunden, auf dem Kopf saß ein Hut aus Leder. In einem Leinensack war eine Machete. Alles wollte er selber tragen, nichts gab er ab. Chaplin hatte sich auf einen leichten Spaziergang eingestellt, er trug einen weißen Anzug und weiße Slipper, Proviant hatte er nicht mitgebracht.

Der Chauffeur fuhr sie in die Hills. Wo der Weg für den Dodge zu steinig wurde, hieß Churchill ihn anhalten. Er solle drei Stunden warten und sich dann allmählich Sorgen machen, sagte er. Es war Mittag, die Sonne stach, aber die Luft war kühl, über den Pazifik her blies ein Wind, der heftiger wurde, je höher sie stiegen. Churchill ging voran, bald schnaufte er, bald musste er rasten. Er schwitzte, seine Gesicht war fleckig, sein Hemd war fleckig. Chaplin schwitzte nicht. Seinetwegen könne man sich ruhig in den Sand setzen, sagte er, vielleicht in den Schatten eines Strauchs, oben sehe es genauso aus wie hier, es komme nichts Neues. Churchill schüttelte den Kopf und ging weiter. Chaplin ließ ihn voran. Hier war kein Weg mehr, nur ein schmaler Pfad, ob von Menschen oder Tieren. Der Boden war unsicher, zum Teil zugewuchert, unter Ästen und Zweigen klafften tiefe Rillen, die der Regen ausgewaschen hatte. Man konnte sich hier leicht den Fuß brechen. Churchill wickelte die Machete aus dem Leinen und schlug auf das Gestrüpp ein. Ob er schon einmal hier gewesen sei, fragte Chaplin. Nein, hier noch nicht, Bilder habe er gesehen, Fotos. Er blieb stehen, konnte nicht weitersprechen.

»Geben Sie mir die Machete, ich gehe voran«, sagte Chaplin.

Das wollte Churchill nicht. Er suche eine bestimmte Stelle. Wenn er sie gefunden habe, wisse er es. Als er wieder Luft hatte, sagte er, man müsse sich im klaren darüber sein, dass man hier am Ende des Westens stehe. Sie blickten auf das Halbrund des Pazifik, das unter ihnen im weißblauen Dunst weit draußen in den Himmel überging. Ob er noch ein paar Meter durchhalte, fragte Churchill. Ich, rief Chaplin, ob ich durchhalte? Er solle ihm wenigstens den Rucksack geben. Er suche einen bestimmten Platz, wiederholte Churchill, hängte sich Rucksack und Machete über und ging weiter.

Bald blieb er wieder stehen. Schwerfällig ließ er sich auf dem Boden nieder.

»Hier ist es nicht«, sagte er.

»Was für einen Platz suchen Sie denn?«, fragte Chaplin. »Hier sieht alles gleich aus, glauben Sie mir.«

»Einen Platz zum Malen«, sagte Churchill. »Einen Platz, auf dem ich meine Staffelei aufstellen würde, wenn ich hierher gekommen wäre, um zu malen.«

Er male nämlich. Das sei seine Methode. Auf Leinwand. Öl auf Leinwand. Vorwiegend Landschaften. Selten Portraits. Eine Landschaft spreche nicht, wenn sie Modell stehe, und Landschaften seien längst vor ihm gewesen, was sie sind, und würden es lange nach ihm noch sein. Das Gleiche gelte für den Himmel. Menschen zu malen interessiere ihn nicht besonders.

»Welche Farbe hat der Himmel? Alle sagen, er ist blau. Und ist er es nicht? Sehen Sie sich den Himmel an, Charlie! Ist er blau? Also mischt sich der Maler ein Blau und vergleicht es mit dem Himmel, aber es ist etwas ganz anderes. Er mischt neu, er gibt etwas Gelb dazu, er mischt abermals, tupft einen Tropfen Violett hinein. Es stimmt nicht. Er versucht, sich vom Grün aus dem Blau zu nähern. Es stimmt wieder nicht. Er baut auf Weiß auf, da sieht sein Himmel aus, als wäre er aus stumpfem Steingut. Er probiert es immer wieder. Und trifft es nie. Adam hat bei Milton hyazinthfarbene Locken und Odysseus bei Homer auch. Aber weder Homer noch Milton waren verrückt. Darüber denke ich nach. Das ist eine große Ablenkung, das dürfen Sie mir glauben. Mehr habe ich nicht zu bieten. Besseres habe ich leider nicht zu bieten. Aber es ist gut.«

»Deshalb haben Sie mich hier heraufgeführt«, sagte Chaplin. Es war keine Frage. Es war so ausgesprochen worden, als wäre es ein Lob.

»So würde ich dasitzen«, sagte Churchill und rückte den Rücken gerade. »So sitze ich da, wenn ich male. Mit einer Hand würde ich die Palette halten, in der anderen den Pinsel. Den Hut binde ich unter dem Kinn fest. Ich dachte, wenn Sie es sehen, verstehen Sie es vielleicht. Sie denken, wir hätten uns diesen mühsamen Weg sparen können. Aber ich kann nicht einfach sagen: Ich male. Und fertig. Ich dachte eben, wenn Sie es sehen, verstehen Sie es.«

»Ich verstehe es, Winston«, sagte Chaplin. »Wenn er da ist, der schwarze Hund, dann …«, es sei ihm nichts anderes eingefallen als: »… dann … ist es schlimm, Winston, habe ich Recht?« Es seien ihm eben keine eleganteren Worte eingefallen, erzählte er Josef Melzer. Aber er habe noch niemand kennengelernt, dem zu diesem Thema ein elegantes Wort eingefallen wäre.

Lange saßen sie nebeneinander. Churchill, als ob er malte. Chaplin, als ob er ihm dabei zusähe. Unter ihnen wuchsen Kiefern und blütenbespickte Kakteen. Joshua Trees stachen in den Himmel, unbeugsam vom Wind, wie Gerippe nach einem Brand. Vögel umschwirrten sie, pickten Samen aus ihren Köpfen, die Schreie drangen bis zu ihnen herauf. Sie waren nahe an einen Strauch gerückt, um sich vor dem Wind zu schützen. Sie waren eingehüllt vom herben Duft des Salbeigestrüpps, das, wo es wuchs, alles verdrängte. Chaplin hatte den wilden Salbei im hinteren Teil seines Gartens stehen lassen, manchmal sägte er Zweige heraus, um sie im Kamin zu verbrennen.

Schließlich sagte Churchill: »Ich habe Hunger und will rauchen.«

Sie packten die Tacos aus und aßen und tranken Wasser aus den Flaschen und redeten dies und das. Churchill zündete im Schutz der Jacke eine Zigarre an. Die Schokolade überließ er Chaplin.

Nach einer Weile fragte er: »Und was ist Ihre Methode, Charlie?«

Und Chaplin antwortete: »Die Methode des Clowns.«

Ich beute Melzers Buch in einer Weise aus, wie es eigentlich nicht entschuldbar ist. Allerdings lässt sich tatsächlich keine andere Quelle an Kompaktheit und Fülle mit *Chaplins Tugend* vergleichen, weder Geoffrey Powers verdienstvolle Anthologie von Chaplins Äußerungen gegenüber der Presse, noch Erica Southerns *Interview mit dem Tramp*; außerdem gibt es keinen Grund, Pierre Kessler, des Meisters französischem Sekretär, nicht zu glauben, der behauptete, Chaplin selbst habe in Melzers Buch sein Vermächtnis gesehen. Das Buch hat zwei Auflagen erlebt, inzwischen ist es schon lange vergriffen, der Verlag existiert nicht mehr; im Zentralverband antiquarischer Bücher im Internet, so konnte ich zu Beginn meiner Arbeit feststellen, waren gerade einmal drei Exemplare angeboten.

Josef Melzer berichtet, Chaplin habe sich an dieser Stelle des Interviews von seinem Korbstuhl erhoben und ihm seine Erinnerung an jenen Nachmittag in den Malibu Hills vorgespielt. Einmal sei er Chaplin gewesen, einmal Churchill. Erst war er er selbst im Alter von achtunddreißig Jahren, nicht weniger geschmeidig, als er damals gewesen war. Was für ein schauspielerisches Kunststück! Dann war er Churchill. Ihn, den durch und durch anderen, habe er mit Magie, »mit uralter Magie«, aus dem Jenseits in den Frühlingsgarten des *Manoir de Ban* oberhalb von Vevey geholt; er habe geredet wie Churchill, habe sich bewegt wie Churchill, habe geschwiegen und nachgedacht wie Churchill, er zischte und ließ die Unterlippe auf einer Seite anschwellen; für die Dauer der Vorführung sei er, Melzer, sich gewiss gewesen, dass er in diesem Mann »den Prototyp vor sich sehe, nach dem sich der Höchste alle in Ewigkeit möglichen Menschen vorgebildet hat«.

Chaplin begann mit einer rhetorischen Frage: »Warum ist ein Clown ein Clown? Es ist doch nichts Lustiges an ihm. Der größte Clown ist Buster Keaton. Was ist an Buster Keaton lustig? Was macht ihn zum Clown? Das Wissen, dass die Welt meschugge ist? Der Mensch ist klein wie ein Floh. Aber der Geist eines Flohs, das sagt uns der Dichter, ist übernatürlich böse.«

Und Churchill: »Kein Vorwort, bitte! Die Methode, Charlie! Keine Theorie! Uns interessiert nur die Praxis!«

»Gut. Die Praxis. Ich schreibe mir einen Brief. Verstehen Sie, Winston? Einen Brief an mich selbst.«

»Ich verstehe es nicht.«

»Buster Keaton hat mich auf diese Methode aufmerksam gemacht. Ich soll mir einen großen Bogen Papier besorgen, hat er gesagt. Den soll ich über den Fußboden ausbreiten. Ja?«

»Ja. Weiter, Charlie, weiter!«

»Auf diesen Bogen Papier lege ich mich.«

»Wie?«

»Bäuchlings.«

»Bäuchlings, gut. Weiter, weiter!«

»Wie eine Speise auf einem Tischtuch liege ich auf dem Papier. Sie lachen mich aus, Winston?«

»Nein, Charlie. Lache ich? Sehen Sie mich an! Lache ich? Ist das Lachen? Das ist nicht Lachen. So ist mein Gesicht.«

»Gegen den Gedanken, ich könnte verrückt sein, hilft nur, etwas Verrücktes zu tun. Das ist etwas sehr Ernstes, Winston. Das ist die Methode des Clowns. Es gibt keinen Menschen auf der Welt, der ernster wäre als ein Clown.«

»Ja, ja, ich verstehe. Das hat man hundertmal gelesen. Weiter!«

»Ich muss dabei nackt sein. Ich darf nichts mit der Welt zu tun haben. Ich muss allein mit mir sein. Das ist sehr wichtig. Eine Hose bereits ist die Welt, und ein Hemd ist auch die Welt.«

»Ich gebe Ihnen recht.«

»Ich liege auf dem Bogen Papier und schreibe einen Brief. Bitte, Winston, lachen Sie nicht. Lachen Sie? Nein, Sie lachen nicht. An mich selbst schreibe ich einen Brief. Lieber Charlie, schreibe ich und schreibe, was mir gerade einfällt. Sollten Sie diese Methode einmal anwenden, geben Sie nicht der Versuchung nach, an einen Freund zu schreiben. Zum Beispiel an mich. Schreiben Sie nicht: Lieber Charlie. Schreiben Sie: Lieber Winston. Es fällt Ihnen gewiss das Richtige ein, keine Sorge. Weil in diesem Moment alles richtig und alles wichtig ist.«

»Das will ich beherzigen.«

»Aber ich schreibe nicht, wie man üblicherweise schreibt, müssen Sie wissen.«

»Sondern?«

»Ich drehe mich dabei.«

»Wie drehen Sie sich dabei?«

»Wie ein Uhrzeiger. Auf dem Bauch drehe ich mich. Und schreibe dabei.«

»Schreiben im Kreis. Einen Brief an sich selbst.«

»In einer Spirale, um genau zu sein. Von außen nach innen. Es ist wie ein Mahlstrom. So soll es sein.«

»So soll es sein. Wie ein Mahlstrom. Ja. Weiter!«

»Das ist alles. Es ist tatsächlich alles, Winston.«

»Hat es geholfen?«

»Ja.«

Nach einer sehr langen Stille – so erzählte Chaplin Josef Melzer – seien sie aufgestanden und weitergegangen, hinauf zur höchsten Stelle des Hügels. Dort sagte Churchill: »Sie sind ein Feldherr, Charlie. Hellsichtig wie Wallenstein, kühn wie Nelson, unbarmherzig wie

Arminius. Ich will von Ihnen lernen. Darf ich von Ihnen lernen? Wie groß ist der Bogen Papier? Genau, bitte! Länge? Breite?«

»Fünfeinhalb Fuß. Und gleich breit wie lang. Das ist am besten, so kann man sich bequem auf dem Papier im Kreis drehen.«

»Und was verwenden Sie zum Schreiben, Füllhalter, Bleistift, Kreide?«

»Ach, das habe ich mir nicht überlegt. Alles, was einem in die Hände kommt.«

»Womit man zuschlagen kann, das meinen Sie?«

»Womit man ausholen kann gegen die Bestie und zuschlagen, jawohl, Winston!«

»Sie sind ein Feldherr, Charlie«, wiederholte Churchill – in seinem Rücken den fahlblauen Pazifik, an dessen südlichem Horizont sich schwach die Umrisse der Insel Santa Catalina abzeichneten, so sei er gestanden, breitbeinig, in einer Hand die Machete, in der anderen die Zigarre, Hosenbeine und Aufschläge des Capes flatterten im Wind, das Gesicht rot, schwitzend, schnaufend, so stand er im Schatten des späten Nachmittags. »Sie haben eine gute Methode gefunden, Charlie. Ich denke, es gibt für Sie keine bessere.«

10

Im September nahm Chaplin nach achtmonatiger Unterbrechung die Arbeit an *The Circus* wieder auf.

Sydney: »Während alle den Kopf hängen ließen und die Mundwinkel von Hiobsbotschaft zu Hiobsbotschaft immer weiter nach unten wanderten, konnte man Charlie schon von weitem singen hören, und wenn er zur Tür hereinkam, dann im Tänzelschritt, als wollte er Bill Bojangles Robinson parodieren. Die meisten meinten, nun sei er über seinen Kummer endgültig verrückt geworden. Aber sie freuten sich mit ihm.«

Im Oktober wurde *The Jazzsinger* von Alan Crosland mit dem Broadway-Star Al Jolson in der Hauptrolle einem ausgewählten Publikum vorgeführt. Er gilt als der erste Tonfilm, sicher war er der erste Sprechfilm – Chaplin würde später verzweifelten Wert auf diese Unterscheidung legen. Er war zur Premiere nach New York eingeladen, kam aber nicht, weil er die Arbeit an *The Circus* »auch nicht für eine Stunde« unterbrechen wollte. Die Berichte von dem unglaublichen Erfolg beunruhigten ihn zwar, aber nicht lange. Technische Erneuerungen, die es dem Regisseur ermöglichten, für alle Zeit zu bestimmen, welche Musik seine Bilder begleiten sollte, begrüßte er ausdrücklich. United Artists hinkte diesbezüglich hinter Warner Brothers her. Inzwischen nahm man aber auch in Chaplins Studio diese Entwicklungen sehr ernst. Ein junger freier Mitarbeiter, Artie G. Milford, experimentierte mit dem sogenannten Nadelton-Verfahren und mit dem Vitaphone-Verfahren, bei dem der Filmprojektor an einen Plattenspieler gekoppelt war – personalaufwendig und unfallanfällig, wenig befriedigend –, aber Artie werkelte auch an eigenen Ideen herum. Chaplin hatte bei *A Woman in Paris* und bei *The Gold Rush* Melodien komponiert und arrangieren lassen, sie waren bei den Uraufführungen von Orchestern gespielt worden. Für die Musik sollte seiner Meinung nach der Regisseur zuständig sein, entweder er vertraute auf einen Komponisten, oder aber er komponierte selbst. – Kurz: Musik ja, Wort nein. Für das gesprochene Wort auf der Leinwand würde es keine Zukunft geben, das war ihm so einleuchtend, dass er sich zur Verteidigung der Pantomime (vom *Stummfilm* wurde erst lange nach Erfindung des Tonfilms gesprochen) nicht einen einzigen Gedanken zurechtlegte. Wenn der Tramp in der Verzweiflung eines Hungernden seinen schmutzigen Transtiefel kochte und mit vollendeten Manieren tranchierte, erst das Oberteil abhob, so dass die Sohle mit dem Nägelgeripppe wie das Grätenkorsett eines Fisches liegen blieb, von dem das Filet abgelöst worden war, wenn er, bevor er das Leder verspeiste, die Schuhnägel wie Hühnerbeinchen ablutschte und die Schnürsenkel wie Spaghetti um die Gabel wickelte, verstand man ihn in Japan ebenso wie im Kongo, bei den Lappen in Skandinavien und bei den Aborigines in Australien. Wer auch immer diese Szene in Worte übersetzen und mit Worten erklären wollte, er würde ein verdammt kluges und verdammt langes Buch schreiben müssen.

Einen Monat nach der Premiere des ersten Tonfilms war *The Circus* – Chaplins letzter »reiner« Stummfilm – abgedreht; das war am 19. November 1927. In der Nacht erwachte der Produzent, Regisseur, Drehbuchautor, Cutter, Hauptdarsteller – später auch Komponist der Filmmusik und Sänger des Titelsongs *Swing, Little Girl*. Der schwarze Hund war da und nahm ihm die Ruhe.

Zweiter Teil

11

The Circus enthält nichts, was über die vorangegangenen Filme hinausreicht. Der Film ist ein Aufguss, er schwemmt Unschönes frei. Der Tramp ist bürgerlich geworden, seine romantische Existenz war nur Schein. In *The Gold Rush* wirbt er um vier Frauen gleichzeitig, hier begnügt er sich mit einer, und die führt er am Schluss, als er endlich merkt, dass sie ihn nicht liebt, großmütig einem anderen zu; er geriert sich als selbstloser Kuppler, dem fremdes Wohlsein mehr gilt als das eigene. Dass er zu aller Demütigung, die er erfährt, obendrein sich selbst erniedrigt, indem er für andere den Glücksengel spielt, ist ein jämmerlicher Kniefall vor jenem Teil des Publikums, der ihm die Scheidung von Lita nicht verzeihen wollte, ein unterwürfiges Flehen: *Nehmt mich wieder auf! Ihr seht doch, ich will sein, wie ihr es für richtig haltet.* Er hatte den Tramp verraten. Er hatte ihn für eigene Zwecke benützt. Er hatte die Kunst verraten. Sein Beitrag zur Kunst war der Tramp und nichts anderes. Er hatte den Film nicht erfunden, er hatte den Slapstick nicht erfunden, die lustigen Verfolgungsjagden nicht, nicht den Kampf mit den Dingen, nicht die Tortenschlachten und nicht das stumme Spiel mit Gesicht und Gebärden; Asta Nielsen war die bessere Mimin, Douglas Fairbanks der vielseitigere Charakterdarsteller. Die Figur des Tramps aber hatte er erfunden, er allein. Er hatte sie zu einer Ikone gestaltet, die einen stolzen Platz neben Don Quijote hätte einnehmen können. Hätte! Wäre der letzte Auftritt des Tramps in *The Gold Rush* gewesen, sein Erfinder hätte sich für eine lange Zukunft jede Eskapade, jede Peinlichkeit, jeden Flop, jede noch so niedere künstlerische Qualität leisten können, immer wären die Kritiker und Höhner in die Schranken gewiesen worden – mit drei Worten: Aber der Tramp! In *The Circus* hatte er dem Tramp die Maske des Einzigartigen vom Gesicht gerissen und damit erst alle Welt darauf aufmerksam gemacht, dass er eine Maske trug. Darunter war der Philister sichtbar geworden. *Ich bin wie ihr, seht ihr denn nicht?* Er hatte auf zauberhafte anarchische Szenen verzichtet – wie jene: Der Tramp betätigt sich als »Handschüttelvermittler« zwischen einem Riesen und einem Zwerg. Die beiden sind zu weit auseinander, um sich die Hand zu reichen. Das Publikum hätte im Film weder den Riesen noch den Zwerg zu sehen bekommen, sondern nur deren Hände, die eine von unten, die anderen von oben. Der Tramp hätte den Kontakt zwischen ihnen geschlossen. – Raus damit! – In *The Circus* traten keine großen bösen, gemeinen Kerle auf, die Gaslaternen umbogen, um sich ihre Zigarren anzuzünden, zugleich aber liebende Väter waren und die Welt in Brand gesetzt hätten, um dies der Welt zu beweisen. Der Tramp war von den Dingen gedemütigt worden, als wären die Dinge Götter. Dafür hatten ihn die Menschen geliebt. Wo ist der Tramp geblieben? Aus seiner Anmut ist feige Parodie geworden. *Ich bin wie ihr.* Ein langweiliger Hysteriker ist aus ihm geworden. Die Verfolgungsjagd in dem Spiegelkabinett ist alte Vaudevilleklamotte, die auch durch Tritte in den Hintern des Polizisten nicht origineller wird. Der Esel ist ein Relikt aus *The Gold Rush*, wo er einen Teil der Weihnachtsdekoration frisst, nur dass er im Plagiat zu einem Running Gag ausgewalzt wird, schon beim zweiten Auftritt platt. Plagiat leitet sich vom Lateinischen her und bedeutet *Seelenverkauf.* Dem ist nichts hinzuzufügen.

So hörten sich Heulen und Zähneknirschen des schwarzen Hundes an.

Erst zog er sich die Decke über den Kopf. Ließ nur einen Spalt für die Nase. Das hatte ihm immer das Gefühl einer schadenfrohen Sicherheit mitten im Abenteuer gegeben: die Feinde waren überall, aber sie sahen ihn nicht, sie ritten über ihn hinweg. Nach wenigen Minuten setzte er sich im Bett auf. Niemand war im Haus. Sogar Kono Toraichi, den Butler, den eingeschworenen, hatte er gebeten zu gehen.

Jetzt wäre er gern nicht allein gewesen. Dieser Hund hat vielleicht recht, sagte er sich, aber er bellt nur im Dunkeln und hat vielleicht nur im Dunkeln recht. Er machte Licht. Der Schwarze heulte weiter und knirschte weiter mit den Zähnen. Er hatte sich bereits bis zum Herzen voran gebissen. Dennoch, Chaplin »glaubte sich gewiss«, dass es lediglich ein paar winzige Fehler waren, die leicht behoben werden konnten.

Um halb fünf Uhr morgens ließ er sich mit einem Taxi ins Studio fahren. (Auch Frank Kawa, den immer heiteren Chauffeur, hatte er in den Urlaub geschickt, ebenso wie Harry Crocker, den Assistenten.) Zwei Kreuzungen vor dem Eingang stieg er aus. Der Fahrer wusste natürlich, wer er war, er fragte, ob er sich die paar Meter die Füße vertreten wolle, und grinste, was ein solidarisches Grinsen sein konnte – »prima Idee nach einer wilden Nacht…« – oder auch kein solidarisches Grinsen. Er gehe nicht ins Studio, log er. Und stapfte davon. Konnte es nicht lassen, den Tramp anzudeuten. Der Fahrer schaltete den Motor ab, aber nicht die Scheinwerfer. Es mochte eine Freundlichkeit sein. Um diese Zeit waren die Straßenlaternen ohne Strom, und der Fahrbahnrand war löchrig und ein Fehltritt leicht getan. Oder es war Dankbarkeit, weil ihm der größte Komiker der Welt im Morgengrauen eine Privatvorstellung gab. Hätte aber auch Häme sein können: Du wirst beobachtet, Charlie, vergiss nicht, was Lincoln gesagt hat – man kann alle Leute einige Zeit und einige Leute alle Zeit, aber nicht alle Leute alle Zeit zum Narren halten. Wenn er ohnehin weiß, dass ich ein Lügner und Betrüger bin, will ich ihm den Triumph der Bestätigung geben, dachte er, kann er bei Hiram's, während er seinen french toast mampft, auftrumpfen: Ich bin der, der Charlie Chaplin wirklich kennt. Als er die Einfahrt zum Studiogebäude hinaufging, hörte er, wie der Wagen davonfuhr.

Vom Geruch im Schneideraum wurde ihm schlecht, es gelang ihm gerade noch, den Restroom zu erreichen. Er übergab sich ins Waschbecken. Er würgte grüne Säure heraus, die Speiseröhre brannte, er konnte sich nicht erinnern, wann er das letzte Mal etwas zu sich genommen hatte. Er spülte den Mund und gurgelte und drückte Wange und Schläfe gegen die kühlen Fliesen an der Wand und schloss die Augen.

Auf den Tischchen in den Gängen standen volle Aschenbecher. Er hatte immer wieder darum gebeten, die Aschenbecher am Ende des Tages zu leeren und nicht erst am nächsten Morgen, wenn sich die Wände und Decken, die Vorhänge und Teppiche mit kaltem Rauch voll gesogen hatten. Es stank wie in einem Scheißhaus. In seinem Büro war Rauchverbot. Unter seiner Schreibtischplatte hatte er ein Depot für Schokolade angelegt, dunkle Schokolade mit kandierten Haselnüssen oder kandierten Mandeln. Er riss eine Tafel auf, brach eine Rippe ab und kaute schnell. Dann holte er die sieben Filmrollen aus dem Safe.

Er legte die letzte ein und spulte bis knapp vor das Ende.

12

Der Tramp steht allein auf dem leeren Platz. Die Zirkuswagen sind abgefahren.
Der Tramp setzt sich auf eine Kiste. Großaufnahme. Er schaut traurig.
Vor ihm auf dem schmutzigen Boden liegt einen Fetzen Papier. Er greift danach. Ein Stern ist darauf abgebildet.
Er betrachtet den Stern.
Er zerknüllt das Papier.
Er steht auf, kickt das Papier mit dem Fuß hinter sich und geht. Er geht auf die Mitte des Bildes zu. Er ist allein.
The End.

Den Blick auf den Stern schnitt er heraus. Fleht der Tramp um Gnade vom Himmel? Was kann der Blick auf den Stern anderes bedeuten? Dass er das Papier zerknüllt und wegwirft, macht die Sache nicht besser, sondern bitterer. Hält nicht einmal er selbst sich der Gnade für würdig?
Er fuhr in der Handlung zurück bis zu der Stelle, wo der Tramp aus dem Zirkus verjagt wird.

Der Tramp in Unterhosen. Er taumelt. Ist verwirrt. Verängstigt. Er hat einen katastrophalen Hochseilakt hinter sich. Von allen Seiten wird er beschimpft. Er wehrt sich nicht. Er hat aufgegeben. Er hat alles verloren, seinen Job, seine Liebe. Merna liebt ihn nicht, sie liebt Rex, den Seiltänzer. Alles ist verloren. Er läuft davon.
Zwischentitel: *That Night.*
Der Tramp sitzt an einem Feuer. Er ist angekommen, wo er begonnen hat. Hat nichts gewonnen. Er ist traurig.

Merna taucht auf.

Zwischentitel: *»I've run away from the circus.«*

Sie kniet vor ihm nieder.

»Can't you take me with you?«

Er redet auf sie ein. Du bist anders, will er sagen, du gehörst nicht zu den Verlierern wie ich. Wie kann er ihr Hoffnung geben? Er denkt nach.

Zwischentitel: *»I've got an idea.«*

Er eilt zum Zirkus zurück, bittet Rex, mit ihm in den Wald zu kommen und Merna zu treffen.

»I can do nothing for her.«

Er gibt ihm den Ring, den eigentlich er ihr schenken wollte. Er tut, als wiege er ein Baby im Arm, zeigt, dass bald ein zweites, ein drittes Kind folgen wird. Die Zukunft eines glücklichen Paares. Rex denkt nach und entschließt sich:

»Take me to her!«

Der Tramp springt ihm in die Arme, küsst ihn, als wäre er der Mann, der ihm das Glück bringt, und nicht der Mann, der ihm das Glück nimmt.

Zwischentitel: *The Next Morning.*

Merna und Rex heiraten. Der Tramp wirft Reis über das Brautpaar. Das Gesicht panisch hysterisch verzerrt. Will sagen: *Ich habe alles gegeben. Vergebt nun mir!*

Er schnitt die gesamte Szene heraus, zweihundert Meter schauerliche Selbsterniedrigung, zweihundert Meter Schande, zweihundert Meter Arschkriecherei.

Auf den Hinauswurf in Unterhosen folgten nun der leere Platz und die Einsamkeit: Der Tramp wird aus dem Zirkus geworfen. Schnitt. Der Zirkus fährt ab. Der Tramp sitzt allein. Der Tramp geht. Ende.

Dieses Ende würde allerdings niemand verstehen. Der Schnitt musste früher gesetzt werden.

Der Hinauswurf ist die Folge des Hochseilaktes, den der Tramp im Glauben, er werde von einem Strick um seinen Bauch gehalten, vollführt. Der Strick löst sich erwartungsgemäß, der Tramp tanzt ohne Sicherung auf dem Seil. Äffchen kommen ihm obendrein in die Quere, beißen in seine Nase, zerren ihm die Hose von den Beinen. Das Publikum kreischt vor Angst, der Tramp kämpft gegen Ding und Tier, kämpft um sein Leben. – Als er in der Nacht wach lag und der Film in der Einbildung vor ihm ablief, war dies die einzige Sequenz, mit der er bedingungslos zufrieden war. Für diesen Auftritt hatte er ein halbes Jahr balancieren gelernt. Die Crew hatte sich gebogen vor Lachen, er hatte geglaubt, eine neue Region im Clownhimmel erschlossen zu haben, hatte geglaubt, endlich das Axiom der Komik formulieren zu können: *Nie ist der Mensch so komisch, wie wenn er dem Tod ins Auge blickt. Erst wenn wir den Tod kennen, können wir komisch sein. Das ist der Grund, warum Tiere nicht lachen.* Aus der Nüchternheit des frühen Morgens betrachtet, war die Szene gut. Aber nicht gut genug. Sie war ohne Frage die beste Szene des Films, aber sie war nicht so gut wie eine durchschnittliche Szene aus den vorangegangenen großen Filmen. Das war die Wahrheit. Und das war zugleich das Etikett der Vernichtung.

Er schnitt die gesamte Passage heraus. Setzte die Schere weiter vorne an, wo der Zirkusdirektor dem Tramp erklärt, er gebe ihm nur noch eine Chance, die Leute zum Lachen zu bringen.

»I've had enough of this; you get one more chance.«

Der wütende Direktor stößt Merna zu Boden, der Tramp will protestieren, will sich dem Despoten entgegenstellen, läuft aber feige davon. Er hat seine Chance verpasst. Das weiß der Direktor nicht. Das weiß der Tramp selbst nicht. Das weiß Merna nicht. Das weiß nur das Publikum. – Sollte das Publikum jedenfalls wissen.

Der Zirkus fährt ab. Der Tramp sitzt allein. Der Tramp geht. Ende. Das war fad. Oder absurd. Oder beides. Nicht komisch. Nicht verständlich. Womöglich richtig. Aber ohne Poesie. Aber ehrlich.

Gegen neun tauchten die ersten Mitarbeiter auf, es waren Olav Kaminski und Barry Goodell. Die beiden kamen immer als erste, weil sie aus demselben Bett kamen und nicht wollten, dass die anderen das wissen, ihrer Neigung, sich selbst und dem Partner aber treu genug waren, um nicht getrennt den Weg von ihrem gemeinsamen Zuhause ins Studio gehen zu wollen. Sie blickten ihn entgeistert an und schlichen davon. Eine halbe Stunde später stand Sydney im Schneideraum. Da war der Film bereits um ein Drittel gekürzt.

Sydney behielt die Nerven. Nichts war verloren. Es waren längst Kopien gezogen worden. Ein Großteil der Kopierwerke der Stadt war für *The Circus* reserviert, es wurde Tag und Nacht gearbeitet.

»Brauchst du einen Nachdreh?«, fragte er.

»Nein.«

»Was brauchst du?«

»Ein Tonstudio. Zwei Tontechniker oder besser drei. Und Merna, Harry, Allan, und wenn es möglich ist, Henry Bergman.«

Sydney nickte und ging.

Gegen Mittag war der Film auf die Hälfte zusammengeschnitten. Das Tonstudio war bestellt, die Schauspieler warteten.

»Willst du mir etwas zeigen?«, fragte Sydney.

Ohne ein Wort sah er sich die sechsunddreißig Minuten an, die von *The Circus* übrig geblieben waren.

Hinterher sagte er: »Man versteht die Handlung nicht mehr. Du musst sehr viele Zwischentitel schreiben, damit einer die Geschichte nachvollziehen kann. Sollen wir die Zwischentitel sprechen lassen? Nicht schreiben und einblenden, sondern sprechen? Hast du dafür das Studio bestellt?«

»Keine Zwischentitel. Keine gesprochenen, keine geschriebenen. Die Zwischentitel sind liquidiert. Wir werden Gedichte darüber sprechen. Es ist ein lyrischer Film. Ein Sprechfilm mit Bildern. Ein bebildertes Gedicht. Es wird nicht Film sein, es wird nicht Gedicht sein. Es wird etwas Neues sein. Damit hat niemand gerechnet. Chaplin hat alle Erwartungen übertroffen, indem er keine erfüllt hat.«

»Wer wird die Gedichte sprechen?«

»Merna, Harry, Allan, Henry … Ich.«

»Und was für Gedichte?«

»Die werde ich erst schreiben.«

»Wann?«

»Heute.«

»Und wie viele Gedichte?«

»Das weiß ich nicht, Syd. Freie Gedichte. Die nichts mit dem Zirkus zu tun haben.«

»Sondern?«

»Mit dem Leben. Gedichte über das Leben, über den Tod, über Gott, das Schicksal, die Freude, die Traurigkeit, über alles, nur nicht über den Zirkus. Der Zirkus ist stumm, er ist das Symbol für das Leben. Alles, was ist, ist Metapher. Niemand wird mehr sagen können, ich hätte mich auf den Erfolg von Duponts Varietéfilm draufsetzen wollen.«

»Und der Film – oder wie wir es nennen wollen – wird nicht länger sein als sechsunddreißig Minuten?«

»Nein … nein … natürlich nicht … Das ist zu kurz … Natürlich wird er länger sein.«

»Also doch ein Nachdreh?«

»Nein. Ich werde manche Bilder stehen lassen. Wie Fotografien … Die Welt bewegt sich, und plötzlich steht sie still. Wie in Sleeping Beauty. Das ist neu. Das ist Poesie. Das hat es noch nicht gegeben.«

»Das ist neu, ja.«

»So werden wir es machen. Wir werden einzelne Kader abfotografieren. Besorge einen Fotografen, am besten Leonard C. Wales! Esther soll dir sagen, wo du ihn erreichst. Und wenn er nicht kann, Donald Saxon. Und dann filmen wir die Fotografien ab. Keine Experimente, nur Roland will ich, keinen anderen Kameramann! Und dann schneide ich die Streifen mit den unbewegten Bildern hinein. Mit den bewegten unbewegten Bildern, so ist es richtig. So werden wir es machen. Und die komplette Musik werde ich komponieren. Es wird großartig, das hat es noch nie gegeben. Es ist nicht Film, weder Pantomime, noch Sprechfilm, und es ist nicht Lyrik. Es ist etwas Neues. Kaum ist der Tonfilm geboren, ist er auch schon überwunden. Es ist eine Kunst, die meinen Namen tragen wird. Das Publikum wird einen Namen dafür finden. Das ist die Geburt von etwas ganz Neuem, Syd! Spürst du es? Du bist der erste Zeuge. Es ist wie ... als Homer das Epos erfunden hat.«

»Und wie lange soll der Film schlussendlich werden, Charlie?«

»Sechzig bis siebzig Minuten. Wie er vorher war. Ein normaler abendfüllender Film.«

»Also doppelt so lang, wie er jetzt ist.«

»Ungefähr ... ja ...«

»Also werden die Zuschauer insgesamt eine halbe Stunde stehende Bilder sehen?«

Da brach Chaplin zusammen. Sydney schloss die Tür zum Schneideraum, drehte den Schlüssel um, nahm seinen Bruder in den Arm und federte mit seiner Brust die Erschütterungen ab.

13

Sydney erinnerte ihn daran, dass die Welt den Chaplin-Brüdern nichts anhaben konnte; nämlich, weil es immer so gewesen sei, dass die Menschen von ihnen, nicht sie von den Menschen profitiert hätten. Die Familie komme an erster Stelle, an zweiter erst die Kunst, und ihre spezielle Kunst sei genau genommen ein Spaß, der in der Familie begonnen habe, um von Hunger und Kälte abzulenken, das dürfe er nicht vergessen. Alles, was über nicht frieren, über satt werden, über ein Bett, nicht zu weich, nicht zu hart, hinausgehe, sei Luxus – eine fabelhafte Sache, zweifellos, aber für nichts notwendig. Er habe sich ausgerechnet, sagte er, dass sie beide ohne Luxus nicht weniger gelacht hätten als mit.

»Wie lässt sich das ausrechnen?«, fragte Charlie erstaunt.

»Innere Statistik«, erklärte Syd – mit Bassstimme, starren Auges, den Unterkiefer bei geschlossenem Mund absenkend: Er imitierte Buster Keaton, was ein Running Gag zwischen ihm und seinem Bruder war.

Charlie sagte, was er in solchen Situationen immer sagte: Syd wäre der bessere Schauspieler geworden, und es tue ihm leid, dass er ihm das weggenommen habe. Syd antwortete, was er in solchen Situationen immer antwortete: Und wenn es so wäre, es spielte keine Rolle, es bleibe ohnehin in der Familie.

»Die Welt, Charlie, geht uns nicht so viel an«, zischte er seinem kleinen Bruder ins Ohr, »nicht so viel geht sie uns an, Carletto! Nehmen wir sie aus nach Strich und Faden und kümmern uns nicht weiter um sie! Sie hat uns hungern und frieren lassen. Sie hat Papa umgebracht und Mama leiden lassen. Jetzt soll sie zahlen. Und wenn sie nichts mehr herausrückt – bene. Treten wir sie in den Hintern! Die Leute meinen, der Tritt in den Hintern sei ein Spaß. Ist er nicht, das wissen wir beide! Wir können es uns leisten, anders zu sein als der Rest der Welt. Glaubst du, ich würde zögern zu stehlen? Wenn wir es nötig haben, tu ich's, das weißt du. Und du tust es auch. Du tust es für mich, ich tu es für dich. Wir sind der Welt nichts schuldig.«

Und so weiter ... – Es half.

Es half bis über Weihnachten.

Die Feiertage verbrachte Charlie zusammen mit Sydney und dessen Frau Minnie in den San Gabriel Mountains. Syd riet dazu, ohne Hofstaat zu reisen, dort oben brauche man keinen Sekretär, keinen Butler, keinen Chauffeur, keinen Koch, es gebe durchaus ein Leben ohne Kono Toraichi und Frank Kawa. Sydney mietete einen Wagen und einen Fahrer und vereinbarte einen Termin, wann sie wieder abgeholt werden wollten.

Sie bezogen drei Zimmer in einer Pension. Einfach, gemütlich, warm, hell. Gerüche: Kuchen, Braten, Kerzen, Bodenpolitur. Außer ihnen war nur ein Ehepaar zu Gast, ältere Herrschaften. Die beiden hatten weiße Haare und lächelten, wann immer sie einem das Gesicht zuwandten, und waren diskret. Niemand war neugierig. Sydney hatte telefonisch mit der Wirtin vereinbart, dass Neugier für sie ein Grund sei, unverzüglich abzureisen.

Am Heiligen Abend wurde im Speiseraum der Christbaum geschmückt. Charlie sagte die ersten Worte zu Mrs. Taylor, der Wirtin: Sie brauche sich keine Umstände seinetwegen zu machen. Worauf sie die Augen niederschlug und flüsterte, sie sei aber glücklich, sich seinetwegen Umstände machen zu dürfen. Sydney hob die Augenbrauen, und sie schwieg. Nach der Bescherung – kleines, buntes Süßes – spielte Charlie auf einem Kinderspinett. Als Menü gab es deutschen Braten mit deutschen Beilagen, kalorienreich und lecker, zum Nachtisch eine Caramelcreme.

Am Christtag fand eine Führung durch das Mount-Wilson-Observatorium statt – was eine organisatorische Meisterleistung von Syd war, denn eigentlich war die Station über die Feiertage nicht besetzt. Ein junger Wissenschaftler (er hatte für das Privileg, Charlie Chaplin die Hand geben zu dürfen, darauf verzichtet, mit seiner Frau und seinen Kindern zu feiern) hielt einen Vortrag, zeigte und erklärte das Spiegelteleskop, das größte der Welt, und war stolz, dass hier das Weltzentrum zur Erforschung der Galaxien sei. Das Wetter passte dazu, Wolken, als würde der Himmel unter Koliken aufquellen. Ein eisiger Wind blies vom Weltall herunter und bildete Muster auf dem See vor der Station.

Charlie war sehr aufgeregt an diesem Abend. In einem einzigen Augenblick, erzählte er Minnie und Syd, dem älteren Ehepaar und Mrs. Taylor beim Dinner, in einem einzigen Augenblick habe er einen fixfertigen Film vor sich gesehen: der Tramp auf dem Mond, Wüste unter schwarzem Himmel, der Mann im Mond tritt auf, Figuren aus Märchen und Legenden gesellen sich dazu, sogar Gottvater erscheint oder doch lieber nicht oder doch, der Mond könnte Gottes Strandhaus am Meer des Universums sein... Sydney wies Minnie an, jedes Wort seines Bruders mitzuschreiben.

Es war ein lustiger Abend geworden. Charlie hatte dem kleinen Publikum in der verschneiten Pension vorgespielt, welche Abenteuer der Tramp im Weltraum besteht, und Mrs. Taylor sagte, sie habe in ihrem Leben nicht so gelacht, sie spüre ihren Ischias nicht mehr.

Sydney war sehr erleichtert. Die Funken im Auge seines Bruders gaben beruhigende Auskunft. Er hatte keinen Zweifel, Charlie hatte die Krise überwunden.

Am zweiten Feiertag fuhren sie nach Beverly Hills zurück. Singend. Erst dreistimmig, und nachdem sie die Serpentinen hinter sich gelassen hatten, vierstimmig. Der Chauffeur, so stellte sich heraus, war ein mehr als passabler Tenor. Er solle sich in den nächsten Tagen im Studio melden, sagte Charlie, als sie am Summit Drive ankamen; nur ein guter Sänger könne auch stumm singen. Syd half ihm, die Koffer hinaufzutragen. Ob er es allein im Haus aushalte, fragte er, ob er sicher sei, ganz sicher. Aber ja, lachte Charlie.

In der Nacht aber meldete sich der schwarze Hund zurück. Nicht Hohn und Häme bellte er. Er bellte gar nicht. Er stellte sich vor ihn hin und starrte auf ihn nieder.

14

Das Haus lag unterhalb der Villa von Douglas Fairbanks und Mary Pickford. Die beiden nannten ihr Heim »Pickfair«. – »Ihr seid nicht bei Doug und Mary eingeladen, sondern auf Pickfair«, bleuten sie ihren Gästen ein. Mit seinen vierzig Zimmern war das Gebäude das prächtigste in den Hills. Der Park umfasste 60 000 Quadratmeter, manche Teile, pflegte Doug zu scherzen, seien der Zivilisation noch immer nicht erschlossen. Dagegen nahm sich Chaplins Besitz bescheiden aus. Sein Haus hatte vierzehn Schlafzimmer, drei Terrassen und etliche Balkone; vom Salon aus konnte man auf die Marmorplatten treten, die den ovalen Swimmingpool einfassten; ein schattiger Weg durch ein Fichtenwäldchen führte hinauf zum Tennisplatz. Das Haus sei nicht das größte, aber das schönste in Beverly Hills – das sagte jeder. Ihm war es zu groß. Es war ihm schon zu groß gewesen, als er mit Lita und den Buben und Kono Toraichi und Frank Kawa und all dem andren Personal hier gewohnt hatte. Das Haus war immer voll Menschen gewesen, ein Kommen und Gehen, Gelächter, Diskussionen, Wettkämpfe, Weinkrämpfe, Kartenspiele – und doch leer, falsch: hohl war es, es war hohl. Es war nicht aufzufüllen. Er hatte das Haus selbst geplant – exakt um ein Drittel kleiner, mit ebenso vielen Zimmern, nur eben kleineren Zimmern. Das war Anfang der zwanziger Jahre gewesen. Wenig später hatte sich Pola Negri in sein Leben gedrängt. »Scharlie, willst du, dass unsere Freunde sagen, Chaplins Heim ist das Pförtnerhäuschen von Pickfair? Ich will das nicht. Ich nicht!«

Der kleinste bewohnbare Raum war die Küche. Sie war funktional, wies kaum Spuren vom Gestaltungswillen des Architekten auf. Hier war es einigermaßen auszuhalten.

Er lag wach, spürte sein Herz stolpern, wälzte sich auf die rechte Seite, weil er sich an einen Propheten erinnerte, der gesagt hatte, nicht auf der Herzseite zu schlafen, verlängere das Leben. Er hörte seinen Atem, wollte aufzählen, wovor er sich fürchtete, um Eingebildetes herauszukürzen. Fand nichts. Er fürchtete sich, ohne sich zu fürchten. Einzig ein Fürchten fiel ihm ein. Ein Spaß mit Pola. Wenn sie zu Bett gingen, das Licht löschten, sich die Zudecke zurechtknüllten, war er, die Geräusche und die Dunkelheit ausnützend, schnell ans Bettende geschlüpft und hatte sich stumm auf die Matratze gesetzt. Pola griff in seine Hälfte des Bettes hinüber, fand ihn nicht. »Scharlie?«, flüsterte sie. Er schwieg. Allmählich nahm sie die Umrisse der Gestalt wahr, die am Bettende saß. »Scharlie, ich weiß, dass du einen Spaß machst.« Er rührte sich nicht. »Bitte, Scharlie, ich habe Angst.« Er rührte sich nicht. »Scharlie, ich schrei gleich, ich hab wirklich Angst.« Meistens fürchtete er sich mehr vor sich selbst als sie sich vor ihm. Sie kreischten und schalteten das Licht ein und umarmten einander und lachten selig und tollten herum. Er meinte, mit Pola am glücklichsten gewesen zu sein. Geliebt hatte er sie nicht. Und er konnte sich nur mit Mühe ihre Züge vergegenwärtigen. Und das, obwohl er sie am Schneidetisch tausendmal studiert hatte.

Er stand auf, tastete sich hinaus ins Stiegenhaus und über die Treppe hinunter in den kleinen Salon. Er wagte es nicht, Licht zu machen. Nachdenken ekelte ihn. Er setzte sich in den grünen Samtfauteuil neben dem Kamin und nickte ein. Wachte auf, weil er fror. Er spürte eine Sinnlosigkeit, die vom Sessel aufstieg wie Dunst, neblig, als wäre sie von weit her ins Haus eingezogen.

Er schlief in winzigen Portionen. Und so war es auch in den folgenden Nächten. Er wechselte von einem Zimmer in ein anderes. Zuletzt legte er sich wieder auf Decken und Kissen in der Küche vor den Herd. Das Licht ließ er brennen. In dem blank gewienerten Stahl der Backröhre spiegelte sich sein Gesicht. Die untere Hälfte zeigte Anzeichen des Alters. So war er: jugendlich ältlich. Dieses Gesicht hatte nicht den Schnitt eines Charakters, sondern den äffchenhaften Ausdruck des Typus'. Das Narrengesicht dessen, der sich vom Beifall ernährt. Er war weiß geworden. Hatte nach der langen Drehpause die Haare färben müssen, um an den Anfang anschließen zu können. Er betrachtete sein Spiegelbild und konnte den Tramp nicht finden.

Später wird er dem Reporter einer französischen Zeitung zu erklären versuchen, dass er stets geahnt habe, dass alles, was er tat, eine tiefe Bedeutung in sich trug, ihm aber nicht klar gewesen sei, worin diese Bedeutung bestand. Der Reporter wird lächeln und nicken und nicht verstehen; er wird nicht verstehen, dass Chaplin nicht von sich gesprochen hatte, sondern vom Tramp. Derselbe Reporter wird ihn fragen, ob das bleiche Gesicht des Tramps nicht auch an einen Totenschädel erinnere. Darauf wird Chaplin antworten, und zwar wieder, als spräche er nicht von sich, sondern von einem anderen: »Ich bin mir immer bewusst gewesen, dass der Tramp mit dem Tode spielt. Er spielt mit ihm, verspottet ihn auch, dreht ihm eine lange Nase, doch in jedem Augenblick des Lebens ist er sich des Todes bewusst, und gerade deshalb ist er sich so erschreckend klar darüber, dass er lebt.«

Er zog den Rest des Papierbogens, den ihm Buster Keaton vor einem Jahr geschickt hatte, hinter dem Sekretär hervor; es war nicht mehr so viel übrig, wie er gehofft hatte, aber genug, um darauf liegen zu können. Aber dann ließ er es.

Zu demselben Reporter wird er sagen: »Der Clown ist dem Tod so nahe, dass ihn nur eines Messers Schneide von ihm trennt, und manchmal überschreitet er sogar diese Grenze, doch kehrt er immer wieder zurück. Deshalb ist er auch nicht ganz wirklich, er ist in gewissem Sinn ein Geist.« – Dieser gewisse Sinn, so wird er sich erinnern, hatte sich in jener Nacht in Sinnlosigkeit umgestülpt.

Am dritten Tag allein in dem großen Haus in Beverly Hills, 1085 Summit Drive, rief er Dr. Van Riemsdyk an. Bat ihn, vorbeizukommen und ihm ein »gewisses Analgetikum« zu bringen. Klagte über Schmerzen im Becken und im Bein.

»Heftige Schmerzen?«

Ja, heftige.

»Im Becken und im Bein, sagen Sie?«

Ja, dort.

»In welchem Bein?«

Darauf antwortete er nicht.

Nach einer langen Pause sagte Dr. Van Riemsdyk: »Mr. Chaplin, ich kann Ihnen kein Morphium geben. Hören Sie? Haben Sie mich gehört? Das wollen Sie doch. Das darf ich nicht. Es ist nur eine vorübergehende Anspannung, glauben Sie mir. Ich schicke Ihnen ein Fläschchen mit einem bewährten Hausmittel, eine Mischung aus Baldrian und Passionsblume.«

Er legte auf. Ohne Gruß.

Und nun rief er doch Raphael Brooks an – den »Trostbringer«, wie ihn Mary Pickford nannte.

Eine Stunde später stand der Mann unten vor dem Tor und winkte, ein gepflegter Herr in dunklem Anzug, darüber ein Staubmantel. Er hatte alles mitgebracht. Er rate zu einer Dreitagekur, in zwanzig bis vierzig Stunden sei die Krise überwunden. Es gelte, den Teufelskreis von Schlaflosigkeit und Sinnlosigkeit zu durchbrechen. Das sei alles. Daraus brauche man keine große Sache zu machen. Je früher die Kur einsetze, desto schneller sei die Krise passé. Er kenne niemanden, der wegen einer Dreitagekur süchtig geworden sei. (Manche – das sagte er natürlich nicht, aber das war auch nicht nötig – hatten die drei Tage auf drei Jahre ausgedehnt, und Barbara La Marr war von der Kur gar nicht mehr zurückgekehrt.)

Der Trost bestand aus acht Ampullen Heroin und einer Spritze. Douglas hatte auf diese Weise mehrere Krisen überstanden. Auch Mary hatte gute Erfahrungen damit gemacht. Beide sprachen von Raphael Brooks in den höchsten Tönen. Im Adressbuch aller ihrer Freunde stehe sein Name. Er sei unsentimental, moralisiere nicht, informiere dafür umso genauer und verstehe von Medizin mehr als ein Dutzend Ärzte zusammen. Hätte sich Barbara in seine Hände begeben, würde sie noch leben. In diesen Jahren war Heroin in Hollywood die große Mode, auf jeder Party gab es einen verschlossenen Nebenraum, in dem es in dünnen Linien auf Spiegeln bereit lag. Der Gast fragte die Gastgeberin augenzwinkernd: Darf ich den Schlüssel zum Erfrischungsraum haben? Oder: Wo geht's hier zum Paradies? Das Pulver wurde über zusammengerollte Dollarscheine in die Nase gezogen. Raphael Brooks verurteilte diese Mode. Erstens handle es sich bei dem Partystoff in der Regel um grässlichen Verschnitt, zweitens leide die Nasenscheidewand unter dieser Art der Aufnahme. Außerdem wüssten nur die wenigsten über die richtige Dosierung Bescheid. Er hingegen garantiere sauberen Stoff und saubere Spritzen und Information. Die Dosis, die er empfehle, sei zugegeben hoch, deshalb aber wirksamer. Wenig Heroin, dafür aber öfter eingenommen, sei um ein Vielfaches gefährlicher, weil sich der Körper daran gewöhne. Das führe zu zwei schlechten Ergebnissen: die Depression verschwinde nicht, sondern verstärke sich sogar, und der Patient werde süchtig. Eine kurzfristige Kur mit relativ hoher Dosierung sprenge die Depression weg und gebe dem Körper keine Gelegenheit, eine Sucht zu entwickeln. Brooks verglich die Depression mit einer brennenden Ölquelle und das Heroin mit Nitroglycerin.

Mr. Brooks war ein verantwortungsbewusster Mann. Bei jemandem wie Mr. Chaplin, der die Kur zum ersten Mal anwende, bestand er auf einer niedrig dosierten Probespritze, deren Wirkung nicht lange andaure. Jeder reagiere verschieden. Es gebe einige wenige, die Heroin gar nicht vertragen. Denen müsse auf andere Weise geholfen werden. Es sei zwar kinderleicht, sich das Heroin selbst zu injizieren, dennoch halte er es für seine Pflicht, den Patienten beim ersten Mal zu begleiten, zwei Stunden werde er bei ihm bleiben, die seien im Service inbegriffen.

Chaplin krempelte den Hemdsärmel hoch, ließ sich mit einem Gummischlauch den Oberarm abbinden, ballte die Faust und streckte die Finger, bis die Adern in der Beuge hervortraten. Mr. Brooks rieb die Stelle mit Alkohol ab und stach.

»Nun werden Sie es gleich spüren«, sagte er und nahm den Schlauch ab.

Ein Atemzug, dann hatte das Heroin sein Gehirn erreicht. Ihm war, als kippten die Augen nach hinten, eine warme Welle rollte über seinen Rücken. Er saß auf dem harten Küchenstuhl, die Füße berührten nur mit den Zehen den Boden, und doch fühlte er sich, als würde er gleich über die Erde rinnen wie schmerzendes Wachs. Bald reichten die Gedanken nicht mehr aus, um sich selbst zu beobachten. Er war mit allem einverstanden.

Die Wirkung hielt eine knappe Stunde, dann wurde sie flacher, nach einer weiteren Stunde landete er.

»Es ist gut, wenn Sie jetzt schlafen«, sagte Raphael Brooks. »Sie werden tief schlafen. Und wenn Sie aufwachen, geht es Ihnen viel besser. Was Sie aber nicht dazu verleiten sollte, die Kur abzubrechen. Im Gegenteil. Wenn Sie sich gut fühlen, heißt das nur, dass die Kur angeschlagen hat. Nach drei Tagen ist die Krise überstanden.«

Er nickte. Er wollte nicht reden. Er hätte reden können, aber er wollte nicht.

Brooks überreichte ihm ein schmuckes, mit Samt ausgekleidetes Holzkistchen, das eine frische Spritze und sieben Ampullen enthielt, und kassierte. Das Kästchen sei inklusive, er dürfe es behalten, bei zukünftigen Krisen sei es jederzeit auffüllbar. Vor dem Schlafengehen solle er sich noch eine Spritze setzen, dann je eine am Morgen und eine am Abend. Wenn er Probleme habe, sich zu stechen, ein Anruf genüge. Weitere Hausbesuche müsse er allerdings berechnen.

Er legte sich vor den Küchenherd, schlief bis tief in die Nacht hinein und erwachte mit dem Gefühl völligen Versagens. Aus dem Dreck von London in den Dreck von Hollywood – so lautete seine Überschrift. Er war sich selbst das gewöhnlichste Wesen und der unheimlichste Gast und beides in einem und zugleich. Er glaubte an keine Hilfe mehr, auch nicht, dass es sich um eine Krise handelte. Er saß und glotzte. Dann zog er den Inhalt aller sieben Ampullen auf die

Spritze, bis der Glaszylinder voll war. Er saß in der Küche auf dem Stuhl, den Ärmel hochgekrempelt, das Gummiband um den Oberarm gebunden. Er zog es fest, lockerte es wieder, zog es wieder fest, lockerte es wieder. Die Nadelspitze berührte die grünliche Ader. Wie es ihm Raphael Brooks gezeigt hatte.

Er schlief und probierte es wieder. Und schlief und probierte es wieder.

An Silvester zu Mittag telegrafierte er: »Charlie braucht Winston.«

Prompte Antwort: »Winston kommt.«

15

Zwei Tage vor der Premiere, die auf Chaplins Wunsch in New York stattfand, wurde *The Circus* einem ausgewählten Publikum vorgeführt; es waren drei Dutzend Interessierte – Freunde, Kritiker, Künstler anderer Branchen (darunter die Schriftsteller Sherwood Anderson und Dorothy Parker und der Maler William Glackens), Wissenschaftler (zum Beispiel der spätere Nobelpreisträger Artur Holly Compton), Geschäftsleute (nicht W. R. Hearst!), Politiker (Joseph P. Tumulty, der ehemalige Privatsekretär von Präsident Woodrow Wilson, und Al Smith, Gouverneur von New York und demokratischer Präsidentschaftskandidat) und selbstverständlich Douglas Fairbanks und Mary Pickford und selbstverständlich auch Marion Davies. Die Matinee wurde ein prächtiger Erfolg. Herausragendes Ereignis: Marti Hobson, Feuilletonist bei der *Cosmopolitan* und deklariert *kein* Freund von Chaplin, kam hinterher auf ihn zu und sagte – ohne die ihm entgegengestreckte Hand zu nehmen:»Ich hätte Ihren Film von Herzen gern verrissen, Mr. Chaplin, und wenn er gut wäre, würde ich es trotzdem tun, so ungerecht bin ich nun einmal. Leider ist er aber sehr gut und mehr als das, und darum bin ich gezwungen, ihn zu loben. Das werde ich Ihnen nie verzeihen.« Das Köstliche daran, erinnerte sich Chaplin: Hobsons Zorn sei nicht gespielt gewesen. Mit hochrotem Kopf habe dieser Homme de lettres die Lunch-Party verlassen, um in Abgeschiedenheit eine Hymne zu schreiben, wie er nie wieder eine schreiben würde.»Dieser Tröpfchenpisser« – wörtlich Sydney.

Damit war der schwarze Hund vertrieben, oder er vertrollte sich von selber – und mit ihm die detaillierte Erinnerung an ihn. Ja, ja, sagte Chaplin in einem der Interviews, er gebe zu, er sei in den letzten Wochen»manchmal etwas verstimmt gewesen«.

Sydney organisierte bereits die ersten Vorbereitungen für die Dreharbeiten zu *City Lights*. Er wollte seinen Bruder keinen Tag unbeschäftigt sehen.

Am 5. Januar, dem Tag vor der offiziellen Uraufführung im Strand Theatre, traf Churchill in New York ein. Er ließ sich unverzüglich zu Chaplins Hotel fahren. Den Driver wies er an, vor dem Eingang zu warten. Es war am späten Vormittag, genügend Zeit würde bleiben, um bei einem Spaziergang durch den Central Park gemeinsam, Seite an Seite, wie vor einem Jahr am Strand von Santa Monica, gegen den schwarzen Hund zu kämpfen. – Churchill traf auf einen »kerngesunden, blendend aussehenden, wahrhaft üppig gelaunten« Mr. Chaplin.

Churchill schilderte die folgende Szene in einem Brief an Brendan Bracken; er tat es in der für ihn typischen detailversessenen Art der Menschenbeobachtung, die Charles de Gaulle einmal bewundernd und abschätzig zugleich mit Jean-Henri Fabres Methode, Insekten zu studieren, verglich.

Er habe, schreibt er, »in Zivil« (wie er den Begriff ›inkognito‹ auf seine Person umdeutete) die Halle des *Waldorf Astoria* betreten und in der Mitte, umringt von Fotografen, Neugierigen, Wichtigen und Wichtigtuern, Chaplin stehen sehen. Dieser trug einen Smoking, das Haar sei seit ihrem letzten Treffen an den Schläfen weiß geworden, auch über den Scheitel zog sich eine weiße Strähne. Er hatte eine der Schalen in der Hand, die, gefüllt mit Leckereien, auf den Tischchen in der Lobby standen. Er balancierte sie auf seinem Zeigefinger wie ein Tellerdreher im Zirkus und wurde dafür beklatscht. Nun hielt er sie mit der Rechten über den Kopf, Öffnung nach unten, legte Mittel- und Zeigefinger der Linken unter die Nase und deutete damit, zweifelsfrei und für jeden sofort erkennbar, den Tramp an – Melone und Schnurrbart. Und gerade, als er die Hüfte in die für den Tramp charakteristische Schieflage versetzte, zu der jeder zweifelsfrei das Stöckchen assoziieren würde, sei sein Blick durch die Gasse der Bewunderer und Schreiber hindurch auf ihn, Churchill, gefallen. Einen halben Augenblick lang stutzte er, dann übergab er Schale und Schnurrbart – auch den Schnurrbart – einer Dame, ruderte sich mit ausgebreiteten Armen Platz frei und lief lachend auf ihn zu. Kaum aber hatte er zwei Schritte getan, schien ihm einzufallen, *warum* er, Churchill, den Atlantik überquert, wahrscheinlich wertvolle Zeit aus seinem Kalender gestrichen und unter Sekretären und Ministern Verwirrung gestiftet habe und sicher in größter Sorge um ihn sei, und dass Fröhlichkeit oder gar Lustigkeit nicht angebracht waren, weil sie ja gerade anzeigten, dass der Grund zu dieser Sorge nicht mehr existiere. Also hob er die Arme steil nach oben und verwandelte die Freude in eine Klage, was übertrieben und unglaubwürdig war, weshalb er die Arme auch sofort wieder sinken ließ, was wohl ein den Launen Ausgeliefertsein andeuten sollte: himmelhoch jauchzend, zu Tode betrübt, fachsprachlich: manisch-depressives Irresein. Gespielt oder wahr? Er habe dem Freund angesehen, wie unangenehm, wie peinlich es ihm war, dass es ihm gut ging. Er hatte vergessen, den Notruf zu stornieren! Er, Churchill, habe große Mühe auf sich genommen, dem Freund in seiner Not beizustehen, und er, der Freund, habe sich nicht die kleine Mühe zugemutet, ihm mitzuteilen, dass er der Hilfe nicht mehr bedürfe. Charlie habe sich geschämt, geschämt wegen des Missbrauchs ihres Schwures und wegen seiner missratenen Pantomime.

»Ich wusste«, schreibt Churchill, »in seinem Gesicht war selten die Wahrheit zu sehen. Aber was heißt das? Und: welche Wahrheit? Die *Wahrheit des Clowns* war zu sehen. Sie erzählte, wie es um den stand, den er gerade nachahmte. Wie es zum Beispiel um mich stand, wenn er mich nachahmte. Sie erzählt nicht, wie es um ihn selbst steht. Diese Wahrheit weiß er zu verbergen. Wenn es jemandem gelingt, ihm diese Wahrheit zu entreißen, der hätte nichts Gutes getan.«

Der Brief an Brendan Bracken endet mit: »Es tut mir über alle Maßen leid, dass ich diesem einzigartigen Freund das Gefühl gegeben habe, mich enttäuscht zu haben. Wo doch ein kleines Heben seiner Augenbraue meine Seele gesünder machen konnte als zwei Handvoll Tabletten.«

Virginia Cowles, die mehr Zeit und Gelegenheit hatte, Einblick in Churchills Herz zu gewinnen als Charles de Gaulle, schreibt in einer ihrer Reflexionen, ihr sei im Laufe der Jahre immer wieder an Churchill aufgefallen, dass besondere Aufmerksamkeit, mikroskopische Beobachtung und detailbesessene Beschreibungswut Anzeichen für eine sich ankündigende Depression gewesen seien; als sammle er diese Fähigkeiten für einen letzten Blick auf die Welt, die bald für eine dunkle, trübe, manchmal lange Zeit von ihm zurückweichen würde. – Diese Bemerkung fiel mir ein, als ich Churchills Brief an Brendan Bracken las. (Eine Abschrift des Briefes lag den Unterlagen bei, die William Knott meinem Vater hinterließ. Wo sich das Autograph befindet, weiß ich nicht. Es würde mich interessieren, Churchills Handschrift zu dieser Zeit mit der Handschrift anderer Stimmungslagen zu vergleichen; ob die Fährte des Hundes im Schriftzug zu finden ist.)

Chaplin hatte in den Tagen um die Premiere von *The Circus* tatsächlich wenig Zeit für Churchill gehabt; Marti Hobsons hymnische Besprechung in der *Cosmopolitan* leitete einen Umschwung in der öffentlichen Meinung ein. Alexander Woolcott, Chefredakteur der *New York Times*, schrieb in einem Leitartikel:»Dank der hirnlosen Taktlosigkeit unseres Zivilisationsgetriebes konnte es sich doch tatsächlich jemand erlauben, Chaplin das Gesetz auf den Hals zu hetzen, als wäre er irgendwer und nicht der einzigartige Bote des heilsamen Lachens, als den die Welt ihn kennt.« Manfred van der Laan, Chefkolumnist der *Chicago Tribune*, wetterte gegen die Doppelmoral, die, wie er schrieb,»einen der größten amerikanischen Künstler beinahe zum Schweigen gebracht hätte«. Sydney machte Charlie auf die sowohl imperialistische als auch unfreiwillig komische Formulierung aufmerksam – das Schlossgespenst spielend, höhnte er hohl:

»Wehe für Amerika, wenn ein britischer Stummfilmstar schweigt!«
Sie lachten lange und von Herzen und wie früher.

Chaplin, eineinhalb Jahre lang von der Presse erst beschimpft, dann gemieden, wurde von einem Interview zum nächsten weitergereicht. Er hatte tatsächlich wenig Zeit gehabt. Churchill aber meinte, er sei ihm aus dem Weg gegangen.

Es dauerte drei Jahre, bis sie einander wieder sahen.

16

Im Februar 1931 – drei Jahre nach *The Circus* – wurde *City Lights* in London im *Dominion Theatre* aufgeführt. In der Stadt brach eine Chaplin-Hysterie aus, die alle überraschte, die Polizei, das Personal des Hotels, Chaplins Begleiter und vor allem ihn selbst. Er wurde auf Händen getragen – und zwar tatsächlich: Als die Limousine wegen der Massen, die sich vor dem Hotel drängten, zwei Straßen vorher stecken blieb und Chaplin, der nicht ahnte, dass die Aufregung ihm galt, ausstieg, um zu schauen, was los sei, wurde er von zwei beherzten Bodyguards hochgehoben und zum Hotel getragen, geschoben von der kreischenden Menge. Hunderte Hände reckten sich ihm entgegen, die Leute prügelten sich darum, ihn berühren zu dürfen, als wäre er ein Wundertäter. Diese Begeisterung war ihm unheimlich; aber er genoss auch den Rummel um seine Person, besonders hier in London, das er einst als bettelarmer Junge im schäbigen Unterdeck auf der schäbigen SS *Cairnrona* verlassen hatte – jedes Kind kannte inzwischen diese Geschichte. Auch damals hatte sich eine Menschenmenge versammelt; die dreizehnjährige Prinzessin Maria Viktoria, der Liebling des Empire, war nämlich gerade aus Australien zurückgekehrt. Aber es waren weniger Menschen gewesen als jetzt vor dem *Carlton Hotel*.

City Lights wurde von der britischen Presse – nicht anders als zuvor von der amerikanischen – als *das* Meisterwerk der Filmkunst gepriesen, eine Tragikomödie, als hätten sich – so Timothy Bedford im *Manchester Guardian* – »die Geister von Aischylos und Aristophanes zusammengetan«. Ob er mit solchem Überschwang gerechnet habe, fragte ihn Carlyle Robinson, der Pressechef von United Artists. »Ja«, antwortete Chaplin schlicht und trotzig und gegen die Wahrheit.

Eine Woche lang beherrschte der Tramp die Titelseiten aller Zeitungen, das lächelnde Gesicht verdrängte die deprimierenden Meldungen über die weltweite Wirtschaftskrise.

Lady Astor lud zum Lunch nach Cliveden, dem herrschaftlichen Wohnsitz des britischen Teils der Familie. Die Einladungen der Lady waren legendär, in der Presse wurde darüber berichtet, als wäre jeder Besuch ein Staatsbesuch und sie der Außenminister. Sie saß für die Tories im Unterhaus, vertrat aber liberale Auffassungen und pflegte einen exzentrischen Lebensstil, was sie gern in der Wahl ihrer Gäste kundtat. Sie war befreundet mit dem als revolutionär geltenden Ökonomen John Maynard Keynes, ebenso mit dem radikalen Dramatiker George Bernard Shaw und dem nicht weniger radikalen H. G. Wells, der mit Sowjetrussland sympathisierte und für die Abschaffung der Monarchie eintrat. Auch waren anwesend David Lloyd George, Ramsay MacDonald und Stanley Baldwin – der erste: einstiger und bisher einziger liberaler Premierminister, der zweite: Mitglied der Labour Party und amtierender Premierminister, der dritte: als ehemaliger konservativer Premierminister dessen Vorgänger. Auch der spätere britische Faschistenführer Oswald Mosley war eingeladen. – Und: Winston Churchill.

Die Lady wusste nicht, dass Churchill und Chaplin befreundet waren. Sie wollte mit Chaplin vor allen und mit Churchill vor Chaplin prahlen. Weder die drei Premierminister noch die beiden Schriftsteller, noch den Ökonomen hielt sie für ebenbürtig; mit Chaplin, so äußerte sie sich bei anderer Gelegenheit, könne es an Glanz eben nur Winston aufnehmen.

Churchill glänzte nicht. Er hielt sich abseits, redete wenig, trank nicht (was allen auffiel). Sah krank aus, aufgedunsen, violett. Chaplin suchte seine Nähe, sie gaben einander die Hand, wechselten ein paar Worte, keines über ihr letztes Zusammentreffen in New York. Churchill zeigte sich »angetan« von *City Lights*, eine Umschreibung, die Chaplin noch nach Jahren befremdete. Die Szene mit dem

Stein am einen und dem Hals am anderen Ende des Stricks, sagte er, ob er sich erinnere, die hätten sie gemeinsam in der Wildnis der Malibu Hills entwickelt. »Nein, nein«, murmelte Churchill, »Chaplin hat sie entwickelt, ich hatte nur die Ehre, ihm dabei zuzusehen.« Lady Astor bat Churchill, einen Toast auszubringen. Er gehorchte; sprach mit leiser Stimme, nach Worten tastend, den Rücken verkrümmt, als hätte er Schmerzen: »My Lords, Ladies and Gentlemen«, begann er, es sei einmal ein kleiner Junge gewesen, der habe am anderen Themseufer gelebt und sei in die Welt hinausgezogen und habe die Liebe der Welt gewonnen. Er wies auf Chaplin, der ihm gegenübersaß, wollte den Namen aussprechen, aber die Stimme versagte, und die Gäste mussten von seinen Lippen ablesen. Das war keine Absicht. Aber es wurde so verstanden – es war nicht nötig, auszusprechen, wen er meinte.

Chaplin war sehr aufgeregt, und deshalb passierte ihm ein Fauxpas. Er erhob sich und begann ebenfalls mit »My Lords, Ladies and Gentlemen«, richtete ein paar Worte an alle und ein paar an Churchill und nannte ihn »my friend, the late Chancellor of the Exchequer« – was der »ehemalige«, aber zuvorderst der »verstorbene« Schatzkanzler hieß. Und um den letzten Anwesenden auf diese Peinlichkeit aufmerksam zu machen, drängte ihn seine Verlegenheit nachzuhaken: »Verzeihung, aber es hört sich schlecht an, wenn man sagt: der ›Ex-Chancellor of the Exchequer‹.«

Lloyd George, Baldwin und MacDonald müssen Chaplins ungeschickte Worte eine verstohlene Freude bereitet haben – zur liberalen Partei des ersteren war Churchill einst gewechselt, um den Konservativen eins auszuwischen, hatte dort zum linken Flügel gehört und der Partei als Innenminister mehr Ärger als Dienst abgeliefert; unter dem zweiten war er, nachdem er abermals die Seiten gewechselt hatte, zum Schatzkanzler aufgestiegen, war aber nach der Wahlniederlage der Konservativen aus deren Schattenkabinett zurückgetreten, was die Partei mit großer Erleichterung begrüßt hatte; im Weltbild des dritten, des amtierenden Labour-Premiers, galt Chur-

chill als Sozialistenfresser und Arbeiterschinder und war das Feind-
bild Nummer eins der Partei.

Churchill lud Chaplin nach Chartwell ein – demonstrativ nur ihn!
Auf seinem Landsitz zeigte er ihm den Swimmingpool, den er selbst
ausgehoben und gemauert hatte, und den Ententeich und das Gästehaus, die sich beide im Bau befanden, war aber nicht richtig bei der
Sache, verhielt sich zu ihm wie zu einem Fremden, entschuldigte
sich bald und überließ es seiner Frau Clementine, sich um den Gast
zu sorgen.

17

Chaplin blieb zwei Wochen in London, gab Partys, wurde zu Partys eingeladen, mimte abwechselnd den Playboy und den Till Eulensiegel, verstrickte sich in Liebeleien, gab unzählige Interviews, machte sich einen Spaß daraus, im *Observer* das Gegenteil von dem zu behaupten, was er wenige Stunden zuvor im *Evening Standard* verkündet hatte. Das Gerücht kam auf, Ramsay MacDonald habe vorgeschlagen, ihn zum Ritter zu schlagen, ebenso das Gerücht, Queen Mary habe ihr Veto eingelegt. Einmal sagte Chaplin, es wäre die größte Ehre für ihn, von der Königin empfangen zu werden, bald darauf gab er launige Anekdoten von sich, dass ihm erst kürzlich die Rolle eines Ritters angeboten worden sei, er aber das Drehbuch zu schlecht gefunden habe. Ein Teil der Presse amüsierte sich, der andere war empört; man wisse solche Geschichtchen sehr wohl zu deuten, hieß es, dieser Spaß komme einer Beleidigung der Monarchie gleich. Er entschuldigte sich und spottete am nächsten Tag über sich selbst, weil er sich entschuldigt hatte. Es gefiel ihm, den Puck zu spielen.

Und dann gefiel es ihm auf einmal nicht mehr. Jedenfalls nicht mehr in London.

Ohne Ankündigung brach er auf, die Hälfte seiner Entourage ließ er zurück. Er setzte über den Kanal und fuhr mit der Eisenbahn in einem Privatwaggon, der ihm von den Astors gratis zur Verfügung gestellt wurde, nach Berlin. Dort traf er im Hotel *Adlon* Marlene Dietrich zum Dinner, Prinz Heinrich von Preußen zeigte ihm die Protzbauten von Potsdam, er besuchte Albert Einstein und war beeindruckt von seiner Bescheidenheit, wurde Zeuge eines Naziaufmarsches und hörte sich die Rede eines gewissen Dr. Goebbels an. Er wollte nicht glauben, dass es sich um einen Politiker und nicht um einen Kollegen handelte, niemand könne sich diesen Mann anhören, ohne einen Lachkrampf zu kriegen, sagte er. Ob er Englisch spreche, dieser große Clown? Mit so einem wäre es leicht, eine Tonfilmkarriere zu starten und viel Geld zu verdienen. Schade, dass Sydney nicht hier sei, der hätte den Deal eingefädelt. Peter Lorre und Celia Lovsky, die Chaplin begleiteten, zogen ihn fort, sie fürchteten, jemand könnte ihn erkennen, obwohl er, inzwischen weißhaarig, unterhalb der Leinwand dem Tramp kaum mehr ähnlich sah. Wenn er, Chaplin, umgekehrt deutsch könnte, sagten sie, würde er nach wenigen Worten gemerkt haben, dass dieser Mann alles andere, nur nicht komisch und ganz gewiss kein Clown sei. Im *Stürmer*, dem Propagandablatt der Nazis, war ein gehässiger Artikel über den »sinnlich unersättlichen amerikanischen Zappeljuden« abgedruckt gewesen.

Weiter ging die Reise nach Wien, auch dort erwarteten ihn Tausende. Nur mit Hilfe der Polizei, die einen Kordon um ihn bildete, gelang es ihm, zum Hotel Imperial vorzudringen. Er hätte gern Sigmund Freud besucht, aber Sigmund Freud war leider nicht zu besuchen.

Das nächste Ziel hieß Venedig – Gondelfahrt, Dogenpalast, Rialtobrücke, Dinner mit dem Schriftsteller Massimo Bontempelli, der ihm einen Vortrag über Mussolini und die glorreiche Zukunft des Faschismus hielt. – Endlich Paris! Im Hotel warteten Briefe von Sydney. Sein Bruder drängte nicht darauf, die Reise abzubrechen, er legte lediglich eine Zusammenschrift aller Ideen bei, die Charlie in den letzten Jahren für einen neuen Film, einen sozialkritischen, einen klassenkämpferischen, notiert oder diktiert hatte. Sydney wusste, letztendlich würde sein Bruder nur *einer* Verlockung nicht widerstehen können, der Arbeit.

Noch konnte Charlie widerstehen. Mitte April, zum Geburtstag seines Bruders, traf er Sydney in Nizza und überredete ihn, die Pflicht seinerseits eine Zeitlang ruhen zu lassen. Sie fuhren gemeinsam durch Nordafrika, erlebten Lustiges und Spannendes und kehr-

ten über Spanien nach Frankreich zurück, nachdem sie eine Todes-
meldung erreicht hatte: Ralph Barton hatte sich in New York das
Leben genommen.

Ralph Barton war ein bekannter Karikaturist und bis vor einem
Jahr ein begehrter Illustrator gewesen. Er war immer für einen
Schwierigen gehalten worden, aber schließlich hatte er sich seinen
Auftraggebern als zu schwierig erwiesen, und sie hatten sich zurückgezogen. Es schien, als könnte dieser Kerl grundsätzlich mit nichts
einverstanden sein. Das zog jedes Geschäft in die Länge. Chaplin
aber war fasziniert von ihm gewesen; er kenne keinen Künstler, dem
man unmittelbar bei der Entstehung seiner Kunst zusehen könne,
außer Ralph. »Gib ihm irgendetwas in die Hand, einen Griffel oder
einen Stein oder ein Stück Kreide oder Kohle, und sag: Löwe! oder:
T. S. Eliot! oder: Erzengel Gabriel!, und er zeichnet das Verlangte auf
Papier oder Asphalt oder auf eine Tafel oder eine Serviette. Er setzt
an, zögert keine Sekunde und führt den Strich zu Ende, ohne abzu-
setzen. Etwas Höheres führt seine Hand.« Dieses Statement war auf
die Rückseite eines Buches mit ausgewählten Zeichnungen von
Ralph Barton gedruckt worden. Seither waren die beiden befreundet.
Als Chaplin einmal berichtet wurde, dass Ralph einen Selbstmord-
versuch unternommen habe, weil er von einer Frau verlassen worden sei, hatte er ihn spontan aufgefordert, ihn nach England und
durch Europa zu begleiten. Sie hatten großen Spaß in London, kleinen in Berlin, keinen in Wien. Barton war wirklich ein Schwieriger.
Seine Launen wurden tyrannisch, sein Verfolgungswahn konnte einem gehörig auf die Nerven gehen. Als er endlich die kleine Gruppe
in Venedig verließ, waren alle froh. Auch Chaplin. Alle waren der
Meinung, seine dauernden Drohungen, er werde sich umbringen,
seien nicht ernst zu nehmen, seien pure Erpressung, nichts anderes.
Und dann hatte er sich tatsächlich das Leben genommen.

Chaplin erfuhr von dem französischen Filmregisseur Abel Gance,
der ein Stück mit ihnen reiste, dass Churchill sich zur Zeit in Biarritz

aufhalte; der arbeitslose Großmann wolle endlich urlauben, wozu er in den letzten zwanzig Jahren, wie allseits bekannt, keine Gelegenheit gehabt hatte.

»Das hat er gesagt?«

»Das soll er gesagt haben, ja.«

»Haben Sie mit ihm gesprochen?«

Nein, das hatte Gance nicht. Er hatte die Information von dem Dichter und Schauspieler Antonin Artaud, der Churchill für eine surrealistische Zeitschrift interviewt habe und hell begeistert von ihm gewesen sei, von seinem Witz und seiner Schlagfertigkeit, seine Antworten hätten nur aus einsilbigen Worten bestanden.

»Und wie hat er sonst gewirkt? Ernst? Fröhlich? Geistesabwesend? Zornig? Traurig?«

Das wusste Gance nicht.

Chaplin wollte den Freund in Biarritz besuchen, allein. Er hatte immer noch ein schlechtes Gewissen wegen seines Fauxpas während des Lunchs bei Lady Astor (zumal ihm hinterbracht worden war, »The Late Chancellor of the Exchequer« habe sich im Parlament als Spitzname für Churchill herumgesprochen), und hatte immer noch ein schlechtes Gewissen wegen seiner mangelnden Aufmerksamkeit vor drei Jahren in New York bei der Premierenfeier zu *The Circus*; er gab sich die Schuld, dass das Verhältnis zwischen ihnen abgekühlt war. Der Selbstmord von Ralph Barton hatte ihn tief erschüttert, einen Tag lang hatte er niemanden sehen wollen. Seine Gedanken aber galten nicht dem armen Ralph, das musste er sich, ebenfalls mit schlechtem Gewissen, eingestehen, sondern dem einsamen Freund an der Atlantikküste. Um Barton hatte er sich – leider! – nie ernsthaft gesorgt, um Winston schon. Mit Barton hatte er keinen Pakt geschlossen, mit Winston schon.

Er traf einen »Mann ohne Laune«.

18

Im *Hotel du Palais* hieß es, Churchill sei unten am Strand. Er male.

So fand ihn Chaplin: in einen fleckigen Mantel gehüllt, auf dem Kopf einen Strohhut, der mit einem Ledersenkel unter dem Kinn festgebunden war, derbe Schuhe an den Füßen, Wollhandschuhe, deren Finger abgeschnitten waren. Er saß auf einem Klappstuhl, hatte die Staffelei in den Sand gerammt, in der Rechten hielt er die Farbpalette, in der Linken den Pinsel, zwischen den Zähnen klemmte die Zigarre. Er malte den weißen Leuchtturm auf dem Cape Hainsart und den Felsbrocken davor und den Strand und das Meer mit seinen Schaumkronen. Keine Vögel. Keine Menschen.

Es war Anfang September, der Wind vom Atlantik brachte salzige Luft und trieb die Wolkenknäule vor die Sonne, so dass das Licht von gleißend hell schnell zu matt und trüb wechselte. In dem Bild auf der Staffelei aber habe sich ein ewiger blauer Sommerhimmel über Erde und Meer gespannt, erinnerte sich Chaplin. Das Bild – das sei sein erster Eindruck gewesen – habe etwas anderes erzählt als das Gesicht des Freundes. Das Gesicht war zur Hälfte verdeckt von einem Kopftuch, das er unter dem Hut trug, ein Fragment von einem Gesicht, es habe von Gram und Zorn erzählt, mehr Zorn als Gram. Hätte die Kamera erst das Gesicht gezeigt, jeder unten im Saal vor der Leinwand hätte geglaubt, der Maler arbeite an einem Pamphlet, einer Karikatur, ziehe mit Verachtung und Enttäuschung jeden seiner Pinselstriche, wolle heimzahlen, wolle kränken. Das Bild dagegen zeigte einen Frieden, wie er in der Wirklichkeit nicht war und nur als symbolisches Abbild eines inneren Glücks gedeutet werden konnte. Aber wie falsch wäre diese Deutung gewesen! Und wie falsch war die Deutung des Gesichtsausdrucks des Künstlers!

Er habe, erzählte Chaplin, die Hand auf die Schulter des Freundes gelegt, sanft, um ihn nicht zu erschrecken, und habe mit einer leisen, dafür umso deutlicher artikulierenden Stimme – wie er sie in den Tonfilmen, die er bisher gesehen, vermisst habe – gesagt:

»Ich bin's, Charlie.«

Dies habe er getan, damit die Fremdheit gleich von Anfang an überwunden sei – was er in New York und im Haus von Lady Astor verabsäumt habe.

»Ich bin's, Charlie«, habe er gleich noch einmal gesagt – nun ein wenig theatralischer, was einerseits, wenn das Pathos ernst genommen würde, anzeigen sollte: ich bin gekommen, um dir zu helfen; andererseits, wenn es ironisch verstanden würde, so viel bedeuten konnte wie: du, Don Quixote, ich, Sancho Pansa, gemeinsam werden wir die Windmühle besiegen – oder so ähnlich.

Churchill führte erst zwei, drei, vier Pinselstriche zu Ende und drehte sich dann zu ihm um.

»Oh!«, sagte er und malte weiter.

Ich zitiere aus Josef Melzers Buch, wo dieser wiederum über drei Seiten Chaplin zitiert:

»Ich weiß« – Melzer erwähnt, Chaplin habe seine Schilderung und seine Gedanken immer wieder unterbrochen und lange geschwiegen, ihn aber mit einer Handbewegung abgewehrt, wenn er ihm eine Frage stellen wollte – »ich weiß, die meisten Menschen auf der Erde werden es als ungehörig, sogar niederträchtig ansehen: das Leid eines Freundes für die eigenen künstlerischen Ambitionen auszubeuten, sein Leiden möglichst genau zu beobachten, um es später möglichst genau wiedergeben zu können. Von einem gemeinen Gesichtspunkt aus betrachtet, sind Künstler ungehörig und niederträchtig. Der schwarze Hund hatte meinen Freund besucht. Und er biss ihm in die Kehle. Und biss ihm die Worte ab. Dieser französische Schriftsteller und Schauspieler, der ihn für seine Zeitschrift interviewt hatte, er muss blind gewesen sein, wenn er meinte, Winston sei witzig und schlagfertig gewesen, oder er hatte nur gesehen, was er sehen wollte. Er sprach tatsächlich in einsilbigen Worten. Die zweite Silbe und die dritte und die vierte, die fraß ihm der Hund weg. Ich war zur rechten Zeit gekommen. Später erzählte er mir, es sei die schlimmste Depression seines Lebens gewesen und die längste, und wenigstens bis zu ihrer Peripetie habe er sich nur über den Tag retten können, weil er wusste, im Koffer unter den Hemden warte seine Browning. Ich fragte ihn, warum er nicht nach mir gerufen habe, wie wir es verabredet hatten. Er sagte, er habe nicht die Kraft dazu gehabt. Ich glaube, er hatte mir nicht mehr vertraut. Und er hatte auch allen Grund gehabt, mir sein Vertrauen zu entziehen. Ich hatte ihn in New York und hatte ihn bei Lady Astor im Stich gelassen. Und ich ließ ihn auch diesmal im Stich. Ich war gekommen, obwohl er mich nicht gerufen hatte. Das durfte ich mir anrechnen. Nun war ich hier. Ich war bei ihm. Aber ich war nicht besser als dieser Schauspieler und Schriftsteller mit seinem Interview. Ich war nicht blind, aber ich sah eben auch nur, was ich sehen wollte. Dieses unglaubliche Bild! Ein alter Mann, älter, als er tatsächlich ist, sehr viel älter, sitzt am Strand, zusammengesunken, hält abwechselnd Hut und Staffelei fest, damit der Sturm sie ihm nicht wegbläst, kämpft gegen den Hund in seiner Kehle und seiner Seele, indem er eine Idylle auf die Leinwand zaubert. Ein Mann ohne Laune, zum Bersten angefüllt mit Nichts, ein Leben als Schadensabwicklung. Während unserer Stunde am Strand musste ich denken, dies könnte eine Szene in einem Film sein. Und zum ersten Mal in meinem Leben dachte ich, es könnte eine Szene in einem Tonfilm sein. Nicht nur eine Szene, ein ganzer Film könnte es sein! Keine Studioproduktion! Hier in Biarritz, genau an dieser Stelle würde ich drehen, keinen Meter weiter rechts, keinen Meter weiter links. Winston hatte den einzig richtigen Punkt fixiert. Zwei Männer treffen einander am Strand, und alles, was man sieht, ist anders, als es tatsächlich ist. Nie ist so etwas in einem Kunstwerk dargestellt worden. Jedenfalls nicht in dieser Wucht, wie ich es vor mir sah. So etwas kann nur der Film. Nein, ich dachte –

und wunderte mich über mich selbst – ich dachte: *So etwas kann nur der Tonfilm!* Ich hätte über den Strand tanzen wollen! Ich hatte in diesen Minuten den Tonfilm erfunden! Was waren die Tonfilme, die bisher ins Kino gekommen waren – *The Jazz Singer* oder auch *Lights of New York,* der mir besser gefallen hatte – die waren nichts anderes als abgefilmtes Theater! Dokumentarfilme. Sie dokumentierten Theater. Aber was ich hier vor mir sah, als fertiges Kunstwerk vor mir sah, das war tatsächlich Tonfilm, Sprechfilm. *Der erste Sprechfilm!* Was hier gesprochen würde, ließe sich in einer Pantomime nicht darstellen. Der Philosoph sagt: Wer spricht, macht Schulden. Diese Sentenz hatte ich auf die Innenseite meiner Stirn tätowiert. Aber man kann die Schulden nur tilgen, indem man weiterredet. Wer einmal redet, muss immer weiterreden. Chaplins erster Sprechfilm! Und selbstverständlich würden nur Schauspieler aus unserer Riege imstande sein, in diesem tatsächlich ersten Tonfilm zu spielen. Ein Zweipersonenstück. Titel: *Zwei Herren am Strand.* Besetzung: *Buster Keaton und Charlie Chaplin.* Wer sonst? Bitte, wer sonst! Damit würde niemand gerechnet haben. Chaplin als Anti-Chaplin. Das Leben, wie es ist! Es besteht nämlich nicht aus drei Akten oder fünf Akten, es ist kein Drama. Das Leben ist eine Revue aus aneinandergereihten Szenen, ohne Ordnung. Sprechen als Sprechgesang. Die ewige Wiederkehr des Gleichen. Jedes Wort eine Erkennungsmelodie. Licht ist Tag, Finsternis ist Nacht. Keine Metapher! Der Film hat sich immer für das Merkwürdige interessiert. Ein guter Film verwandelt das nur Merkwürdige in ein Mysterium. Er tut es, indem er zeigt, was ist. Was könnte werden aus einem Übermaß an Echtheit? Logisch wäre: ein Film in Farbe. Adam hat bei Milton hyazinthfarbene Locken und Odysseus bei Homer auch ... – Ich setzte mich neben Winston in den Sand, und anstatt an seiner Seite gegen den schwarzen Hund zu kämpfen, wie es meine Freundespflicht gewesen wäre, saß ich in meinem privaten Kino, dessen Leinwand so groß ist wie die Innenseite meiner Stirn, und schaute und staunte und hörte und schwieg. Winston hätte mich verstanden. Ich habe ihm später davon erzählt, und er verstand mich. Ich sagte zu ihm: ›Seit wir Menschen sprechen können, ist alles, was man sieht, anders, als es ist.‹ Diese Erkenntnis, sagte ich zu ihm, hätte ich an jenem Nachmittag am Strand von Biarritz gewonnen. Und es ist wahr. Deshalb wollte ich mich möglichst genau an die Szene erinnern. Und deshalb habe ich in der Nacht im Hotelzimmer aus dem Gedächtnis heraus Protokoll geführt. Und deshalb war ich besonders aufmerksam. Und deshalb war ich besonders unaufmerksam.«

Am nächsten Morgen reiste Chaplin ab – mit dem bitteren Gefühl in der Brust, seinen Freund abermals verraten zu haben. Er holte sich schnell noch eine miese Schlagzeile im *Daily Herald*, weil er, wie es dort hieß, im Frühstücksraum eine Gabel zu einer angedeuteten Pistole verkrümmt und mit ihr auf einen Journalisten gezielt habe, der von ihm wissen wollte, wann die Welt das Mafiastück zu sehen bekomme, das er und Churchill in dieser feinen Atmosphäre ausgebrütet hätten.

Er fuhr nach England, tat dies und das und nichts. Im November schrieb er von Dover aus ein Telegramm an Churchill:

Apples, peaches, pears and plums
tell me when your birthday comes.

Tat dies und das und nichts.

Er beabsichtigte – wie erzählt – über Weihnachten in London zu bleiben und mit den Waisenkindern der Hanwell Schools zu feiern; war aber, als er von Churchills Unfall in Manhattan erfuhr, sofort nach New York aufgebrochen – diesmal habe er es richtig machen wollen –, hatte sich gegen Butler und Krankenschwester, die ihn nicht erkannten und ihm nicht glaubten, dass er Charlie Chaplin sei, durchgesetzt und Churchill gefunden – in der »denkbar besten Laune«, im Bett sitzend, umgeben von Büchern und Manuskripten. »Und die Staffelei? Die Farben? Die Pinsel?«, fragte er außer Atem.

»Sind nicht meine Sachen«, antwortete Churchill, der wusste, was der Freund meinte. »Sie brauchen sich keine Sorgen zu machen, Charlie. Ich bin hier Gast meiner Cousine. Sie ist Malerin. Ich darf mich in ihrem Atelier von meinem Zweikampf mit einem Chrysler DeSoto erholen.«

Chaplin besuchte den Freund über eine Woche lang täglich, und jedes Mal blieb er mehrere Stunden. Churchill malte ein Portrait von ihm. Der Linkshänder malte mit der rechten Hand, weil seine linke vom Unfall beeinträchtigt war. Chaplin meinte, auf diese Weise entstehe wahre Kunst, nämlich aus dem Mangel, und urteilte, das Ergebnis sei »schrecklich schön«. Churchill schrieb an seine Frau, er habe nie in seinem Leben mit solcher Herzenslust gelacht. Sollte sich Mr. Chaplin jemals in Gefahr befinden, »werde ich mich, wenn nötig mit einem Putsch, an die Spitze der Royal Navy stellen und ihn raushauen«. Denn Freude sei ein Rohstoff, auf den das Empire weniger verzichten könne als auf Kohle, Gummi und Tee.

19

Chaplins Tugend. – Diesen Titel habe sich Chaplin ausdrücklich gewünscht, schreibt Josef Melzer. So naiv es klingen mag, er habe, nahe dem Tod, »Argumente für die Gnade Gottes« sammeln wollen.

Irgendwann während des Interviews, mitten heraus aus einem ganz anderen Thema, habe er gefragt: »Glauben Sie, Monsieur Melzer... aber Sie müssen mir bitte die Wahrheit sagen... glauben Sie... dass sich Gott im Himmel einen meiner Filme angesehen hat?«

Diese Geschichte erzählt Melzer im Nachwort zur 2. Auflage seines Buches. Man dürfe nicht vergessen, rechtfertigt er die Verspätung, die 1. Auflage sei gerade ein Jahr nach Chaplins Tod erschienen, und Chaplins Ruf als Künstler habe nach seinen letzten Filmen massiv gelitten. Viele Kritiker hätten dem Stummfilm als Ganzem eine künstlerische Hochqualität abgesprochen, hätten in ihm lediglich eine Art Vorgeschichte gesehen, wie die Commedia dell'arte eine Art Vorgeschichte zu den Dramen Shakespeares gewesen sei. Einige meinten, im Abstand klar zu erkennen, dass ein Buster Keaton, ein W. C. Fields, ein Harold Lloyd oder später die Marx Brothers, aber auch Stan Laurel und Oliver Hardy mit dem viel zu lange hofierten Chaplin nicht nur gleichzögen, sondern ihn sogar überträfen und im Gegensatz zu diesem sich mit aller Würde ihres Genres – und ohne Peinlichkeiten wie *A Countess from Hong Kong* – vor dem Tonfilm in Sicherheit gebracht oder sich souverän in ihn hinübergerettet hätten.

Ihm, Melzer, sei noch Billy Wilders Rezension von Chaplins Autobiografie in den Knochen gesessen und die Erinnerung, wie Chaplin reagiert hatte, als sie darüber sprachen, nämlich in einer Weise verletzt, wie er es nicht für möglich gehalten hätte, immerhin war die Sache schon vierzehn Jahre her. Es war ja auch keine Kritik gewesen, sondern ein Verriss, und auch kein Verriss des Buches, sondern der Person Charlie Chaplin; dahinter waren eine Verachtung und ein Hass zu spüren, gegen die weder Berühmtheit noch Werk, nicht einmal Arroganz eine schützende Mauer errichten konnten. Am meisten habe ihm, Chaplin, wehgetan, dass Wilder mit dem Instinkt eines Inquisitors seine eigenen Befürchtungen aufgespürt hatte; als wäre er seinen Alpträumen entstiegen und hätte ihm das Gebell des schwarzen Hundes mit der Glutnadel auf die Stirn tätowiert:

»Chaplin war ein Gigant, solange er seinen stummen kleinen Tramp spielte. Kaum machte er den Mund auf, da kam peinliche Banalität hervor… Es war, als hätte ein Quintaner Texte zur Vierten Symphonie von Brahms geschrieben… Ausgerüstet mit der Gelehrsamkeit eines Reader's Digest-Abonnenten, wirft er mit großen Worten um sich: Sozialismus, Weltbürger, Brüderlichkeit aller Menschen… Es ist einfach zum Heulen: Ein Durchunddurch-Genie verlässt sein Terrain und macht sich zum Narren – wie wenn Michelangelo von der Decke der Sixtina herabgestiegen wäre, um Schlittschuhe anzuschnallen und mit Sonja Henie zu tanzen.«

»Es war nicht die Zeit«, schreibt Melzer, »in der Naivität bei einem Künstler geschätzt wurde.« Er wollte Chaplin nicht kompromittieren, darum habe er die folgende Geschichte in der 1. Auflage seines Buches nicht erzählt – obwohl in ihr der Titel, *Chaplins Tugend*, seine Begründung findet. Er habe befürchtet, die Gedanken seines Protagonisten könnten lächerlich wirken und abermals lächerlich gemacht werden, wenn sie nur in Worten wiedergegeben würden – ohne dass man ihm dabei in die Augen sah, ohne dass man seine Gesten verfolgte, diese auch im Alter noch beredte Körperlichkeit spürte, seine Begeisterung.

Heute (das war zehn Jahre später) versuche niemand mehr, Chaplins Genie zu schmälern, und die Naivität würden nur mehr die ewig langweiligen Zyniker verspotten.

Wenn Chaplin über seine Empfindungen gesprochen habe, die ihn während der Arbeit beherrschten, habe sich die Inbrunst seiner Worte nicht von den Worten eines Mystikers unterschieden, dem eine göttliche Offenbarung zuteil geworden war. Einmal habe er gesagt: »Picasso hat nicht an ihn geglaubt, aber er war sich doch sicher, dass im Himmel wenigstens eines seiner Gemälde hängt... Bestimmt nicht alle meine Filme wird er sich angesehen haben, das kann ich ja nicht verlangen... Mir wäre recht, er hätte sich *The Kid* angesehen... oder besser *The Gold Rush*, was meinen Sie? Was würden Sie ihm raten, Monsieur Melzer? Einstein rät ihm zu *City Lights*, das weiß ich. Bei *Limeligth* würde ich gern vorher ein paar Szenen umschneiden, einige ganz rausnehmen, wenn das noch geht...«

Das gesamte Interview habe sich über fünf lange Arbeitstage erstreckt, schreibt Melzer; nie sei Chaplin so ernst gewesen wie in dieser kleinen halben Stunde. Als wäre es das letzte, was er in seinem Leben der Welt sagen wollte – halb noch nach hüben, halb schon nach drüben gesprochen.

Er sei noch einmal auf die Episode im Februar 1927 im *Biltmore* Hotel in Los Angeles zu sprechen gekommen, als Churchill und er eine Allianz gegen ihre schwarzen Hunde geschlossen hatten und die dreizehnjährige Sarah zu ihnen gekommen war, weil sie nicht schlafen konnte. Churchill habe ihn vor seiner Tochter loben wollen, indem er behauptete, er könne jeden Menschen auf der Welt nachmachen. Er habe auf Sarahs Wunsch hin ihren Vater gespielt, und er habe ihn so gut gespielt, dass sie sich zwischen Entzücken und Entsetzen nicht habe entscheiden können und erst laut und lachend, dann immer leiser und ernster werdend, »Mehr! Mehr!« rief, bis sie schließlich die Hände vor die Augen drückte und den Kopf schüttelte.

»Sollen wir Mister Chaplin bitten, ob er uns noch jemanden vorspielt?«, fragte Churchill seine Tochter.

»Wen?«, fragte sie.

»Such dir jemanden aus! Irgendjemanden, den du und den Mister Chaplin kennen.«

»Ich weiß niemanden, Pomp.«

»Soll er den amerikanischen Präsidenten spielen?«

»Denn kenne ich ja nicht.«

»Den König?«

Der interessierte sie nicht besonders.

»Ebenezer Scrooge?«

Den gebe es doch gar nicht, der sei doch erfunden.

»Soll er den Tramp spielen?«

»Aber er ist doch der Tramp, Pomp.«

»Nein, Sarah, er ist Mister Charles Chaplin.«

»Ich weiß wirklich niemanden.«

»Aber ich weiß jemanden«, rief Churchill. »Sollen wir ihn fragen, ob er dich spielen kann, Sarah?«

Da lachten sie alle, Sarah, ihr Vater und er, Chaplin, und Sarah sagte: »Aber das geht doch nicht, Pomp, dafür ist er doch viel zu alt.«

»Er könnte dich spielen, wie du in fünfundzwanzig Jahren bist«, sagte ihr Vater.

Das wollte sie nicht.

Und dann habe Sarah, erzählte Chaplin fünfzig Jahre später, einen merkwürdigen Vorschlag gemacht.

Er soll sich selbst spielen, habe sie gesagt.

Da sei ihm Eva Lester eingefallen und ihre Theorie, dass der Künstler mit seiner Kunst Gott betrüge. Er habe sich gedacht: Ich bin ich, wie Gott mich gemacht hat, der Tramp aber bin ich, wie ich mich gemacht habe, und der Tramp ist besser, und das ist mein Betrug. Litas Anwälte mögen Schurken sein, aber doch nur, weil sie übertreiben, im Kern haben sie recht. Ich bin, was sie über mich sagen: eitel, egozentrisch, geizig, herrschsüchtig, brutal, rücksichtslos, bösartig, lüstern. Aber ich habe einen geschaffen, der besser ist als ich. Darin besteht meine Tugend.

»Das kann ich nicht«, habe er gesagt. »Ich kann mich nicht selber spielen. Außerdem genügt es, dass ich bin, wie ich bin. Je weniger mir dabei zusehen, umso besser.«

Churchill habe sich amüsiert. Aber Sarah habe ihm wieder einen Blick zugeworfen, als könnte sie in seinem Gesicht die Gedanken lesen, die er nicht in Worte gefasst hatte; als könnte sie ihn sehen, wie er tatsächlich war, ohne dass er sich selbst spielte, und als hätte sie ähnliche Gedanken wie er auch schon gehabt.

Zu Josef Melzer sagte er: »Ein Leben voller Laster und nur eine einzige Tugend.« Darum wünsche er sich, dass Melzer sein Buch *Chaplins Tugend* nenne.

»Ich bin kein Idiot, wie Mister Wilder glaubt, und ich bin nicht naiv, ich bin nicht einmal glücklich. Nur ein glücklicher Idiot kann Naivität ein Leben lang aufrechterhalten. Jeder andere legt sie irgendwann ab oder verliert sie. Die meisten werden darüber verstockt und böse. Besser, man war nie naiv. Mein Bruder Syd und ich hatten keine Gelegenheit dazu. Zum Glück. Oder zu unserem Unglück.«

Mit diesem Zitat endet Melzers Nachwort zur 2. Auflage seines Buches.

Dritter Teil

20

Clementine Churchills Sorge galt ihrem Mann; es war eine »dem Schicksal ergebene Sorge«, wie ich in den Tagebuchblättern, die erhalten sind, gelesen habe; eine Sorge, die sie oftmals eine »geradezu detektivische Aufmerksamkeit kostete«, ihr »aber kein schlechtes Gewissen bereitete«. Ihr sei stets bewusst gewesen, dass Winston »geführt« werde, dass alle Versuche einer tätigen Obhut also nichts bewirken könnten, außer dass sie als lästig empfunden wurden. Ihre Aufgabe sah sie darin, »den Weg zu fegen, Warnschilder aufzustellen, Kanten abzupolstern« und vor allem, »sich selbst und die Familie auf eine Katastrophe vorzubereiten«. Sie blickte in das Herz ihres Mannes und sah dort neben der ebenso bewunderten wie geschmähten und, wie es abgeleiert in jedem Zeitungsportrait über ihn hieß: »renaissancehaften« Lebenslust die Lebensunlust lauern, und sie wusste, dass diese nicht weniger mächtig war als ihr funkelndes Gegenbild. Und außerdem: Wer hätte versprechen können, dass die »Führung« über ihrem Mann stärker sei als seine destruktiven Kräfte? »Er fürchtet den Tod nicht«, schreibt sie. »Manchmal wünscht er ihn. Er wird ihn schlucken wie eine Tablette.« Der Gedanke, er könnte sich das Leben nehmen, war ihr seit ihrer Heirat gegenwärtig. Sie war allzeit bereit, die Nachricht entgegenzunehmen.

Die Sorge um ihren Sohn allerdings bereitete ihr ein schlechtes Gewissen. Er trank eindeutig zu viel. Schon im Alter von fünfzehn Jahren hatte er getrunken. Seine Eltern waren ihm keine Leitsterne gewesen. Nachdem ihn Stan Carrick, Winstons Chauffeur, eines Nachts hundert Meter von ihrer Londoner Wohnung entfernt aus dem Straßengraben aufgelesen, nach Hause geschleppt und dafür Prügel bezogen hatte, vermied es Clementine, in Randolphs Gegenwart Alkohol zu trinken. Sie wurde still, wenn er auftauchte; sie schaute zur Seite oder nach oben oder nach unten und richtete es ein, dass sie nicht mit ihm allein in einem Raum war. Winston sah im »Übermaß des Sohnes« kein Malheur; im Gegenteil, für eine gemeinsame Saufnacht räumte er seinen Terminkalender frei – Champagner, Brandy, Whisky, Tabak.

Der Vater habe, warnte ein Freund, Randolph schon als Kind nach Strich und Faden verwöhnt, nun werde er Sturm ernten. Winston war nicht dieser Meinung. »Junge Menschen«, pflegte er zu sagen, »tun, was sie wollen. Die einzige Zeit, in der Eltern ihre Kinder wirklich unter Kontrolle haben, ist vor ihrer Geburt. Danach entfaltet sich ihre Natur erbarmungslos Zug um Zug.« Er machte – oder wie derselbe Freund es nannte: zwang – Randolph zu seinem Kameraden, seinem Vertrauten, Kumpan; er nahm ihn mit, wenn er sich mit den Größten traf. Und er forderte ihn *nicht* auf, den Mund zu halten. Er solle sich zu Wort melden, wann immer er meine, etwas zum Gespräch beitragen zu können. Das tat der Sohn, mit lauter, klarer Stimme – die in manchem Ohr etwas zu tyrannisch klang.

Diana, um zwei Jahre älter als ihr Bruder, war das »Eingewöhnungskind«. Als ich diesen Ausdruck las und gleich auch, was er bedeutete, überkam mich ein Schauder, und ich sprang in ihrer Geschichte voraus bis ans Ende: ›Puppy Kitten‹, wie sie in ihrer Kindheit genannt wurde, nahm sich in ihrem vierundfünfzigsten Jahr das Leben; nachdem sie in der *Samaritian Organisation* viel Zeit Suizidgefährdeten gewidmet hatte. Dann aber waren die Rückenschmerzen wieder da, und eines Nachts waren sie unerträglich geworden. Was ihr Vater den ›schwarzen Hund‹ nannte, nannte sie ›ihre Rückenschmerzen‹. »Puppy Kitten tut's hier weh und tut's dort weh und oben und weiter drüben!«, hatte sie als Kindchen gerufen, wenn sie am Rücken gekrault werden wollte, und wenn sie traurig gewesen war, hatte der Vater gefragt: »Hat Puppy Kitten Rückenschmerzen?« und hatte sie

gekrault. Als sie aus der Welt ging, hatte er noch zwei Sonnenum-
kreisungen vor sich. Er habe von diesem Tag an nur mehr auf die
Erde geschaut, und immer wieder habe er vor sich hingemurmelt:
»Jetzt nicht mehr. Jetzt nicht mehr.« Auf die Frage, was er damit
meine, habe er zur Antwort gegeben: »Jetzt bin ich zu alt, um es
ebenfalls zu tun. Jetzt ist es zu spät. Jetzt ist es auch dafür zu spät.
Man darf es nicht zu lange aufschieben.«

Das Eingewöhnungskind wurde wenig beachtet. Diana war nicht
schwierig wie Randolph, nicht künstlerisch ambitioniert wie Sarah,
Vaters Liebling, und bei weitem nicht so hübsch wie diese, deren ti-
zianroter Haarschopf in jeder Gesellschaft der Merkpunkt war; und
sie war nicht so klug wie Mary, die Jüngste, noch hatte sie deren
einnehmendes Wesen. Sie trank. Aber im Unterschied zu Sarah und
Randolph schämte sie sich dafür und litt darunter. Sie war die erste,
die in der Familie in Zusammenhang mit Alkohol das Wort Sucht
gebrauchte. Sie witzelte darüber nicht wie ihr Vater – »ich bin kein
Alkoholiker, kein Alkoholiker verträgt so viel wie ich«. Sie äußerte
sich nicht in der Öffentlichkeit, verweigerte Interviews, gleich zu
welchem Thema. Sie scheint nicht viele Freunde gehabt zu haben.
Sie war gern allein. Und fürchtete sich zugleich davor. Wenn sie
allein war, trank sie. Von »Nervenkrisen« wird berichtet. Es waren
plötzliche Zusammenbrüche, die sich nicht ankündigten und die keiner Krankheit als Symptom zugerechnet werden konnten. In den
Biographien über ihren Vater wird Diana selten erwähnt, in Churchills autobiografischer Geschichte des Zweiten Weltkriegs kommt
sie gar nicht vor, als einzige der Geschwister.

William Knott hingegen schreibt in den Briefen an meinen Vater
immer wieder über sie. Die beiden haben sich nicht oft getroffen –
während des Krieges war Diana beim *Women's Royal Naval Service*,
dem königlichen Marinedienst für Frauen, und Knott dicht bei ihrem Vater, wo immer der auch war –, aber die wenigen Male hatten
genügt, um gegenseitige Sympathie entstehen zu lassen. Ähnlich
wie Mary, die Knott erst später näher kennenlernte, sei Diana ohne

Hoffart gewesen, anders als jene jedoch ernst und übersorgfältig; aber nicht verschlossen, jedenfalls sei sie ihm, Knott, nicht verschlossen vorgekommen, im Gegenteil, sie habe mit ihm freimütig über Eltern und Geschwister gesprochen. Diana war auch die einzige der Churchills, die nach Ende seiner Aufgabe mit ihm Kontakt gehalten habe. Mary hatte sich erst zehn Jahre nach Churchills Tod mit ihm in Verbindung gesetzt.

Um ihre Tochter Diana sorgte sich Clementine nicht. In einem anderen Zusammenhang – Churchills Biografin Virginia Cowles erinnert sich an den genauen Wortlaut – sagte sie einmal: »Man sorgt sich nicht um diejenigen, die man am meisten liebt, sondern um jene, von denen die größte Gefahr für das eigene Wohlsein ausgeht.« Sorge sei nichts anderes als »bemäntelter Egoismus«. Von Diana ging offenbar solche Gefahr nicht aus.

21

Zu der Zeit, in der sich die Begebenheit zutrug, deren Nacherzählung ich hier vorbereite, und die in meiner Geschichte einen ersten Höhepunkt darstellt – München, April 1932 –, war Diana mit John Milner Bailey verlobt, dem Sohn von Sir Abe Bailey, einem reichen Südafrikaner und Freund ihres Vaters. Im Dezember sollte die Hochzeit sein. Diana war dreiundzwanzig, John zweiunddreißig. Nicht dass die beiden verkuppelt worden wären – keinerlei Absprachen hinter ihrem Rücken waren getroffen, offen war mit ihnen, sowohl einzeln als auch gemeinsam, gesprochen worden –; die Familien hatten ihnen eine Verbindung lediglich »nahegelegt«. Diana und John kannten einander kaum, sie hatte nicht ihn, er hatte nicht sie beeindruckt. Dies bekundeten sie auch in ihrem ersten Austausch in Anwesenheit ihrer Eltern, nachdem sie auf Bitten derselben einen Spaziergang im Park von Chartwell absolviert hatten. Die Atmosphäre zwischen ihnen bezeichneten sie hinterher einmütig als neutral. Winston argumentierte, dies sei nachgerade eine ideale Grundstimmung für eine aussichtsreiche Ehe; wenn sich Mann und Frau vorher länger und intensiver kennten, die Zeit der leidenschaftlichen Verliebtheit also diesseits der Ehe liege, begänne mit der Hochzeit die Zeit der Abkühlung; der Ehe hafte ein Leben lang etwas Schales an und immer reize die Erinnerung an die Zeit davor zur Unzufriedenheit. In ihrer Version aber gediehen Verliebtheit und Liebe auf dem gleichen Feld zur gleichen Zeit.

Wie Winston vorausgesagt hatte, gaben die beiden bald nach ihrer Verlobung – unabhängig voneinander – bekannt, dass sie es inzwischen für nicht unrealistisch hielten, sich in den kommenden Monaten ineinander zu verlieben.

Um die Gefühle zu fördern, schlug Winston vor, zum letzten Mal

einen gemeinsamen Familienausflug zu unternehmen – ein unge-
zwungenes Beisammensein, eine Reise durch die Niederlande, ein
bisschen Frankreich und vor allem Deutschland – Rheinland, Hessen, Bayern; man müsse nicht aufeinander kleben – ein paar Tage gemeinsam, dann trennten sich die einen ab, Freunde kämen dazu,
dann seien wieder er und Clementine und die kleine Mary allein,
dann versammelten sich wieder alle gemeinsam um einen Tisch – jeder nach seinen Neigungen, alle einander umkreisend: Ferien eben.
Ferien, als habe man nichts zu tun.

Winston hatte zu dieser Zeit tatsächlich nichts zu tun – abgesehen
von seiner Tätigkeit als Abgeordneter im Unterhaus, wo er als einer
der fleißigsten Redner galt; und abgesehen davon, dass er regelmäßig
Kolumnen schrieb: für das *Strand Magazine*, den *Sunday Pictorial*,
die *Daily Mail*, die *Times*, die *Saturday Review*, für *Answer*, *Sunday
Telegraph*, *Sunday Chronicle*, *Sunday Dispatch*, die *Sunday Times*,
im *Evening Standard*, in *News of the World*, in der *Jewish Chronicle*,
im *Daily Telegraph* und einer Reihe anderer englischer und ameri-
kanischer Zeitungen und Zeitschriften, manchmal zwei, manchmal
drei, manchmal vier Artikel pro Woche (das Gehalt eines einfachen
Abgeordneten durfte, und das nicht nur am Lebensstil der Churchills gemessen, als symbolhaft bezeichnet werden, und nachdem
Winston beim Börsenkrach einen beträchtlichen Teil seines Vermö-
gens verloren hatte, aber nicht gewillt war, auch nur den geringsten
Abstrich an seinen und seiner Familie Gewohnheiten vorzunehmen,
war er auf die Einkünfte als Kolumnist angewiesen – ein »Lohn-
schreiber« also, wie er sich selbst ironisch und zugleich stolz nannte,
wohl wissend, dass er mit seinen Artikeln mehr als das Doppelte
des Premierministers verdiente); und abgesehen davon, dass er eine
Ausbildung als Maurer abgeschlossen und in Chartwell zusammen
mit seinem Meister Harry Whitbread eine zwanzig Meter lange
Mauer, ein Gästehaus, einen Swimmingpool und einen Teich gebaut,
in demselben Goldorfen und auf demselben zwei schwarze Schwäne

aufgezogen und um denselben herum einen Rosengarten angelegt hatte, der an Exklusivität dem Rosengarten Seiner Majestät nicht nachstand; und abgesehen davon, dass er für seine jüngste Tochter Mary, ohne Gehilfen, aus Ziegeln ein Spielhaus mit einem Kamin und einem kleinen Ofen gebaut hatte, »Mary Cot« genannt. – Von alldem abgesehen, hatte er tatsächlich nichts zu tun. Er stand draußen. Drinnen war die Macht. Von ihr hatte er sich verabschiedet.

Eines Morgens – »in denkbar bester Laune, Blick in die Sonne, prächtig geniest, eine Romeo y Julieta angezündet, das Streichholz zwischen Daumen und Zeigefinger gelöscht, Daumen und Zeigefinger abgeleckt, Strohhut auf dem Schädel, Hosen aufgekrempelt« – war er über den märzfeuchten Rasen zu der Ulme mit dem gespaltenen Stamm »marschiert« (ein bisschen schief und hinkend als Folge des New Yorker Unfalls), hatte Staffelei und Maltischchen aufgebaut und bis in den Abend hinein gemalt. David Inches, der Butler – »my man« –, musste ihm das Essen bringen und ab und zu Eis im Champagnerkübel nachfüllen. Churchill malte die Landschaft, die nahe im Westen in einem flachen Hügel endete und in diesem Blickwinkel nur aus Wiese bestand, und malte den Himmel darüber und dazwischen einen Streifen Raps. Er verwendete dünnere Pinsel als sonst; er habe lange nicht fertig werden wollen. Er habe sich an diesem Tag, schwärmte er noch nach dreißig Jahren, gefühlt wie ein junger Maler, der sich zum ersten Mal an Leinwand und Öl wagte. Er habe alles um sich herum vergessen. Er habe sich selbst vergessen. Er habe auch die Landschaft vergessen. Die Landschaft habe ihm ihr wahres Wesen preisgegeben, und dieses sei nicht hinter ihrer Erscheinung, sondern in seinem eigenen Herzen verborgen gewesen; im eigenen Herzen, dass wisse er seither, liegt Platons Reich der Ideen. Endlich sei eingetreten, was ein Freund prophezeit habe: irgendwann werde er begreifen, dass er im Herzen ein Maler war, dann werde er sich an die Staffelei setzen, um zu malen, nur um zu malen, und nicht, um sich abzulenken.

Das Bild, das Churchill an jenen frühen Märztagen gemalt hatte, unterscheidet sich tatsächlich von seinen anderen Bildern; beim ersten Betrachten wirkt es wie ein abstraktes Gemälde. Es ist, ungewöhnlich für ein Landschaftsbild, im Format hochkant und besteht aus drei horizontalen Farbelementen, wobei das mittlere wesentlich schmaler ist als das obere und das untere. Nichts an den Farben erinnert an die Natürlichkeit einer Landschaft. Walker Pfannholz, Experte bei Sotheby's und Kurator der ersten Retrospektive (erst 1987!), bezeichnete das Bild in seinem Vorwort zum Katalog als Churchills bestes, besser, als der Künstler selbst geahnt habe; es weise auf Mark Rothkos Farbfeldmalerei hin, die erst zwanzig Jahre später entwickelt worden war.

Mehrmals an diesen Tagen hatte sich Clementine in die Nähe geschlichen, weil sie ihre Sorge hatte. Beim Malen redete er nicht; man konnte ihm *zusehen*, wenn man wollte; zum *Zuhören* gab es nichts. Sie beobachtete sein Gesicht. An den Abenden nach dem Essen äffte er die Macht nach, die im nahen London und in der weiten Welt den Narren spielte, schilderte, was er, hätte er etwas zu sagen, mit Gandhi anstellen würde. Da gab es etwas zum Zuhören. Auch wenn er sich in letzter Zeit zurückhielt und den Löffel nicht so tief in die Geschichte tauchte und Vergleiche herstellte, zum Beispiel mit dem berüchtigten Tipu Sultan, dem Herrscher über das Mogulreich im Süden Indiens, der im 18. Jahrhundert seine Haustiger mit Bürgern des britischen Empires zu füttern pflegte. Darüber hatte er sich stundenlang auslassen können, hatte unvorstellbare Grausamkeiten geschildert, um sogleich mit Wisperstimmchen zu erzählen, dass dieser westliche Alptraum eines orientalischen Despoten im persönlichen Umgang von engelsgleicher Güte und pflanzengleicher Friedfertigkeit gewesen sei: eben wie Mister Gandhi.

Mary schreibt in der Biografie ihrer Mutter (Mary Soames, *Clementine Churchill*, London 1979), für Clementine sei die schier übermenschliche Geschäftigkeit ihres Mannes »eine schwere Bürde« gewesen. Seinen zweifellos gebenedeiten Monologen zuzuhören, in denen er zweifellos die Geister aller Zeiten in ein einziges fließendes Argument einzubauen verstand, seine Launen, die zweifellos etwas Genialisches hatten, zu parieren oder ihnen auszuweichen, sich gegen sein depressives Schweigen zu stemmen, seine Wutausbrüche hinzunehmen wie das Wetter, kurz: diesem zweifellos großen Leben zuzusehen, sei nicht weniger anstrengend gewesen, als dieses Leben zu führen, weil es ein zweites, eben ihr eigenes Leben, daneben nicht gab. Clementine war gewohnt, die Kaprizen ihres Mannes einzuschätzen, auch wenn diese erst »unter der Haut« waren. Und sie kannte auch seine ruhiggestellte Verzweiflung. Die Gesichtsfarbe verriet viel. Von Natur aus blasse Menschen verfügen über eine breitere Palette als kräftig pigmentierte. Winstons Haut war eine durchscheinende Folie, die jede Übersetzung von Erregung in Blutfluss sofort sichtbar werden ließ. Wurde er rot, so nicht gleichmäßig, sondern fleckig. Das war nicht hübsch, aber aufschlussreich für den, der dieses Gesicht zu lesen verstand. Eine Rötung des Halses, die langsam nach oben stieg, die Wangen ein Stück weit überzog, Mund- und Nasenpartie jedoch nicht betraf, zeigte Ärger an. Wenn die Ohren glühten, das übrige Gesicht aber unauffällig blieb, hieß das Ungeduld; meist folgte eine herablassende Bemerkung, die den Schuldigen für die nächste Stunde verstummen ließ. Wurde die Haut um die Augen todgrau, wusste die Interpretin, dass ihr Mann gekränkt worden war. Eine feuchte, bläulich blasse Stirn verwies auf Erschöpfung, die den Redestrom zwar nicht hemmte, aber verwirbelte, so dass sich der Redner bisweilen in Konditional- und Konsekutivsätzen verlor und nicht mehr zum Hauptsatz zurückfand. Auffallend gerötete Lippen deuteten an, die Laune war im Begriff sich zu verbessern, es würde ein lustiger Abend werden mit Ausreißern ins Alberne und mehr Alkohol als gewöhnlich. Sie achtete auf den Rhythmus und die syntaktischen Muster seiner Rede, achtete auf die eigentümlichen Tonarten der Selbsterregung, die am verlässlichsten Auskunft gaben, ob der Mann gern in seiner Haut steckte oder nicht. Auch Gestik und Mi-

mik verrieten viel. Wie der Mann ging. Der Winkel des Nackens. Die Krümmung des Rückens. Ob er die Füße genügend hob, um nicht zu schlurfen, oder ob er schlurfte. Glanz oder Mattheit der Fingernägel. Ob der Gürtel des Hausmantels gewunden oder geknotet war, oder ob die Enden nachschleiften. – Clementine war es gewohnt, zu jeder Stunde des Tages und der Nacht jede Lebensäußerung ihres Mannes zu prüfen und, wenn nötig, Vorkehrungen zu treffen.

22

Hingegen: Wenn das für Fleckigkeit und Verschiedenfarbigkeit anfällige Gesicht ebenmäßig weiß war und über längere Zeit blieb, konnte das bedeuten, dass der Hund den Zwinger aufgebrochen hatte.

Clementine versteckte sich hinter der Ulme mit dem gespaltenen Stamm und beobachtete ihren Mann. Und erstmals wusste sie die Zeichen nicht zu deuten. Gleichförmige Bewegungen, die ohne erkennbaren Rhythmus waren, ließen ebenfalls auf eine depressive Stimmung schließen, das sagte ihre Erfahrung. Winston malte, pfiff leise vor sich hin – eine Unmöglichkeit, nichts verabscheute er mehr als Pfeifen mit dem Mund. Er war gut gelaunt, daran bestand kein Zweifel. Sie fragte David Inches nach seiner Meinung. Der Butler, nach ihr der gewiefteste Spurenleser auf diesem Gelände, bestätigte ihren Eindruck: »Nie habe ich ihn besser gelaunt erlebt«, sagte er und räumte ein: »Aber vielleicht ist es nicht exakt, seine Laune gut zu nennen, Milady. Ausgeglichen ist, denke ich, der richtige Ausdruck.«

Aber Winstons Gesicht war ebenmäßig weiß, und seine Gesten waren gleichförmig. Und sein Lächeln war ein Ganz-weit-weg-Lächeln.

Sie suchte das Haus ab, überprüfte, ob die Waffen an ihrem Platz lagen. Sie entdeckte das Mannlicher Gewehr geladen. Das musste nicht unbedingt etwas bedeuten. Sie entlud es und versteckte die Munition. Der .32 Webley Scott Revolver und der .45 Colt lagen in ihren Schatullen, nichts deutete darauf hin, dass sie seit ihrer letzten Inspektion von jemandem berührt worden waren. Sie stellte ihren Wecker auf vier Uhr, das war die Zeit, zu der Winston schlafen ging. Sie besuchte ihn in seinem Schlafzimmer, legte sich neben ihn, streichelte über seinen haarlosen, im Liegen noch breiteren Bauch, hob die Augenbinde an einer Seite, um zu sehen, ob er schon schliefe. Er schwieg, drehte seinen Zeigefinger in ihr Haar. Sie legte ihr Ohr auf seine Brust. Horchte. Sie hatte gelesen, nur das Herz von Depressiven oder Komatösen schlage exakt wie ein Metronom. Winstons Herz schlug regelmäßig, ruhig und manchmal unregelmäßig. Am nächsten Tag nahm sie sich den Arzneikasten vor. Fand nichts Auffälliges. Wie erwartet. Als sie jung waren, hatten sie sich öfter über Suizid unterhalten, immer in einem sachlichen Ton, als wäre Selbstmord ein ethnologisches Phänomen, nur zu beobachten bei einer bestimmten Rasse, der sie jedenfalls nicht angehörten. Auch hatten sie Überlegungen angestellt, wie sie, angenommen, sie gehörten zu dieser Rasse, es anstellen würden. Clementine hatte blutige Varianten vorgezogen, Winston Gift. Im Tod, hatte sie ihm hingehalten, lege sie keinen Wert mehr auf Ästhetik und Diskretion. »Ich gerade«, hatte er geantwortet. Sie hatte ihm nicht geglaubt. Dass er sie anschwindelte, hatte sie alarmiert. Winston würde sich erschießen. Etwas anderes käme für ihn nicht in Frage. Sie sagte sich, über solche Gedanken müsste sie eigentlich erschrecken. Aber sie erschrak nicht.

Am Abend kamen Robert J. G. Boothby und Brendan Bracken zu Besuch. Die beiden waren Stammpublikum. Winston nannte sie Freunde. Clementine nannte sie Stammpublikum – auch, um ihren einschüchternden Individualitäten etwas Raum zu nehmen, Bracken zum Beispiel wuchs eine Frisur, die man vom Mond aus erkennen konnte. Sie gehörten zu den wenigen, die sich nicht vom ehemaligen Schatzkanzler Seiner Majestät abgewandt hatten, nachdem dieser von Stanley Baldwin in die Ecke gedrängt worden war. Für Boothby und Bracken war Winston der Führer der konservativen Partei, ob er nun ihr Vorsitzender war oder nicht.

Sie blieben bis weit über Mitternacht, aßen von der Krabbenmayonnaise, die Sir Abe Bailey aus Südafrika mitgebracht hatte, und von der Gänseleberpastete, die eine von Clementines Cousinen aus Frankreich mitgebracht hatte, tranken Champagner und Scotch und hörten zu, wie Winston über Fotografie referierte – mit ungewohnt ruhiger Stimme, Platz lassend für Fragen, Platz lassend für eigenes Nachdenken: dass die Fotografie uns stets in der Vergangenheitsform erreiche, sie somit die traurigste aller Künste sei, weil sie von einem Augenblick erzähle, der nie wiederkehrt; »die Malerei sagt, es ist; die Fotografie, es war«; dass die Fotografie die Malerei in eine Krise treibe, ähnlich, wie der Film das Theater in eine Krise treibe oder der Sprechfilm den Stummfilm; dass auch die Literatur vor einer solchen Krise nicht gefeit sei, denn wer könne garantieren, dass sich die Menschheit nicht eines Tages vom geschriebenen Wort abwenden und wieder dem gesprochenen Wort zuwenden werde, was seien die paar tausend Jahre Schrift gegen hunderttausende Jahre, in denen die Menschen in Gruppen zusammengesessen und einem Mann zugehört hatten, wenn dieser des Wortes mächtig war. Alles sei dem Wandel unterworfen, jede Kunst, jedes Amt, die Politik, jedes Leben, Emotionen, Leidenschaften. Kein Augenblick kehrt jemals wieder.

»Ich weiß, diese Einsicht ist banal. Aber sie zu denken, ist etwas anderes, als sie zu begreifen. Ich habe sie erst begriffen, als ich, während ich malte, über die Fotografie nachdachte.«

Das sei alles sehr, sehr traurig. Aber auch wieder nicht. Wiederholung des Gleichen, das wäre der wahre Irrsinn.

Als Clementine die Gäste zum Wagen begleitete, in dem der Chauffeur schlief, sagte Boothby: »Er ist glücklich. Habe ich recht?«

Clementine nickte.

»So sieht er also aus, wenn er glücklich ist. Man muss sich an den Anblick gewöhnen. Glücklich oder zufrieden?«

Was der Unterschied sei, wollte Clementine wissen.

»Nie habe ich ihn besser gelaunt gesehen«, wunderte sich Boothby. »Oder ist das nicht der richtige Ausdruck? Das kann man doch sagen. Kann man das sagen?«

»Inches meint, er sei ausgeglichen. Ich gebe ihm recht. Das ist ein besseres Wort als ›gut gelaunt‹. Es hält länger.«

»Und ich dachte, Politik macht abhängig wie Opium.«

»Das trifft nur auf den zu, der sein Leben darauf setzt«, belehrte ihn Bracken und fragte Clementine: »Was tut er?«

»Er malt.«

»Ich dachte, das sei gefährlich.«

»Er malt andere Bilder als bisher. Und er pfeift dabei.«

»Er pfeift? Um Himmelswillen! Und was pfeift er?«

»*Tiptoe through the Tulips*. Er summt es und pfeift es. Einmal summt er. Einmal pfeift er.«

»Woher kennt er das Lied?«

»Sarah singt es ihm vor.«

Große Sorge lastete auf Clementine.

23

Aus diesen Tagen datiert der erste der beiden erhaltenen Briefe von Churchill an Chaplin. Darin deutet Churchill an, welche Sorge *auf ihm* lastete, und man hat den Eindruck, von allem Kummer am schwersten auf ihm lastete – nicht, wie durch die Bank in den Biografien behauptet, die Sorge um den Machtverlust im Unterhaus und in der konservativen Partei oder die Angst, am Ende seiner politischen Laufbahn angekommen zu sein und in Langeweile unterzugehen, auch nicht, was Clementine meinte, wenn sie in einem Brief an ihre Schwägerin Gwendoline von »*unserer* (meine Hervorhebung) ersten Sorge« schreibt, nämlich jene um Sohn Randolph, auch nicht die Gedanken an Diana und ihr bevorstehendes Eheleben an der Seite eines Mann, den sie nicht liebte, den sie nicht einmal kannte, sondern: die Sorge um seine Tochter Sarah. Andere Quellen bestätigen diesen Eindruck. Zu Brendan Bracken habe er mehrfach gesagt, in »Sarahs Adern fließt das Blut meiner Mutter«. Bracken wusste, was Winston damit meinte. Er erzählte davon in einem Brief an einen Freund, und offensichtlich wusste dieser Freund ebenfalls, was gemeint war. »Arme Sarah«, schreibt der Freund zurück, »armer Winston, arme Clementine!«

Sarah war inzwischen achtzehn Jahre alt und im Urteil ihres Vaters zu sehr an Männern interessiert; Bracken bezeichnet sie in der für ihn typischen unverblümten Art als »mannstoll«. Sie war nicht schön in einem konventionellen Sinn, sie hatte ein zu schmales Gesicht, zu flammendes Haar, etwas zu lange, etwas zu weiße Zähne, aber schon als junge Frau strahlte sie sexuelles Begehren und sexuelle Kraft aus, so dass sich in jeder Gesellschaft die Männer um sie scharten, und sie scheute sich nicht, ihre Neigungen zu zeigen. Hierin war sie ihrer Großmutter Jennie ähnlich.

Winstons Mutter, Jeanette »Jennie« Churchill, geborene Jerome, war Tochter eines amerikanischen Geschäftsmannes und Börsenspekulanten und eine der schönsten Frauen ihrer Zeit. Sie habe nicht zu ihrem Mann gepasst, hieß es nach seinem frühen Tod, Herzensleidenschaft sei auf einen zu kühl berechnenden Kopf getroffen. Ähnlich hat Arthur James Balfour (Premierminister von 1902 bis 1905) die beiden charakterisiert: »Lord Randolph war ein Fanatiker, Jennie eine Romantikerin, seine Leidenschaft verbrannte die Liebe, ihre die Vernunft.« Als Witwe führte Jennie ein promiskuitives Leben, sie hatte zahllose Affären, darunter mit König Edward VII. von England, König Milan von Serbien, dem ungarischen Diplomaten Karl Graf Kinsky. Reichskanzler Otto von Bismarck, der treueste der treuen Ehemänner, war ihr in Bad Kissingen begegnet und hatte sich so heftig in die vierzig Jahre Jüngere verliebt, dass er Hals über Kopf aufgebrochen war, ehe er, wie er seinem Biografen Lothar Bucher anvertraute, »etwas zu bereuen« gehabt hätte. Der Schriftsteller und Politiker D'Abernon, einer der einflussreichsten europäischen Staatsmänner in der Zwischenkriegszeit, schwärmte von ihr: »Mehr von einem Panther als von einer Frau lag in ihrem Blick, aber mit einer kulturellen Intelligenz, die nicht dem Dschungel angehört.« Nicht nur Prominente zählten zu ihren Eroberungen, in ihrer sexuellen Gier kannte sie keine Dünkel. Nach eigener Rechnung kam sie auf über zweihundert Liebhaber. Nach dem Tod von Winstons Vater heiratete sie noch zweimal, ihr letzter Ehemann war fünfundzwanzig Jahre jünger als sie, fünf Jahre jünger als ihr Sohn Winston, sie war sechsundsechzig.

Winston war alles andere als prüde; in adeligen Kreisen war es nicht üblich, Sexualität und Moral allzu eng miteinander zu verknüpfen. Er bewunderte seine Mutter, schrieb ihr als Vierundzwanzigjähriger: »Es gibt keinen Zweifel, dass wir beide, Du und ich, in gleicher Weise gedankenlos sind – verschwenderisch und extravagant.« Mit letzterem meinte er: ohne »aufwendige sittliche Moral«. Er wäre gern gewesen wie sein Vater, und er wäre gern gewesen wie seine Mutter. Um zu sein wie der Vater, dies war seine traurige Selbsteinschätzung, fehlte ihm alles; um zu sein wie die Mutter, fehlte ihm »die heißhungrige Freude am Leben«, so formulierte er in einer seiner autobiografischen Kolumnen (die er wie ein weiteres Dutzend ähnlicher Texte nie veröffentlichte). Seine notorisch »renaissancehafte« Vitalität war nicht Lebensfreude, sondern, wie er ebendort schreibt: »Disziplin gegen den Tod.« Die Wahrheit lautete: Er ekelte sich vor der Sexualität – aber eben nicht auf bürgerlich moralische Art. Er hatte sogar etwas übrig für die Protze, er selbst jedoch führte ein beinahe mönchisches Leben. An seine Mutter erinnerte er sich als an eine Getriebene; in der Formel von der »heißhungrigen Freude« war die Freude ein Euphemismus. Er wusste, sie war unglücklich, sie litt unter ihrem Verlangen wie unter einer Sucht. Und er wusste auch, dass sie nicht seltener als er daran gedacht hatte, sich das Leben zu nehmen.

Zu seinem privatesten Privatsekretär William Knott wird er bei dessen Einstellung sagen: »Ich heule schrecklich viel. Sie werden sich daran gewöhnen müssen.« Nicht selten, wenn er an seinen Vater dachte, kam ihn das Weinen an; immer, wenn er an seine Mutter dachte.

Er fürchtete, Sarah, sein Liebling, könnte in die gleiche Sucht treiben wie seine Mutter. Dass sie wie ihr Bruder als noch nicht Zwanzigjährige zu viel Alkohol trank, machte ihm keine Sorgen; dass sie keinen Mann ansehen konnte, ohne dass ihr anzusehen war, was in ihr vorging, aber schon.

Umso erstaunlicher ist der Brief an Chaplin. Natürlich wusste Winston, welchen Ruf sein Freund in Hollywood hatte und nicht nur in Hollywood. Schließlich hatten sie einander kennen gelernt, als die wüstesten Anschuldigungen gegen Chaplin erhoben und die empörendsten Gerüchte über ihn in den Zeitungen ausgebreitet wurden.

Der Nachlass von Chaplin weist keinen Brief von Churchill auf, der Nachlass von Churchill keinen von Chaplin. Allerdings wurden bei Churchill zwei »Entwürfe« gefunden. Ich setze den Begriff in Anführungszeichen, weil nicht zu erkennen ist, ob es sich tatsächlich um Entwürfe handelt oder doch um Briefe, die nur nicht abgeschickt – oder in anderer Form abgeschickt, vom Empfänger aber vernichtet worden sind. Der Brief, von dem hier die Rede ist, wurde auf Schreibmaschine geschrieben; was verwundert, denn Churchill, wenn er überhaupt selbst schrieb und nicht diktierte, schrieb nur mit der Hand. Dass er diesen Text einer Sekretärin diktiert und sie das Stenoskript abgetippt hatte, ist, wenn man den Inhalt bedenkt, auszuschließen. William Knott meint, Churchill habe – warum auch immer – den Brief selbst auf Maschine geschrieben; als ein Indiz dafür nennt er die vielen Tippfehler – die ich hier korrigiere.

(Den Brief habe ich in den Unterlagen meines Vaters gefunden, es handelt sich um eine Kopie einer Kopie einer Kopie, blass und an manchen Stellen schwer lesbar. William Knott hat ihm die Blätter auf seine Bitten hin zugeschickt und auch erst, nachdem er ihm das Versprechen abgenommen hatte, nicht einen einzigen Satz, bei welcher Gelegenheit auch immer, daraus zu zitieren. Das wäre nicht nötig gewesen, mein Vater war ein diskreter Mensch. Sein Interesse am Verfasser des Briefes war ein anderes als meines – obwohl wir für dieses Interesse denselben Titel wählen könnten: *Die Rettung der Welt*. Mich aber beschäftigt mehr die Frage, wie die Retter, bevor sie die Welt retten konnten, sich selbst gerettet haben und wovor. Dabei empfiehlt es sich nicht, diskret zu sein. Nein, ich zerre alles ans Licht. Gewohnheitsmäßig, wenn ich nach meinen Auftritten spät nachts nach Hause komme, sagt meine Frau:»Du hast wieder alle zerschmettert, stimmt's?« Und gewohnheitsmäßig antworte ich:»Ja. Ja. Ja.«)

Lieber Charlie!
Gerade war meine Tochter Sarah bei mir. Sie besuchte mich in meinem Arbeitszimmer. Sie kann oft nicht schlafen. Sie hat einen großen Kummer. Sie will Schauspielerin werden. Sie erzählte mir,

sie hat schon bei etlichen Theatern vorgesprochen. Ich wusste das nicht. Schon mit sechzehn hat sie in einem Stück gespielt. Ich wusste das nicht. Es war eine kleine Rolle in einem unwichtigen Stück in einem kleinen Theater. Sie hatte vorgesprochen und hatte gefallen. Sie nannte einen falschen Namen und ein falsches Geburtsdatum. Aber die Sache kam heraus. Der Impresario wollte neue Plakate drucken mit ihrem richtigen Namen und mit meinem Namen, meiner doppelt so groß wie ihrer. Er versprach sich ein volles Haus und eine lange Spielzeit. Sarah wollte es nicht. Also hat er sie gefeuert.

Sie sagt, die Schauspielerei ist ihr Leben. Sie sagt, sie hasst den Namen Churchill, weil er ihr Leben zerstört. Sie sagt, nie wird in England die Tochter von Winston Churchill an dem gemessen werden, was sie ist und was sie kann. Sie hat geweint. Die Amerikaner, habe ich gesagt, haben keine Vorurteile, weder aristokratische noch plebejische, sie sind Pragmatiker. Ich habe von Ihnen erzählt, Charlie. Nimm Charlie Chaplin, sagte ich, er hat zu den Ärmsten der Armen gehört, zur untersten Unterschicht, er hatte in England keine Chance, wie du keine Chance hast, weil du zur obersten Oberschicht gehörst. Ich war so bewegt von ihrem Schmerz! Sie können das sicher verstehen. Ich sagte, versuche es in Amerika. Ich glaube, ich konnte sie trösten. Sie ist voller Pläne. Vielleicht besteht die Bestimmung der Churchills darin, nach dem großen General und Staatsmann Marlborough eine große Schauspielerin hervorzubringen, wie es die Bestimmung aller Chaplins vor Ihnen war, Charlie, den Tramp, hervorzubringen. Ich sagte zu ihr: Man wird nicht sagen, das ist die Tochter von Winston Churchill, sondern, das ist der Vater von Sarah Churchill. Man wird es zuerst in Amerika sagen und dann in der Welt und am Ende auch in England.

In früherer Zeit haben die Eltern die Frau ihres Sohnes und den Mann ihrer Tochter ausgesucht. Und es war in Ordnung. Ich finde, es gibt keinen Grund, von dieser Sitte abzuweichen. In früherer Zeit waren die Schranken zwischen den Klassen unüberwindlich, und es war in Ordnung. Heute zählen Fleiß und Erfolg, und das ist besser.

Erinnern Sie sich an unseren Abend zu dritt im Biltmore? Sarah war so begeistert von Ihnen! Sie, Charlie, sind ein Mensch, der immer jung bleibt, weil Sie als Kind älter waren als die anderen Kinder. Sie brauchen eine leidenschaftliche junge Frau an Ihrer Seite, die um Ihre Berufung weiß. Sarah bringt alles mit, was eine glückliche Verbindung garantiert. Lassen Sie Ihr Herz entscheiden, aber hören Sie vorher die Argumente seines Sekretärs, des Verstandes.

Sarah wird nach Amerika fahren, in das Land, aus dem ihre Großmutter stammt. Ich habe Sorge um sie. Halten Sie Ihre Hand über sie, Charlie! Ich muss nicht erwähnen, dass ich bis an mein Ende in Ihrer Schuld stehe, möchte aber sagen, dass ich nichts lieber sein werde als Ihr Schuldner.

Ihr Winston

24

Obendrein war er Schriftsteller. Die Arbeit an der Biografie über John Churchill, den 1. Duke of Marlborough, bewegte sich in ihrem ersten Drittel, zweihunderttausend Worte waren mit dem Verleger vereinbart, es würden deutlich mehr werden, das war abzusehen (am Ende wurden es fünfmal so viel). Der Vorschuss war der höchste, der jemals in der englischen Verlagsgeschichte bezahlt worden war, aber er deckte nicht einmal die Schulden ab. Drei Sekretärinnen standen jederzeit abrufbereit, lösten einander ab und nahmen Diktat auf. Ein Doktorand aus Oxford dirigierte ein halbes Dutzend Studenten, die in öffentlichen und privaten Bibliotheken nach Quellen forschten; kein Dokument verwendete Churchill, ohne es selbst auf Glaubwürdigkeit und Gewicht zu überprüfen. »Sein geschichtliches Wissen war unendlich«, urteilt Martin Gilbert, einer der führenden Historiker Englands, schlicht.

Wie ist es zu erklären, dass vernünftige Zeitgenossen, die Churchill *gut* kannten – nicht wie Hitler, der ihn *nicht* kannte –, ihn zumindest als arbeitsscheu bezeichneten? – Hitler beschimpfte ihn von Berlin aus als »Trunkenbold und Faulpelz ersten Ranges«. – Wie ist es zu erklären, dass er nie den Ruf loswurde, ein Scharlatan zu sein, liederlich, hochstaplerisch, ein Als-ob? Wie ist es zu erklären, dass auch in der größten Anerkennung, die man ihm zuteil werden ließ, die Wärme fehlte? Diese Fragen haben meinem Vater so sehr gefallen, dass er einen Essay darüber verfasst hat. Es ist einer von zahlreichen Aufsätzen über Winston Churchill, die meisten sind nie publiziert worden, einige schon, dieser als einziger in einer internationalen Zeitschrift, in *The English Historical Review*. Zweifellos hat ihm William Knott Protektion gegeben; es kommt in der hundertjährigen

Geschichte der *EHR* gerade dreimal vor, dass der Beitrag eines deutschen Autors abgedruckt wurde. Der Titel lautete: *Good-For-Nothing or Saviour. Work and Mission in the Life of Churchill and Hitler*. Der Essay wurde sehr gelobt und über drei folgende Ausgaben hinweg diskutiert, und im Feuilleton der *Times* wurde ausführlich daraus zitiert. Eine Rückübersetzung ins Deutsche – *Taugenichts oder Heiland. Werk und Mission im Leben von Churchill und Hitler* – druckten die *Vierteljahreshefte für Zeitgeschichte*; der deutsch-amerikanische Historiker Hans Rothfels verfasste ein Vorwort. Mein Vater schreibt, Churchills Flair sei so stark geprägt gewesen von seiner Überzeugung, geführt zu werden, einer metaphysischen Bestimmung zu folgen, und er habe diese Überzeugung in einer auratischen Weise ausgestrahlt, dass die Erwartungen in ihn auch von einem gottgleichen Wesen nicht hätten erfüllt werden können – was zwangsläufig zu enttäuschenden Begegnungen führte. Spiegelbildlich zu den Erwartungen, die sich selbst ins Überirdische lizitierten, zogen die Enttäuschungen das Bild des Mannes nach unten ins Banale. Bei Hitler verhalte es sich umgekehrt. Alle Welt wusste, dass er aus ungebildetem Haus stammte, dass er als Künstler ein Versager gewesen war, den die Akademie in Wien zurückgewiesen, dass er bis wenige Jahre vor seiner Vergottung als Führer in einem Männerasyl gehaust hatte. Die Erwartung war gering, die Überraschung umso größer. Der Beurteilung beider Männer lag eine Heilserwartung zu Grunde, die wohl aufgerufen und angetrieben wurde durch die deprimierende wirtschaftliche und politische Situation, deren Urgrund aber in der als schockierend erfahrenen Abwesenheit aller transzendenten Sinngebung in der modernen Welt zu suchen sei. Beide Männer hätten dieser Heilserwartung in ihrer Person Ausdruck verliehen. In Churchills Fall lautete der Satz: *Wir haben einen Erlöser unter uns*; in Hitlers Fall: *Wir haben einen Erlöser gesandt bekommen*. Der erste Satz stärkte den Glauben an die eigene Kraft, das eigene Volk, die eigene Nation; der zweite an das, was Hitler selbst »die Vorsehung« nannte. Ein Erlöser, der nicht viel anders ist als wir, genießt nur vorübergehendes Vertrauen; Erlösung aus dem Reich der Metaphysik hingegen ist absolut. Churchills Erlöserkarriere wurde 1945 durch demokratische Wahlen beendet; Hitler beendete sie eigenmächtig durch Selbstmord.

Frühling 1932 – Familie Churchill hatte Ferien und fuhr durch die Niederlande und auf dem Rhein nach Süden und weiter nach Hessen und Bayern. Deutschland war für die kleine Mary ein unheimliches Märchenland, in dem Großmütter von Wölfen gefressen wurden. Für Clementine, Sarah, Diana und Dianas Bräutigam war es *terra incognita*; über Australien, Neufundland, die Falkland Islands oder den Sudan wussten sie mehr zu berichten. Wenn sie mit diesem Land Assoziationen verbanden, dann ungute, die vom Krieg gefärbt waren und einem dummen Monarchen, der peinlicherweise mit dem eigenen Königshaus verwandt war. Sarah, die, wann immer sich ihre Blicke trafen, ihren Vater mit dem Vollmaß ihrer achtzehn Jahre anlachte, was ihn entzückte (und bedrückte), hatte zu Hause in der väterlichen Bibliothek gestöbert, bis sie in einem Buch ein Bild von Wilhelm II. fand. So stelle sie sich Deutschland vor, sagte sie: dumm und hässlich und aufgeblasen. Aber ausgerechnet Sarah war es, die Begeisterungsrufe ausstieß, als sie mit dem Schiff rheinaufwärts fuhren, zwischen den Weinbergen hindurch bis zum Felsen der Loreley. Nie habe sie eine so liebliche Landschaft gesehen, seufzte sie. Sie bat, man möge ihr ein Buch mit deutschen Gedichten besorgen, sie wolle einige auswendig lernen, auch wenn sie kein Wort verstünde. Wie sie vom Gesicht des ehemaligen deutschen Kaisers auf die deutsche Landschaft geschlossen hatte, so schloss sie nun von der deutschen Landschaft auf die deutsche Poesie. Ihre Mutter sagte, für solchen Unsinn sei sie zu alt, außerdem sei Deutsch eine von Konsonanten durchsplitterte Sprache, wie das Schlachtfeld an der Somme, nicht schön. Sarah aber wollte, und Winston war auf ihrer Seite.

Bei Koblenz gingen sie vom Schiff und reisten weiter in einem Sonderwaggon, der an einen Zug der Reichsbahn angehängt wurde.

Im schwäbischen Blindheim blieben sie ein paar Tage. Dort hatte im August 1704 die berühmte Zweite Schlacht von Höchstädt, *The Battle of Blenheim*, stattgefunden, das entscheidende Aufeinandertreffen der Heere von John Churchill und Prinz Eugen von Savoyen auf der einen Seite und den französischen Truppen von König Ludwig XIV. und den bayerischen unter Kurfürst Maximilian II. Emanuel auf der anderen Seite. Warum sollte man die Ferien nicht nützen und die ehemaligen Schlachtfelder der herzoglichen Feldzüge besuchen? Winston hatte den Verlauf der Schlacht zu Hause studiert und sich jede Einzelheit eingeprägt und referierte nun an Ort und Stelle. Er hatte Frederick Lindemann – genannt »The Prof« –, einen altvertrauten Freund der Familie, überredet, wenigstens einen Teil der Ferien ihr Gast zu sein. Lindemann war Professor für Experimentalphysik an der Universität Oxford und eine Ikone der Gescheitheit. Er beriet Churchill in militärtechnischen Fragen, außerdem sprach er deutsch und machte gern den Dolmetscher. Er ließ es sich nicht nehmen, in einer Buchhandlung in Stuttgart einen Band mit deutschen Balladen zu erstehen und ihn, ohne die Miene zu verziehen, Sarah zu überreichen. Er, der ewig Mürrische, stets nach Ambra Duftende, der die Erbschaft der Boheme, jedwedes Publikum zu verachten, auf obstinate Weise hütete, brachte ihr mit »Eselsgeduld« bei – dies sei der deutsche Ausdruck dafür –, was die Worte bedeuteten und wie sie ausgesprochen wurden. Sarah lernte außer der *Loreley* von Heinrich Heine den *Erlkönig* von Goethe, *Die Bürgschaft* von Schiller und Ludwig Uhlands *Der gute Kamerad*. Nach dem Dinner im Hotel wurde von nun an eine halbe Stunde für sie reserviert. Bevor sie mit der Rezitation begann, erzählte sie den Inhalt der jeweiligen Ballade. Dies seien die schönsten Abende der Reise gewesen, würde ihr Vater noch Jahre später vor seinem privatesten Privatsekretär schwärmen. Die zweite Strophe des *Guten Kameraden* habe ihn jedes Mal zu Tränen gerührt. Und der Premierminister Seiner Majestät würde die Augen schließen und zitieren – auf Deutsch:

Eine Kugel kam geflogen,
Gilt's mir oder gilt es dir?
Ihn hat es weggerissen,
Er liegt mir vor den Füßen,
Als wär's ein Stück von mir.

Und William Knott würde sagen: »Sie sind ein Krieger, Sir.«
Und Winston Churchill würde antworten: »Das ist meine Bestimmung.«

25

Ein anderer Krieger: John Chur-
chill, der Vorfahre – er hatte keinen guten Ruf, und das, obwohl er
Europa vor der Tyrannei eines Machtbesessenen gerettet hatte. In
den nationalen Erzählungen erschien der Earl of Marlborough als einer, auf den man nicht bauen, den man sich ebenso auf der anderen
Seite denken konnte, auf der bösen Seite, und der, so die Erinnerung
der Historiker, wenigstens vorübergehend, eben dort seine Intrigen
gesponnen hatte. – Seit seiner Kindheit fühlte sich Winston von dieser Figur angezogen und abgestoßen zugleich.

Mit fünfzehn war John Page bei Hof. Der König fand Gefallen
an ihm, förderte ihn, behielt ihn in seiner Nähe, bot ihm schließlich
die Freundschaft an. James II. wollte, dass England zum Katholizismus zurückkehrte, und sich selbst wollte er zum absoluten Monarchen nach französischen Vorbild erheben. Mächtige Kreise um seine
Tochter Mary und ihren Gatten William III. von Oranien organisierten den Aufstand, stürzten ihn und trieben ihn ins Exil nach Frankreich. John Churchill, der Günstling, stand nicht an der Seite seines
Königs, sondern in den Reihen der Rebellen.

Den Verräter liebt man nicht, auch nicht den Verräter für die gute
Sache. Aber man verzeiht ihm vielleicht, wenn er unter den nachge-
borenen Historikern einen geschickten Verteidiger findet, der hinter
dem Verrat ein tragisches Ringen zwischen freundschaftlichen Ge-
fühlen und patriotischer Pflicht erkennt. Wenn er jedoch ein zweites
Mal Verrat begeht, wird ihm auf ewig keine Chance mehr gegeben,
mit seinen Motiven durchzukommen. Da nützt ihm keine Kunst der
Rede, weder die eigene noch die eines Anwalts. Und John Churchill
beging abermals Verrat, diesmal an William von Oranien. Angeblich
schrieb er einen Brief an seinen ehemaligen Herrn ins französische

Exil, in dem er ihn vor einem Angriff auf die französische Flotte bei Brest warnte.

Winston nun hatte herausgefunden, dass dieser ominöse Brief gar nicht existierte; die einzige Kopie, die vorlag, war gefälscht, das konnte er nachweisen. Sogar seine Gegner unter den Historikern (er galt in der Gilde als anmaßender Dilettant, ein Schliemann, nur dass er kein Troja gefunden hatte) mussten einräumen, dass er recht hatte. Endlich durfte er mit der ganzen Macht des Wortes seinen Helden in das Licht setzen, in dem er ihn seit seiner Kindheit sehen wollte. John Churchill, der Vorfahre, war kein Opportunist und auch kein geldgieriger Halunke. Er war ein kluger, pragmatischer Politiker. Und er war auf der richtigen Seite. Er führte das englische Heer gegen Ludwig XIV. Er war der Retter Europas vor der schrecklichsten Tyrannei, die sich denken ließ.

Während er das Schlachtfeld bei Blenheim besichtigte, diktierte Winston einer seiner Sekretärinnen im Freien unter der Aprilsonne das Vorwort zum ersten Band der Marlborough-Biografie:

Europa zog sein Schwert in einem Kampf, der ... ein Vierteljahrhundert andauern sollte. Seit dem Zweikampf zwischen Rom und Karthago hatte es keinen solchen Wettkampf gegeben. Alle zivilisierten Nationen wurden darein verstrickt, alle zugänglichen Gebiete des Erdteils davon erfasst. Dieser Konflikt entschied für ... lange Zeit die relative Macht, den relativen Reichtum und die Grenzen jedes bedeutenden europäischen Staates.

Der erste Band von *Marlborough. His Life and Times* erschien im Jahr 1933 – im selben Jahr wurde Adolf Hitler deutscher Reichskanzler.

Wenigstens zwei Stunden täglich diktierte Churchill, am liebsten unter freiem Himmel. Weil die Stenotypistin mit anderem beschäftigt war, um ihm zuzuhören, mit Schreiben nämlich, er aber beim freien Reden ein Publikum brauchte, und wenn es nur aus zwei Ohren und zwei Augen bestand, wechselten sich die Familienmitglieder und Freunde mit Zuhören ab. Schon nach wenigen Tagen drückte sich einer nach dem anderen davor. Schließlich blieb die zehnjährige Mary übrig. Sie tat nichts lieber, als dem Vater zuzuhören. Und er tat bald nichts lieber, als ihr von ihrem Ur-Ur-Ahnen zu erzählen. Er sah, wie Mary auf die Geschichte blickte, als blätterte sie in einem Bilderbuch, und nun blickte er auf die Geschichte wie Mary und diktierte ruhig und stetig, hinein in Hand und Bleistift seiner Sekretärin »Mrs. P« und hinein in die staunenden Augen seiner Tochter.

Viele Jahre später schrieb er über diese Nachmittage eine Kolumne in der *Times*: Das Kind habe ihn erstens gezwungen, sich verständlich auszudrücken, zweitens, das Narrative zu betonen und sich mit den Reflexionen zurückzuhalten. Nach dieser Erfahrung habe er die vorangegangenen Kapitel überarbeitet; wenn die Kritik heute lobend hervorhebe – die Überlegung stellte er nach der Verleihung des Nobelpreises an –, seine Marlborough-Biografie (für die er ausgezeichnet wurde) lese sich wie ein spannender Roman, so sei dies niemand anderem zu verdanken als seiner Tochter Mary, die immer eine richtige Frage gestellt habe und sich weniger mit *history* als mit *story* beeindrucken ließ. »Die Weltgeschichte, so bombastisch sie auch mitunter auftritt, sie ist nur die Kulisse, vor der ein Mensch oder zwei Menschen oder ein halbes Dutzend einen Teil ihres Lebens leben. Man kann nur Geschichten von einzelnen Menschen erzählen, Geschichte als solche lässt sich nicht erzählen.« Dies wollte er – als Selbstzitat – seiner sechsbändigen *Geschichte des Zweiten Weltkriegs* (erschienen 1954) als Motto voranstellen, ließ es aber, weil ihn ein Freund, eben Frederick Lindemann, warnte, böse Zungen könnten spotten, das Buch hätte eigentlich heißen sollen: *Ich – vor dem Hintergrund des Zweiten Weltkriegs.*

Der *Marlborough* sei ihm »zu gut gelungen«, urteilte Rilana Jamchy, in den frühen siebziger Jahren des letzten Jahrhunderts Feuilletonchefin bei der israelischen Tageszeitung *Haaretz*, meinte damit aber nicht die literarische Qualität des Buches. Man erkenne in Ludwig XIV. den Hitler. Der Sonnenkönig habe für den einzigartigen Massenschlächter als Vorbild herhalten müssen. In Wahrheit sei die Biografie kein Werk der Geschichtswissenschaft, sondern ein Schlüsselroman. Was für ein Unsinn, bedenkt man die Zeit der Entstehung des Buches, nämlich zur Gänze *vor* Ausbruch des Krieges, zu einem Drittel *vor* der Machtergreifung Hitlers! Aber dennoch wahr. John Churchill ist Winston, der Franzose ist der Österreicher.

Frau Jamchy war nicht die erste, die es bemerkt hat: dass in dem Buch ein *Kampf vor dem Kampf* stattfand. Der dänische Psychoanalytiker Esklid Ottensen schrieb bereits 1959, es liege hier »einer der merkwürdigsten Anachronismen der modernen Literatur« vor, Anachronismus nicht wie üblich als eine Verdrehung der Zeiten nach rückwärts, sondern diesmal nach vorne gedacht. Churchills Marlborough-Biografie erinnere ihn an die Höhlenmalereien aus dem Paläolithikum, wo Tiere dargestellt waren, die erst noch gejagt werden sollten. Ottensen glaubte, bei dem Staatsmann eine beunruhigende, sein gesamtes Werk – literarisches wie bildnerisches – durchziehende Spur magischen Denkens entdeckt zu haben. Er konstatiert, Churchill habe keinen Sinn für Symbole gehabt. Er erzählt die Anekdote, als Winston im Jahr 1908 bei seiner Angelobung als Handelsminister durch Eduard VII. allen Ernstes beteuert habe, er habe nicht vor, dem König ein Leid anzutun; dieser sei nämlich, wie es seiner Prunksucht entsprach, nicht nur im Hermelin und mit Krone, sondern auch mit Zepter erschienen, und offenbar habe der neue Minister in dem handlichen Stab nicht das Symbol, wohl aber den Totschläger gesehen, woher sich das königliche Utensil zweifellos herleitete. Ottensen spricht von einem Defekt, der mit der mangelnden Fähigkeit, abstrakt zu denken, jedoch nicht zu beschreiben sei – denn dann müsste man Churchill schlicht als dumm bezeichnen, was er gewiss nicht war. Er nannte diesen Defekt das »Churchill-Syndrom«. Es erstaune ihn auch nicht, schreibt er, dass der junge Winston ein Schulversager gewesen war. In der frühen Ausbildung werde vor allem symbolisches Denken vermittelt und eingeübt – Ziffern, Zahlen, Buchstaben. Dass ihn der Vokativ, angewendet auf einen Tisch, aus dem Gleichgewicht gebracht habe, sei also kein Wunder. In der Geschichte des 1. Duke of Marlborough und seines Kampfes gegen Ludwig XIV. habe Churchill seinen eigenen Kampf gegen Hitler symbolisch vorweggenommen. Das Buch zu schreiben, sei bereits Teil dieses Kampfes gewesen, auch wenn er zur Zeit der Abfassung rational gar nicht vorhersehen konnte, ob dieser Kampf überhaupt stattfinden würde. – So die These von Esklid Ottensen.

Mein Vater war der Meinung, dass die wenigsten, die über den Schriftsteller Churchill spekulierten, den *Marlborough* gelesen hätten. Auch er hielt das Werk für einen Roman und zwar für einen der bedeutendsten des Jahrhunderts, ein Ding wie *Krieg und Frieden*, wie die *Kartause von Parma*. William Knott bestätigte ihn darin: Sir Winston, schreibt er in einem Brief, hätte es gefallen, wenn sein Buch als Roman bezeichnet worden wäre – allerdings, fügt er hinzu, hätte ihm vorher erst einer erklären müssen, welche Erweiterung der Begriff Roman im 20. Jahrhundert erfahren habe. Churchills belletristische Vorlieben seien »bescheiden« gewesen, sie beschränkten sich auf die Hornblower-Romane von Cecil S. Forester und Winwood Reades *The Martyrdom of Man*, und natürlich liebte er Walter Scott und James Fenimore Cooper, den er für den bedeutendsten amerikanischen Romancier hielt. Gleichzeitig aber sei er über die zeitgenössischen Romanschriftsteller hergezogen, denen offenbar nichts einfalle und die deshalb immer noch schrieben wie Forester und Reade, Scott und Cooper. Wenn Knott ihn darauf hinwies, dass dieser Vorwurf die moderne Literatur eben genau *nicht* treffe, und Namen wie James Joyce, Marcel Proust oder William Faulkner nannte, dann wischte der Chef mit der Hand drüber – was konnten die Genannten schon für einen Wert haben, wenn er nicht von ihnen gehört hatte. Von allen Literaturnobelpreisträgern, schloss Knott dieses Kapitel, sei Churchill mit Sicherheit der literarisch am wenigsten Gebildete gewesen.

Natürlich: man sollte glauben, dass sich Winston Churchill in hohem Maße mit dem Helden seines »Romans«, John Churchill, identifizierte; dass er, erstens, dafür kämpfte, dass dieser Name reingewaschen wurde, und dass er, zum Zweiten, als nachgeborener Schatten an seiner Seite gegen den Despoten aus Frankreich kämpfte; und dass er, drittens, diesen Kampf als einen *Kampf vor dem Kampf* symbolisch gegen einen anderen Widersacher austrug, der sich zur Zeit der Niederschrift gerade damit plagte, aus einem Haufen fanatischer und blutesoterischer und schlicht dummer Desperados eine Partei namens NSDAP zu hämmern, die den Kern der Truppe bilden sollte, mit deren Hilfe er erst Deutschland und morgen die ganze Welt in den Sack stecken wollte. Als Churchill vor und während und nach der Verleihung des Nobelpreises 1953 immer und immer wieder darauf angesprochen wurde, dass der *Marlborough* ein in der Geschichte einmaliges Beispiel politischer Prophetie sei, gab er sich nie die Blöße, diesen Adel herunterzuspielen – ja, er staune selbst, sagte er, er sehe es genauso: Er sei der Duke, und der Duke sei er.

Mein Vater sammelte alles, was mit dem Protagonisten seiner Forschungen zu tun hatte; also las er sich auch in verschiedene Biografien über Ludwig XIV. ein – durchsuchte die Erinnerungen des Herzogs von Saint-Simon und des Kardinals von Retz, ebenso wie die Briefe der Liselotte von der Pfalz, vertiefte sich in das wuchtige Sittenbild von Harrison Salter und studierte nicht zuletzt *The Sun King* von Nancy Mitford, der Cousine von Clementine Churchill, wo er allerhand »zwischen den Zeilen« vermutete – und gewann schließlich ein Charakterbild des Königs von Frankreich, das ihn erschütterte. Aber die Erschütterung galt nicht dem absolutistischen Monarchen, sondern einer Tatsache, die bis dahin niemandem aufgefallen war – schon gar nicht Churchill selbst.

Natürlich: Churchill wollte sich mit dem Helden seines Romans, dem 1. Duke of Marlborough, identifizieren. Er wollte sein wie er.

Aber er war nicht wie der Duke.

John Churchill ist ein ganz anderer Charakter. Man darf, man muss sogar in ihm ein Gegenbild des Autors sehen. Dabei spielt es keine Rolle, wie John Churchill wirklich gewesen ist. Wichtig ist, wie ihn sein Nachfahre und Biograf Winston Churchill gezeichnet hat. Ebenso spielt es keine Rolle, wie Ludwig XIV. wirklich gewesen ist. Aber zu welcher Person der Romancier Winston Churchill den Despoten formt, das ist in der Tat erstaunlich.

Ludwig XIV. mag ein ferner Spiegel von A. H. sein, zuerst aber ist er ein perfektes Selbstportrait seines Autors W. Ch.!

Das hat mein Vater herausbekommen. Er schrieb darüber einen Aufsatz in den *Blättern für Geschichte und Politik*, Jahrgang 1979, Heft 2.

Ob Churchill je erkannte, dass er sich im Sonnenkönig selbst dargestellt hat? Mein Vater glaubte es nicht. Als der belgisch-britische Historiker und Philosoph Marc Landier in seiner brillanten Studie *Through the Looking-Glass. Churchills Doppelganger* die These aufstellte, Churchill habe als erster und lange Zeit einziger Hitler gerade deshalb durchschaut, weil er ihm eben in vielem ähnlich war, da triumphierte mein Vater – auf seine »englische« Art: indem er eine Braue hob, den Absatz mit Bleistift anstrich, die Brille abnahm und mir die Zeitschrift langsam über den Küchentisch zuschob.

»Landier hätte dich zitieren müssen«, sagte ich. »Oder wenigstens erwähnen.«

Mein Vater schürzte die Lippen zu einem Lächeln und schüttelte den Kopf, kaum merklich.

26

Den ganzen Mittwochnachmittag verbrachte ich damit, mit Hitler von einer Versammlung zur anderen zu fliegen. Es begann mit einem Lunch auf dem Flugplatz außerhalb Berlins. Hitler, ein Abstinenzler, Nichtraucher und Vegetarier, aß bei dieser Gelegenheit seine bevorzugten Rühreier und Salat. Seine Leutnante und ich stärkten uns mit einem kräftigen Imbiss.« – So konnte man am 31. Juli 1932, dem Tag der deutschen Reichstagswahlen, im Londoner *Sunday Graphic* lesen. Der Reporter war Randolph Churchill, er war gerade einundzwanzig Jahre alt.

Randolph zählte zu dem halben Dutzend ausländischer Journalisten, die Hitler bei seiner Wahlkampftour begleiteten. Ob Hitler wusste, wessen Sohn der junge Mann war? Goebbels wusste es. Womöglich hatte er es seinem Führer verschwiegen. Es könnte durchaus sein, dass der Propagandist die Akkreditierung des Jünglings für einen schlauen Trick hielt, der sich irgendwann bezahlt machte. Aber er meinte auch zu wissen, dass Hitler vom Spiel über die Bande nicht viel hielt und Ränke verabscheute; zugleich aber – und das ist der Refrain in seinen Tagebüchern – war es für Goebbels »nahezu naturgesetzlich«, dass ein Mensch mit Gemüt und Gehirn sich dem Charisma des Führers nicht entziehen könne, er also zuversichtlich sein durfte, dass Randolph der Bewegung genehme Artikel verfassen würde. Ein nur verhalten lobender Bericht in einer englischen Zeitung, unterschrieben aber von einem Churchill, egal von welchem, war immer noch mehr wert als zehn enthusiastische von einem Mills oder Jones oder Brown.

Randolph war ein Mann von unüberschaubaren Begabungen und blendendem Äußeren.»Wie ein griechischer Gott sieht er aus«, schwärmte Ann-Mari von Bismarck, die Frau des deutschen Botschafters, fügte aber hinzu, was selten zitiert wird, »und benimmt sich wie ein Satyr.« Er war brillant, arrogant, zynisch und besserwisserisch, wusste es meistens tatsächlich besser und wusste fast immer die Lacher auf seiner Seite – er hatte ein Talent, sich ein Publikum zu schaffen und dasselbe in Komplizenhaft zu nehmen, wenn es ihm gefiel, einen dritten bloßzustellen. Er war ein Sieger, kam bei Frauen gut an und werkte an einer internationalen Karriere als Schriftsteller und Journalist. Er bewunderte seinen Vater, rauchte zwar Zigaretten, ahmte ihn aber sonst in allem nach.

In Wahrheit hatte er keine Ahnung von dem großen Mann. Über Depressionen wusste er nichts, nichts im allgemeinen, nichts, was die Familie betraf. Hätte man ihn aufgeklärt, hätte er es weggewischt: der Vater sei zu stark, zu mächtig, zu einflussreich, zu fulminant, um sich von etwas Luftigem wie der Seele herumkommandieren zu lassen. In einem Brief an seinen Sohn verwendet Churchill folgende aufschlussreiche Wendung: »Hättest Du, was Du sicher wolltest, aber vergessen hast, mich gefragt, wie es zu Hause geht, würde ich geantwortet haben: Das Leben fließt friedlich stromabwärts.«

Randolph war daran interessiert, dass der Vater bald wieder eine politische Rolle spielte. Anders als seine Schwester Sarah ließ er die Sonne der Churchills gern auf sich scheinen. Er hatte eine Vorstellung von einer möglichen außerparlamentarischen Tätigkeit des Vaters entwickelt, die dem Namen der Familie wieder mehr Gewicht geben würde, mehr als alle enervierende Kleinarbeit im Unterhaus und seinen unüberschaubaren Ausschüssen und Unterausschüssen zusammen. Im übrigen war er nicht der Meinung, die Zukunft Europas werde in den Parlamenten entschieden. Er war der Meinung, die Zukunft der Welt würde von einigen wenigen großen Männern entschieden. Einer dieser Männer war sein Vater. Ein anderer Adolf Hitler.

Er hatte sich in München mit Ernst Hanfstaengl angefreundet, dem außenpolitischen Berater Hitlers, der diesen in die feine Gesellschaft eingeführt und ihm, wie er prahlte, ein bisschen Manieren beigebracht hatte. Hanfstaengl, ein Riesenmensch mit dem flachen Gesicht eines Boxers – er wurde paradoxerweise »Putzi« genannt –, war in New York aufgewachsen, wo seine Familie eine Kunstgalerie betrieb, er hatte in Havard studiert, sprach mehrere Sprachen, verfügte über eine passable Singstimme und konnte Klavier spielen. Er hatte eine Amerikanerin zur Frau, eine bis ins Mark entzückte Nationalsozialistin, die, wie man in Hanfstaengls Umgebung raunte, in einer »mystischen« Beziehung zum Führer stehe. Randolph war immun gegen jede Weltanschauung, die nationalsozialistischen Ideen ließen ihn kalt; der Mann aber, der vor kurzem noch in einem Wiener Männerasyl Brot in Kohlsuppe getunkt hatte und um dessen Proletenkopf sich nun die Hoffnungen und Zukunftsvisionen Deutschlands rankten, der interessierte ihn. Über die Hanfstaengls war der Kontakt zu Goebbels und über Goebbels zu Hitler hergestellt worden.

Hanfstaengl hatte einige Zeit in London verbracht, er wusste über Churchill Bescheid. Seine Meinung: Obwohl der Mann auf die Sechzig zugehe und es aussehe, als wäre er abgehalftert und out, halte er ihn für den einzigen Politiker in Europa, der genug Grips, Charakter, Ehrgeiz und Tatkraft besitze, um zusammen mit Hitler den alten Kontinent neu zu planen: ein Europa, in dem Deutschland und England nicht Feinde wären, sondern sich gegenseitig respektierten, die Deutschen England als führende Seemacht, die Engländer Deutschland als einzige Kontinentalmacht, gemeinsam ein Bollwerk gegen den Bolschewismus. Hitler bewundere, verehre geradezu das Empire, er habe sich immer mit England einigen wollen, dazu habe er, Hanfstaengl, auch immer geraten. Bisher war von Winston Churchill über den Führer und den Nationalsozialismus nichts Negatives, aber einiges Positive zu hören gewesen, außerdem war er 1922 gegen Poincaré für eine Verständigungspolitik mit Deutschland eingetreten. Hanfstaengl war begeistert von Randolphs Idee. Die Völkergemeinschaft würde erleichtert zur Kenntnis nehmen, dass sich – dies Randolphs Formulierung für einen Rundbrief an ausgewählte Journalisten – »endlich die wahren Koryphäen um den verfahrenen Karren kümmern und miteinander Tacheles reden«. Für letzteren Begriff müsse in den deutschen Presseaussendungen unbedingt ein anderer Ausdruck gefunden werden, darauf bestand Hanfstaengl.

Vor Antritt der »Ferienreise« der Familie Churchill durch Holland und Deutschland hatte Randolph mit seinem Vater telefoniert, und der hatte sich einverstanden erklärt, Hitler zu einem »Abendessen in privater Atmosphäre« zu treffen. Hanfstaengl wiederum hatte mit Hitler gesprochen, und auch er hatte eine Zusage bekommen. Als Ort des Zusammentreffens wurde München vereinbart. Also reservierte Hanfstaengl das prunkvolle Extrazimmer im Hotel *Continental* in der Max-Joseph-Straße und stellte ein Souper für elf Personen zusammen.

27

Um acht, mit einer Stunde Verspätung, kamen Ernst und Helene Hanfstaengl – ohne Hitler. Sie entschuldigten sich, sie hätten ihrerseits auf Hitler gewartet, und entschuldigten Hitler, es herrsche eben Wahlkampf, und der Führer absolviere ein Wahlkampfprogramm wie vor ihm kein Politiker, er fliege von einem Ort zum anderen, an manchen Tagen trete er bei drei Veranstaltungen auf, rede vor zehntausenden Menschen, nachmittags in Dortmund, am frühen Abend in Köln, nachts in Berlin, jedes Mal spreche er ein bis zwei Stunden und nicht zweimal hintereinander zum selben Thema, aber jedes Mal mit demselben »unaussprechlichem« Enthusiasmus.

Sie warteten.

Als Hitler um neun immer noch nicht da war, schlug Clementine vor, mit dem Essen zu beginnen.

Helene Hanfstaengl schien sich über des Führers Unhöflichkeit zu amüsieren – in der Art, wie es manche Mütter tun, die von der Einzigartigkeit ihres Sohnes beseelt sind und im schlechten Benehmen desselben nachgerade einen Beweis für seine Einzigartigkeit sehen. Sie erzählte, wie sie und ihre Herzensfreundinnen Helene Bechstein und Else Bruckmann, erstere die Gattin des Klavierfabrikanten, letztere eine geborene Prinzessin Cantacuzène, versucht hätten, diesem Mann Umgangsformen beizubringen. »Das ist, wie wenn Sie zum Orkan sagen, er soll sanft säuseln.« Ein Dinner mit allem Besteck, der Besuch eines Konzerts, eine Anprobe beim Schneider, die Anrede verschiedener Adelsränge, korrekte Kommasetzung, die verschiedenen Konversationsstile mit Diplomaten, Wissenschaftlern, Dirigenten, Wirtschaftskapitänen.

»Der Mann ist eine Idee«, sagte sie und bewegte langsam den

Kopf von einer Seite zur anderen, als wollte sie – so erinnerte sich Sarah später – die Breite dieser Idee andeuten, und blickte dabei auf den Tisch nieder und sagte wieder: »Der Mann ist eine Idee.« Und sagte es gleich noch ein drittes Mal: »Der Mann ist eine Idee.«

In dem Raum stand ein Flügel – »selbstverständlich ein Bechstein« –, Hanfstaengl spielte, verband zu einem Potpourri, was Hitler liebte – Johann Strauß, Liszt, Brahms –, und alte schottische Tänze. Die Ansagen zu den Stücken nutzte er für kleine Sketches. Er tat wie Goebbels, tat wie Göring, tat wie Kaiser Wilhelm II., tat nicht wie Mussolini, denn das könne Herr Hitler besser, verspottete dafür den ehemaligen amerikanischen Präsident Woodrow Wilson, indem er, wie er es nannte, alle Handlungen zwei Zentimeter neben seinen Willen setzte. Eindeutig am besten geben könne er Frankensteins Monster, rief Randolph. Er behandelte den Riesen wie einen bestellten Spaßmacher. Aber der Verhöhnte lachte mit ihm, Herr Hitler sage dasselbe auch immer. Und seine Frau, ebenfalls lachend: Das Monster sei der Gute in diesem Roman, der Böse sei Doktor Frankenstein, weshalb er ja auch Frankenstein heiße. Worauf Professor Lindemann fragte, ob sie damit andeuten wolle, Mary Shelley habe den Namen Frankenstein für den bösen Wissenschaftler gewählt, weil sie glaubte, es sei ein jüdischer Name. Worauf Frau Hanfstaengl, ohne den Prof. anzusehen, ohne irgendjemanden anzusehen, antwortete, sie kenne alle jüdischen Namen, tatsächlich alle, also auch jene, die sich besonders deutsch geben, und jüdische Haut könne sie riechen auch durch parfümierten Tweedstoff hindurch.

»Und ich rieche den Tod«, fiel ihr Winston ins Wort, der den ganzen Abend nichts gesagt hatte. »Er stinkt wie vergorene gelbe Scheiße« und war im selben Augenblick zutiefst erschrocken und konnte nicht glauben, dass er so etwas gesagt hatte und obendrein so laut, so kampflustig, und seine Frau und seine Kinder waren auch erschrocken.

Frau Hanfstaengl aber nickte, und ihn, dem die Farbe aus dem Gesicht gewichen war, sah sie als einzigen an.

»Mir geht es genauso, Mr. Churchill«, sagte sie sanft. »Ich rieche ihn, und ich spüre seine Gegenwart« und erzählte die Geschichte, wie sie am 10. November 1923, nach dem missglückten Münchner Putsch, Hitler daran gehindert hatte, sich das Leben zu nehmen, indem sie ihm die Waffe mit einem Jiu-Jitsu-Griff aus der Faust gewunden und in einem Krug mit Mehl versenkt habe.

Da war eine Stille in dem Raum.

Damit diese Stille nicht zu lange dauerte, schlug Herr Hanfstaengl vor, Sarah solle doch ein deutsches Gedicht vortragen, denn sie habe ihm erzählt, dass es ihre neue Leidenschaft sei, er werde dazu auf dem Klavier improvisieren.

Sarah habe an diesem Abend *Die Bürgschaft* von Friedrich Schiller vorgetragen, erinnerte sich Churchill, ausgerechnet dieses Gedicht, das deutscheste aller deutschen Gedichte, und der Riese mit dem konkaven Gesicht eines Imbezillen und den anbiedernden Manieren habe dazu geklimpert, viel zu laut, viel zu plump, ohne Gespür für die Zartheit ihrer Stimme.

William Knott sprach Sarah Churchill später darauf an, nach dem Krieg, nach dem Tod ihres Vaters, er wollte es genau wissen. Auch sie erinnerte sich, meinte aber, es sei nicht *Die Bürgschaft* gewesen, sondern ein anderes Gedicht, bestimmt nicht *Die Bürgschaft*. Es sei jedoch typisch für ihren Vater, wie er die Wirklichkeit im Rückblick dramatisiere: Der Retter der Welt wartet auf den Zerstörer der Welt, ein Monster spielt Klavier, die zarte Jungfrau trägt ein Gedicht vor, das Ganze spielt in Deutschland, also kann es nur *Die Bürgschaft* gewesen sein.

28

Zwei Jahre nach Churchills Tod,
schreibt William Knott an meinen Vater, sei er von Mary, inzwischen
Mrs. Soames, nach Chartwell eingeladen worden, um ihr und dem
Historiker Martin Gilbert beim Durchsehen der Korrespondenz ihres Vaters behilflich zu sein. Der Familie sei inzwischen längst bekannt gewesen, welche Rolle er, Knott, während des Krieges im Leben Churchills gespielt habe. Lady Churchill habe seine Verdienste,
wenn dieses »Seelensekretariat« als ein Verdienst bezeichnet werden
könne, sehr zu schätzen gewusst; sie habe sogar vorgeschlagen, ihm
eine Lebensrente auszubezahlen, was er abgelehnt habe. Seine Aufgabe, dies William Knotts Antwort an Lady Churchill, sei der Dienst
an einem Menschen gewesen, das gewiss; bedenke man aber, in welcher Zeit dieser Dienst geleistet wurde und an *welchem* Menschen,
sei es eben auch ein Dienst an der Menschheit gewesen, und dafür
dürfe man sich nicht bezahlen lassen. Jedenfalls – so Knott weiter an
meinen Vater – als es darum ging, Churchills Briefverkehr zu ordnen, um ihn zu drucken, habe sich die Familie dazu entschlossen, seinen Rat einzuholen. Mrs. Soames habe ihm darüber hinaus angeboten, als Mitherausgeber zu fungieren. Er habe auch dies abgelehnt;
er wisse die Ehre zu schätzen und helfe gern, wolle aber weiterhin in
der Öffentlichkeit nicht in Erscheinung treten.

So sei er also nach Chartwell aufgebrochen und habe fast drei
Monate dort gewohnt – sei behandelt worden wie ein Mitglied der
Familie, habe sich mit den Hunden angefreundet, mit den Enten und
den Schwänen, habe Gemüse geerntet und nicht selten für die ganze Gesellschaft gekocht; habe lange Gespräche geführt, vor allem
mit Mrs. Churchill, die ihm, dessen dürfe er sich rühmen, größtes
Vertrauen entgegengebracht habe. Und habe von Sir Winstons nach-

gelassenem Whisky getrunken – keine Single-Malt-Angebereien, schlicht: Jonny Walker Red Label. Bis zu zehn Stunden am Tag hätten sie gearbeitet. Mrs. Soames, der sympathische junge Martin Gilbert und er hätten die Konvolute untereinander aufgeteilt, insgesamt etwa zwanzig große Kisten. Churchill habe von archivarischer Ordnung nicht viel gehalten, jeder von ihnen habe kunterbunt wichtige und unwichtige, persönliche und politische, publizierte und »geheime« Briefe vorgefunden. In einer der Kisten, die er bearbeitete, schreibt Knott, hätten sich zwei Briefe befunden, die sein Herz höher schlagen ließen. Beide an Mister Charles Chaplin adressiert. Den ersten habe ich vollständig zitiert.

Der zweite Brief ist »komisch und besorgniserregend und entsetzlich« – und zwar in einem solchen Maße, dass William Knott beschloss, dieses Dokument vor den Angehörigen seines ehemaligen Chefs geheimzuhalten. Ich denke, er meinte vor allem vor Randolph; er fürchtete, der Dandy, der ihn nie hatte leiden können, der ihn bei jeder Gelegenheit zu erniedrigen versuchte, der inzwischen »ein gefährlich unberechenbarer Robin Goodfellow« geworden war, werde damit seinen Blödsinn treiben, was auch immer das bedeuten mochte.

Ich gebe William Knotts Beschreibung des Objekts wieder: Es handelt sich um einen Bogen Papier, einen Meter achtzig lang und ebenso breit, er ist aus zwei Teilen zusammengeklebt, starkes weißes Papier. Es steckte, eng gerollt, in einer langen Pappröhre, die oben und unten offen war, und ist mit dunkelbrauner Tinte beschrieben. Die Schrift verläuft in einer Spirale von außen nach innen. Wir dürfen uns denken, Churchill lag mit dem Bauch auf dem Bogen und drehte sich, während er schrieb. Die Schrift wird wackelig und fahrig, wegen der unbequemen Lage des Schreibenden, die immer unbequemer wurde, je enger sich die Spirale der Sätze zum Körper hin zusammenzog. Im Zentrum befindet sich ein kreisförmiger Fleck, etwa dreißig Zentimeter im Durchmesser. William Knott glaubt, es sei ein Schweißfleck. Churchill neigte zum Schwitzen. William Knott glaubt, dass er nackt war, während er schrieb. Offensichtlich hatte sich Churchill an Chaplins Methode, den schwarzen Hund zu bekämpfen, erinnert – an die *Methode des Clowns*.

Bevor Churchill in die Spirale überging, schrieb er in der linken oberen Ecke des Bogens eine Art Präambel:

Lieber Freund!
Charlie,
ich halte an meinem Kinderglauben fest: Es gibt nichts, das sich nicht angreifen lässt, und was sich nicht angreifen lässt, das gibt es nicht. Die Haut des Sterbenden kann man angreifen, man kann fühlen, wie sie kälter wird.

In der Spirale schildert Churchill in knappen Worten den Abend mit den Hanfstaengls im Hotel *Continental*.

Irgendwann im Laufe des Abends, schreibt er, habe er das Séparée verlassen, um sich das Gesicht zu waschen und etwas Luft zu holen. Im Restroom sei er einem Mann begegnet. Erst habe er ihn nur von hinten gesehen. Der Mann sei im Begriff gewesen, sich zu rasieren, er habe den Kragen seiner Anzugjacke über die Schultern bis auf die Oberarme heruntergezogen und sich über eines der Waschbecken gebeugt. Wangen, Mund, Kinn und Hals seien dick mit Rasierschaum bedeckt gewesen. Er, Churchill, habe ihm über den Spiegel zugenickt und den Gruß erwidert bekommen. Im selben Moment habe sich der Mann mit dem Rasiermesser neben dem Ohr in den Aufgang zur Schläfe geschnitten, offensichtlich tief, der Rasierschaum auf der Wange habe sich in Sekunden rot gefärbt. Was nun geschah, dies auszudrücken, schreibt Churchill, hätte ihm bis zum heutigen Tag der Mut gefehlt. Der Mann begann zu fluchen, er fluchte in dieser fremden, »von Konsonanten durchsplitterten Sprache«, fuchtelte dabei mit dem Rasiermesser vor seinem Spiegelbild herum – und er, Churchill, habe sich anstecken lassen, wie er sich als

Kind von Mrs. Everest habe anstecken lassen, und habe in das Fluchen eingestimmt. Und weil niemand außer ihnen beiden in dem
Raum war und einer des anderen Sprache nicht verstand, sie also gegenseitig ihre Flüche weder bewundern konnten, noch sich von ihnen beleidigt fühlten, hätten sie bald auf jedes wirkliche Wort verzichtet und seien in einen Kauderwelsch verfallen, den, als wären sie
vor Babylon geboren, alle Menschen auf Erden verstanden, und bald
hätten sie auch nicht mehr in den Spiegel und hinein in den Blick des
anderen oder in den eigenen Blick geschaut, sondern sich abgekehrt
und jeder für sich, starren Auges, gerade in die Welt hinaus ge-
flucht – bis sie genug gehabt hätten, und er, Churchill, sich umdrehte
und aus dem Restroom eilte.

Damit war Churchill auf der Spirale an seinem Bauch angelangt; das
Weitere, schreibt William Knott an meinen Vater, sei verwischt und
nicht leserlich.

29

Die Geschichte ist hier noch nicht zu Ende. Im Alter von achtzig Jahren schrieb Ernst Hanfstaengl seine Lebenserinnerungen (E. H.: *Zwischen Weißem und Braunen Haus. Memoiren eines politischen Außenseiters*. München 1970). In dem Buch geht er auch auf den Abend im Hotel *Continental* im April 1932 ein. Er erzählt, wie unangenehm ihm die Situation gewesen sei, und dass er mehrmals versucht habe, Hitler zu erreichen. Er schreibt:

Ich lief zur Telefonkabine des Hotels und rief zuerst das Braune Haus und dann Hitlers Privatwohnung an. Beide Male bekam ich den gleichen Bescheid: Niemand konnte sagen, wo Hitler steckte. In der nächsten Sekunde glaubte ich, das Opfer einer Halluzination zu sein: Auf der Treppe vor mir sah ich im verschlissenen Trenchcoat und noch immer unrasiert Hitler stehen. Ich stürzte auf ihn zu und zischte: ›Um Gottes willen, Herr Hitler, was tun Sie denn hier? Wo doch Churchill oder sein Sohn jeden Augenblick auftauchen können.‹ Hitler antwortete, in diesem Aufzug und unrasiert könne und wolle er nicht.

Er habe, so Hanfstaengl weiter, Hitler geraten, sich im Hotel ein frisches Hemd auszuborgen, sich zu rasieren und ins Extrazimmer zu kommen. Die Churchills seien nette Leute, sie hätten Verständnis für die Verspätung, es könne noch ein angenehmer Abend werden. Über die Wichtigkeit dieses Treffens brauche er wohl kein weiteres Wort zu verlieren. Aber Hitler habe abgelehnt. Und ihm, Hanfstaengl, sei nichts anderes übriggeblieben, als diese Nachricht zu überbringen – freilich ohne zu erwähnen, dass er Herrn Hitler getroffen habe.

Selbstverständlich kannte William Knott Ernst Hanfstaengls Buch. Auch mein Vater kannte es. Beide fanden es widerlich, angeberisch, größenwahnsinnig und bücklinghaft in einem. Und beide waren von dem Gedanken fasziniert, der Mann im Restroom könnte Adolf Hitler gewesen sein. Wenn er es war, dann hatte ihn Churchill nicht erkannt. Hätte er ihn erkannt, würde er es in seinem »Clown-Brief« an Chaplin doch sicher erwähnt haben. In seinem Memoirenwerk *Der Zweite Weltkrieg* erzählt er nur – und seine Erinnerung deckt sich mit der Hanfstaengls –, wie er und seine Familie vergeblich gewartet hatten und resümiert: »So kam es, dass Hitler die einzige Gelegenheit verpasste, mich kennenzulernen. Als er später allmächtig war, sollte ich mehrere Einladungen von ihm erhalten. Inzwischen hatte sich aber manches ereignet, und ich leistete der Einladung keine Folge.«

Damit ist die Geschichte aber immer noch nicht zu Ende.

Ich habe an anderer Stelle bereits auf Erica Southern und ihr *Interview mit dem Tramp* hingewiesen. Ich weiß, nicht nur unter Chaplinisten ist dieses Buch verpönt; und dafür gibt es bei Gott Gründe genug. Es rückt den Künstler in eine Klatsch- und Tratschecke – was Chaplin wahrscheinlich nicht gestört hätte –, lässt ihn dabei aber Dinge sagen, die erschütternd stupid und obendrein dermaßen holprig formuliert sind, dass ein gutgläubiger Leser sich fragt, wie es diesem Mann gelingen konnte, zu werden, was er geworden ist. Bald stellte sich heraus, erstens: dass Erica Southern ein Pseudonym war, dahinter steckte eine gewisse Lilian Bosshart; zweitens: dass selbige drei Viertel von Chaplins »Antworten« frei erfunden hatte. Bosshart war – und das hätte Chaplin gewiss gefallen – Kellnerin im *Grand Hotel du Lac* in Vevey und gelegentlich für den Tisch verantwortlich, an dem der Meister mit Familie und Gästen dinierte. Sie hatte die Ohren gespitzt und aus dem Mitgehörten ihr »Interview« zusammengeschustert.

Eingerechnet sämtliche Vorbehalte, ist aus dem Buch einiges Interessante zu erfahren. An einer Stelle wird auch Winston Churchill erwähnt. Chaplin erzählt, der englische Staatsmann habe ihm berichtet, er sei am Beginn der dreißiger Jahre einer Freundin Hitlers begegnet, die behauptete, der Führer habe ihr anvertraut, er habe sich im Alter von sechs Jahren das Leben nehmen wollen. Chaplin habe seinem Freund darauf geantwortet – ich zitiere: »Winston, wir können uns die Mitglieder in unserem Club leider nicht aussuchen.« Als ich das las, fiel mir der Bleistift aus der Hand. Denselben Satz zitiert William Knott in seinem Brief an meinen Vater! Allerdings ist es hier Churchill, der diesen Satz sagt – *wortwörtlich diesen!* Er sei – so habe ihm Churchill erzählt –, nachdem er den Restroom aufgesucht habe, ins Extrazimmer zurückgekehrt und habe dort Frau Hanfstaengl allein vorgefunden. Die Kinder, habe sie ausgerichtet, hätten sich in die Stadt verabschiedet, und ihr Mann habe sich angeboten, Clementine, Mary und Professor Lindemann ins Hotel *Regina* zu chauffieren, er wolle aber wiederkommen. Frau Hanfstaengl sei ziemlich betrunken gewesen. Sie habe ein zweites Mal die Geschichte abgespult, wie sie Hitler das Leben gerettet hatte, indem sie ihm die Pistole »mit einem Jiu-Jitsu-Griff aus der Faust wand und in einem Krug mit Mehl versenkte«. Und habe weiter erzählt, wie sie in jener Nacht den Weinenden in ihren Armen gewiegt, ihm über den Kopf gestreichelt hatte, und während unten die Gendarmen an die Tür schlugen, habe er ihr mit zitternder Stimme erzählt, wie er sich im Alter von sechs Jahren das Leben nehmen wollte, weil ihn der Vater Tag für Tag grausam verprügelt und keine Gelegenheit ausgelassen habe, ihn zu verspotten und vor anderen bloßzustellen. – Churchills Kommentar zu William Knott: »Wir können uns die Mitglieder in unserem Club leider nicht aussuchen.«

Wie dieser Satz zu Chaplin gelangte, weiß ich nicht; aber *dass* er zu ihm gelangte, beweist Erica Southerns / Lilian Bossharts *Letztes Interview.* Vielleicht hat Churchill seinem Freund bei einem ihrer Treffen nach dem Krieg den »Clown-Brief« gezeigt. Außer Zweifel steht, dass es nur *einen* Adressaten für diesen Satz gab: Charlie

Chaplin. Nur er konnte wissen, von was für einem Club die Rede war.

Ich sah mir daraufhin wieder einmal *The Great Dictator* an, und wenigstens zwei Szenen erschienen mir in einem neuen Licht – einmal jene, in der der jüdische Friseur zu Brahms' ungarischem Tanz Nummer 5 einem Kunden das Gesicht einseift und rasiert; und die Begegnung der beiden Diktatoren Adenoid Hynkel / Adolf Hitler und Benzino Napaloni / Benito Mussolini, die in einem Schreiduell endet, bei dem sie einander zuerst ansehen, sich bald voneinander abwenden und schließlich jeder für sich, starren Auges, gerade in die Welt hinaus fluchen.

Übrigens: Ich an Churchills Stelle hätte ebenfalls darauf bestanden, dass Sarah an diesem Abend Schillers *Bürgschaft* vorgetragen habe. Das letzte Reimpaar der Ballade passt zu gut:

Ich sei, gewährt mir die Bitte,
In eurem Bunde der dritte!

30

Die Methode des Clowns. – Die
Attribute »komisch, besorgniserregend, entsetzlich«, die William
Knott in Bezug auf den »Clown-Brief« verwendet, sind irreführend.
In Wahrheit ist der spiralförmig beschriebene Bogen ein Zeugnis von
kühlem Pragmatismus. Churchill und Chaplin waren Pragmatiker –
präziser: sie waren zur Begeisterung fähige Pragmatiker. Dass ein
solcher Ausdruck ein hölzernes Eisen sei, ist die Meinung von zur
Begeisterung unfähigen Pragmatikern. Die *Methode des Clowns* ist
weder komisch noch besorgniserregend und auch nicht entsetzlich –
jedenfalls nicht, wenn sie wirkt; das heißt, wenn es mit ihrer Hilfe
gelingt, die Depression zu vertreiben oder wenigstens abzumildern.
Recht hat, wer heilt. Churchill hatte die Methode von Chaplin, Chaplin von Buster Keaton; und der hatte sie von Harold Lloyd (erfahren
wir in einem Nebensatz aus Sylvia Davis' Essay *Laughter without
laughter. What's funny to Buster Keaton?* Los Angeles 1976, Pri-
vatdruck anlässlich B. K.s 10. Todestages; und, ausdrücklich als »Gerücht« gekennzeichnet, in: Marion Meade: *Buster Keaton: Cut to the
Chase, a Biography.* New York 1995). Angeblich soll Lloyd irgendwann einem Handwerker zugesehen haben, der in schwindelnder
Höhe das Zifferblatt einer Kirchturmuhr nachmalen sollte und dabei in Schwierigkeiten geraten war und mit dem Pinsel »Help!« zwischen die Zeiger schrieb, weil sein Rufen nicht gehört wurde. Während er schrieb, habe er sich an dem Zeiger festgeklammert, der aber
hätte sich unter seinem Gewicht geneigt, so dass sich die Buchstaben
über ein Halbrund hinzogen. Von unten habe es ausgesehen, als wären seine Gliedmaßen die Zeiger der Uhr. Harold Lloyd, der schwer
unter Panikattacken litt, sei von dem Schauspiel nachhaltig erheitert
worden. Daraus habe er die »Methode des Clowns« entwickelt – der

Begriff stammt von ihm – und diese an mit-leidende Freunde weiter-gegeben. Die berühmteste Szene in seinem Film *Safety Last!*, in der er am Zeiger einer Hochhausuhr hängt, spielt auf dieses Erlebnis an. Tatsächlich sei er nach einigen Selbstversuchen, liegend auf einem Bogen Papier, schreibend in einer Spirale einen Brief an sich selbst, von seinem Leiden geheilt worden, erzählte Lloyd seinem Kollegen Buster Keaton; er glaube darum auch, dass der Malergeselle oben an der Kirchturmuhr in Wahrheit ein Engel gewesen sei. Davon sei er überzeugt, antwortete der steinerne Atheist Keaton, ließ sich aber die »Methode« genau beschreiben.

Die erste schriftliche Erwähnung des Begriffs findet sich in Theodor W. Adornos Aufsatz *Gerüste zu einer Theorie des Komischen* – wenngleich darin weder auf Buster Keaton, noch auf Harold Lloyd und auch nicht auf Chaplin Bezug genommen wird, wie es gerecht gewesen wäre, wohl aber auf den Komiker W. C. Fields. Bereits 1933 hatte Adorno Gedanken zu diesem Thema für einen Vortrag geordnet, den er in Köln vor einer sozialdemokratischen Hochschülervereinigung hätte halten sollen. Dazu war es aber nicht gekommen, weil die Nazis die Organisation verboten. Adorno emigrierte bald darauf nach England und vertiefte in Oxford seine Überlegungen zum Phänomen des Komischen, sozusagen im Studierstübchen und nebenbei und ohne jemanden an seinen Gedanken teilhaben zu lassen. Ein vorläufiges Ergebnis trug er schließlich doch einem Publikum vor, nämlich auf dem Schiff, das ihn und seine Frau im Februar 1938 von London nach New York brachte. In seinem Vortrag verwendete er den Ausdruck *Methode des Clowns* zum ersten Mal. Damit bezeichnete er eine »mögliche Umgangsform mit der Angst vor der Schamlosigkeit der Welt«. Woher er den Begriff hatte, erklärte er freilich nicht, weswegen die Anwesenden – allesamt deutsche Emigranten – meinen mussten, er habe ihn erfunden, beziehungsweise er liege sozusagen auf der Hand. Unter den Zuhörern saß auch Reinhard Mangold, ein »Student« Adornos, gerade neunzehn Jahre alt; er war als

Schüler zusammen mit seinen Eltern aus Frankfurt geflohen und hatte in Oxford »Vorlesungen« bei Adorno besucht; nun reiste er weiter nach Amerika. (Die Anführungszeichen deshalb, weil Adorno am Merton College als *advanced student* geführt wurde; er war in Deutschland zwar Dozent gewesen, hatte in Oxford aber keine offizielle Lehrerlaubnis bekommen; dennoch hielt er Vorlesungen.) Reinhard Mangold wird sich in der neuen Welt einen neuen Namen geben und als einer der innovativsten und mutigsten Filmproduzenten in die Geschichte Hollywoods eingehen. 1965 wird er, nicht ahnend, dass Adorno die Unterlagen zu seinem Vortrag verloren hatte, in einem Portrait, das eine deutsche Fernsehanstalt über ihn drehte, von seiner Begegnung mit dem Philosophen und von dessen Gedanken zum Komplex des Komischen erzählen, und dass ihn diese Gedanken sehr inspiriert hätten und er ihre Quelle in den klassischen Slapstick-Filmen erkannt habe, vornehmlich in den Filmen von Charlie Chaplin, und er wird stolz seine Mitschrift des Vortrags in die Kamera halten. Adorno sah die Dokumentation zufällig im Fernsehen und wandte sich über den Sender an seinen ehemaligen Studenten, der ihm postwendend seine Notizen zukommen ließ. Der Philosoph rekonstruierte daraus seine alten Gedanken, ergänzte sie mit Neuem – merkwürdigerweise *nicht* mit Reflexionen über die Kunst von Charlie Chaplin (über den er bereits zwei Aufsätze geschrieben und in der Sammlung *Ohne Leitbild. Parva Aesthetica* veröffentlicht hatte) – und baute daraus seine *Gerüste zu einer Theorie des Komischen*, in deren Zentrum die *Methode des Clowns* steht. Es war ihm nicht vergönnt, den Essay fertigzustellen, weswegen wir wieder nicht erfahren, wie der Begriff zu Adorno gelangt war – vorausgesetzt, er hatte überhaupt vor, uns darüber aufzuklären. Ich möchte kurz wiedergeben, was Adorno über die *Methode des Clowns* schreibt.

Das Komische – führt er aus – ist ein »freund-feindliches Angebot an die Schadenfreude«. Diese wiederum ist eine Form der Rachsucht. Das Lachen ist ein Auslachen und als solches eine Form der Bestrafung, die eine Masse einem Einzelnen, der, unbewusst, gegen ihre Normen verstoßen hat, widerfahren lässt, um ihn auf sein Vergehen aufmerksam zu machen. Hierin folgt Adorno den Überlegungen von Henri Bergson, wie sie der französische Philosoph in seinem Werk über das Lachen – *Le rire. Essai sur la signification du comique* – im Jahr 1900 niedergelegt hat. Es sei, so lässt sich eine von Bergsons Thesen zusammenfassen, notwendig für Überleben und Zusammenleben, dass der Einzelne die *mores* der Allgemeinheit einhalte; schwere Verstöße landen vor Gericht, leichte werden auf andere Weise sanktioniert, zum Beispiel mit Auslachen. Wenn ein Mann – unabsichtlich – auf einer Bananenschale ausrutscht, bestrafen wir ihn mit unserer Schadenfreude, denn es kann gefährlich sein, auf einer Bananenschale auszurutschen: Er soll das nächste Mal besser aufpassen! Dass das Komische ein *bewusstes,* also *gewolltes* Angebot an die Schadenfreude sei, das ist Adornos neuer Gedanke. Er erläutert ihn anhand des Werks von W. C. Fields.

Fields Komik resultiert aus einem Tabubruch. Wenn er – sein bekanntestes Bonmot – ausruft, jemand, der kleine Hunde und Kinder hasse, könne nicht ganz schlecht sein, dann lachen wir, weil es im höchsten Maße verwerflich ist, kleine Hunde und Kinder zu hassen, und weil es eine Bekräftigung unserer Abscheu ist, wenn wir – der Katharsis-Theorie des Aristoteles folgend – für die kurze Spanne unseres Gelächters so tun, als ob wir ein solcher Schweinehund wären; und wir lachen im Bewusstsein, dass W. C. Fields genauso denkt wie wir und er mit seinem Witz die Richtigkeit unserer und seiner Meinung bekräftigen möchte. Fields bricht also ein Tabu und illustriert damit gerade die Notwendigkeit des Tabus – nämlich kleine Hunde und Kinder zu hassen. Das ist aber nicht W. C. Fields Komik. Er möchte keinen Witz machen. Er hasst tatsächlich kleine Hunde und Kinder. Und wenn er sagt, Felix Hoffmann sei der bessere Messias als Jesus, weil dieser zwar Wasser in Wein, jener aber Mohn in Heroin verwandelt habe und letzteres nachweislich glücklicher mache, dann soll das kein Witz sein. W. C. Fields macht überhaupt keine

Witze. Er hat sich selbst nie als Komiker, immer als Jongleur bezeichnet – was alle für einen Witz hielten. Er verführt uns dazu, genauso böse zu sein wie er. Und auch wenn wir so tun, als merkten wir das nicht, als wäre dieser fette Mann mit den schlechten Manieren und seinem Drogen- und Alkoholproblem ein herkömmlicher »guter« Tabu-Brecher, der eigentlich gar kein Tabu bricht, wissen wir doch und wissen es sehr genau: Er ist nicht lustig, er ist böse. Warum lachen wir trotzdem? Bergson, Adorno und viele andere vor ihnen, die sich den Kopf über das Komische zerbrochen haben, sind einhellig der Meinung, dem Komischen eigne die Fallhöhe. Wenn der Papst flatuliert, ist das komischer, als wenn Herr Meier einen fahren lässt. Wenn Chaplin seinen Schuh verspeist, als wäre er eine Delikatesse aus einem feinen Pariser Restaurant, dann müssen wir lachen, denn es ist ein Schuh und nichts weiter und ein dreckiger dazu. Und wir müssen lachen, wenn W. C. Fields uns kleinen, mickrigen – lächerlichen! – Spießern zutraut, so etwas Böses zu tun, wie kleine Hunde und Kinder zu hassen – oder Konzentrationslager zu errichten. Wir selbst hätten uns das nicht zugetraut! Adorno meint, Fields gelinge es, den in uns tief vergrabenen kleinbürgerlichen Hass auf alles Reine und Schöne freizulegen, der aus einer jederzeit empfundenen Minderwertigkeit resultiere. Wir teilen unser Ich in zwei, sehen uns zwergenhaft und monströs – und finden beides komisch. Wir finden *uns* komisch. Und siehe da, für eine kleine Zeit kann uns die Welt nichts anhaben.

Die *Methode des Clowns* bestehe also aus nichts anderem als der Leistung, sich selbst vor sich selbst lächerlich zu machen – mit dem Ziel, sich selbst zu entfremden. Ganz bei sich selbst kann der Mensch nämlich nicht über sich selbst lachen, denn Lachen bedeutet immer Lachen auf Kosten eines anderen. Er muss sein Ich aufspalten in ein Ich, das lacht, und in ein anderes, das ausgelacht wird. Dies ist das Ziel der Methode.

Aus Adornos Biografie wissen wir, dass auch er gelegentlich vom schwarzen Hund heimgesucht wurde. Die praktische Umsetzung der

Methode des Clowns – also bäuchlings auf einem Blatt zu liegen, sich im Uhrzeigersinn zu drehen und in einer Spirale sich selbst einen Brief zu schreiben – erwähnt er in seinem Essay nicht. Er schämte sich. Irgendwann, heißt es, habe ihn seine Haushälterin dabei erwischt.

Vierter Teil

31

Im Mai 1939 erhielt Chaplin den Anruf einer Frau, die sich als »Hannelore« vorstellte und mit einem ausgeprägten, deutsch klingenden Akzent sprach (ob es tatsächlich ein deutscher Akzent war oder ob er ihn bloß für einen solchen hielt, darauf wollte sich Chaplin später nicht festlegen). Sie wünsche, ihn zu treffen; es liege einzig in seinem, nicht in ihrem Interesse. Normalerweise wehrte Chaplin solche Annäherungsversuche ab. Normalerweise ging er gar nicht ans Telefon; im Studio überließ er es der Telefonistin, Miss Nicolaisen, oder seiner Sekretärin, Mrs. Pryor, zu Hause Kono Toraichi zu entscheiden, ob ein Anruf an ihn weitergeleitet werden sollte oder nicht. Es kam öfter vor, dass eine Frau – es waren immer Frauen – auf irgendeine Weise an eine seiner Nummern gelangte; zweimal schon hatte er sämtliche Nummern ändern lassen, was mit ärgerlichem bürokratischem Aufwand verbunden war.

Er war allein zu Hause. Paulette hatte sich zusammen mit den Kindern, Charles jr. und Sydney, in den Griffith Park Zoo fahren lassen, um dort den sibirischen Tiger anzusehen, der für ein Jahr vom San Diego Zoo ausgeliehen worden war. Und wohl zufällig hatte das Personal an diesem Nachmittag frei oder machte Besorgungen. Er wusste nicht, warum alle auf einmal weg waren. Eine halbe Stunde zuvor war Lärm gewesen, wie immer Lärm war, wenn die Kinder – die schon bald keine Kinder mehr waren – ihren Vater besuchten, Lachen, Spielen, Herumtollen, Tischdecken mit viel zu viel und nur Lieblingsspeisen, um Lita ja keinen Anlass zu bieten, sich beim Jugendamt zu beschweren. Plötzlich war Stille gewesen, alle hatten das Haus verlassen – zufällig oder nicht zufällig –, und er war allein. Und dann hatte das Telefon geklingelt. Obwohl er es nicht wirklich beurteilen konnte, weil er die deutsche Sprache nicht im Ohr hatte, meinte er doch zu hören, dass der Akzent vorgetäuscht war.

Die Frau nannte ein Bistro in Westwood, sie werde in einer Stunde dort sein und auf ihn warten; dort werde nur Französisch gesprochen. Was sie damit meine, wollte er fragen, aber sie hatte schon aufgelegt.

Er gab niemandem Bescheid. Er hätte einen Freund anrufen können oder den Bruder. Er hätte eine Nachricht auf dem Tischchen in der Halle hinterlegen können. Es wäre verantwortungsvoll gewesen. Vor einem halben Jahr war es während eines Aufenthalts mit Paulette und einigen Freunden in der Nähe von Carmel zu einem Zwischenfall gekommen. Sie hatten einen Ausflug zum Point Lobos unternommen, wo die wilde Küste Kaliforniens zu bestaunen war. Zu zehnt waren sie gewesen. Mit drei Autos waren sie gefahren. Die hatten sie nahe bei den Klippen abgestellt, hatten auf den tosenden Pazifik geblickt und Champagner getrunken. Plötzlich trat ein Mann aus dem Gebüsch hervor – ein Verrückter, wie die Polizei später zu kalmieren versuchte –, verneigte sich vor Paulette mit den Worten »Bitte, Frau Goddard, treten Sie einen Schritt beiseite«, grüßte mit Lächeln und Kopfnicken Dan James und Tim Durant, die neben Paulette standen, zog ein Stilett aus der Innentasche seines Staubmantels und schritt, den Arm mit der Waffe ausgestreckt, langsam und mit steifen Beinen auf Chaplin zu, bleich und dunkel in einem, der Schreckensmann wie aus dem Bilderbuch. Alle waren starr – bis auf Durant, der kegelte dem Mann den Arm aus, warf ihn zu Boden, setzte ihm den Stiefel auf den Nacken und drückte seinen Kopf in den Sand. Der Mann wehrte sich nicht, ließ sich mit den Gürteln der anwesenden Herren und seinem eigenen fesseln, war dabei sogar behilflich, lächelte mit schmerzverzerrtem Gesicht und nickte wieder, unter Tränen diesmal, Paulette zu, bevor ihn Durant, James und die anderen Männer – außer Chaplin – in einen der Wagen bugsierten und bäuchlings auf die Rückbank legten. Der dicke David Saddik hockte sich auf ihn, bog ihm den Arm nach oben und hielt ihn fest wie einen Hebel zur Erzeugung von Schmerzen. Einer von Durants Freunden beförderte ihn in die Stadt, die anderen fuhren hinterher. Sie übergaben den Mann dem Sheriff – unter Gelächter. Chaplin bat die Polizeibeamten, den Vorfall diskret zu behandeln, nichts davon an die Presse weiterzuleiten. Er fürchtete, ein anderer, weniger freundlicher Verrückter, könnte auf eine ähnliche Idee gebracht werden und diese weniger dilettantisch ausführen. Dass seine Freunde Stillschweigen bewahren würden, setzte er voraus. Am übernächsten Tag aber machte die *Los Angeles Daily News* mit der Schlagzeile auf, Mr. Charles Chaplin sei nur knapp einem Attentat entgangen. Sogar über die Motive der Täter (Plural!) wusste das Blatt Bescheid. Es gebe gewisse Kreise, hieß es, denen es nicht schmecke, dass Chaplin einen abschätzigen Film über den deutschen Reichskanzler Adolf Hitler plane. Chaplin ließ sich mit dem Chefredakteur der Zeitung verbinden, schrie ihn am Telefon zusammen; wie er auf diese absurde Behauptung komme. Mr. Wilson antwortete, es gehöre nicht zu den Aufgaben eines seriösen Journalisten, seine Quellen bekannt zu geben, und legte auf. Tatsächlich hatte Chaplin zu dieser Zeit mit den Vorbereitungen zu dem Film begonnen, dem er schließlich den Titel *The Great Dictator* geben würde. Jedem an dem Projekt Beteiligten hatte er vor Arbeitsbeginn persönlich die Hand gedrückt, in die Augen gesehen und befohlen, nicht ein Wort darüber zu verlieren, zu wem auch immer, nicht vor dem Ehemann, nicht vor der Ehefrau, nicht vor der Geliebten, nicht vor dem besten Freund. Einer von ihnen hatte also geredet. Von nun an belagerten die Reporter das Studio, und endlich gab Chaplin eine Pressemeldung heraus, worin er mitteilte, dass er sich »mit dem Gedanken trage, einen Film über die gegenwärtige politische Situation in Europa, speziell in Deutschland, zu produzieren« – Hitler und die Nazis. Dass er gegen deren Barbarei die Stimme erheben wolle, erwähnte er nicht. In den *New York Times* kündete die Filmkritikerin Louella Parsons dennoch und ohne Fragezeichen an: »Chaplins nächster Film ist eine Hitler-Parodie!«

Ähnliches konnte man in der *Denver Post* und in den *Detroit Times* lesen. Der deutsche Konsul Dr. Georg Gyssling sandte eine Protestnote an den Präsidenten der Vereinigten Staaten, worin er darauf hinwies, dass ein solches Machwerk die guten Beziehungen zwischen dem Deutschen Reich und den USA empfindlich stören würde. William Dudley Pelley, der Führer der *Silver Shirt Legion*, dem amerikanischen Pendant zur SA, verfasste einen Hetzartikel gegen die Juden in Hollywood und wiederholte, was im *Stürmer* und anderen nazideutschen Zeitungen zu lesen war, dass Chaplin Jude sei und mit wirklichen Namen Karl Thronstein heiße. Jesse Maugh, einer der Pförtner der Chaplin-Studios, stand eines Morgens fassungslos vor dem Tor: Jauche war vor den Eingang gekippt worden. In einem Leserbrief an den *Daily Mail* schrieb ein Anonymus, falls Chaplin tatsächlich seinen schmutzigen Judenspaß mit dem obersten Repräsentanten des Deutschen Reiches treiben wolle, werde das »den Untergang seiner Person« bedeuten. Freunde drängten Chaplin, Anzeige gegen die Zeitung zu erstatten, weil sie diesen Unflat abgedruckt hatte, der Schreiber spiele offensichtlich auf eine Rede Hitlers an, in der er vom »Untergang der jüdischen Rasse« gesprochen und damit ihre Vernichtung gemeint habe. Chaplin lehnte ab. »Wir sind in Amerika«, sagte er. »Amerika ist ein freies, demokratisches Land, hier darf jeder sagen, was er will, und jeder darf es ignorieren.« Die Polizei von Los Angeles stellte Chaplin dennoch unter Schutz. Zwei Beamte in Zivil folgten ihm auf Schritt und Tritt; wenn er zu Hause war, saßen sie in ihrem Ford 35 unten auf dem Summit Drive, qualmten und beobachteten die Auffahrt zur Villa – und wurden ihrerseits von Schaulustigen und Touristen angeglotzt. Erst als Chaplin gedroht hatte, das Gericht dagegen einzuschalten, waren die Beamten abgezogen worden.

Die Freunde wunderten sich. »Hast du denn keine Angst?«, fragte Dan James, der bei der Erstellung des Drehbuchs behilflich war.

»Nein«, hatte Chaplin geantwortet. Und hatte sich selbst darüber gewundert; hatte sich gewundert, dass ihn die Arbeit an einem Stoff, der näher bei der Wirklichkeit war als alle seine Filme zuvor, ihn so weit aus dieser Wirklichkeit heben konnte; er fühlte sich, als lebte er in einem Märchen.

Er rief ein Taxi – nicht einen Wagen vom *GY Taxi Service* wie üblich, sondern von einer Firma, die er noch nie beauftragt hatte; er nannte seinen Namen nicht, er rufe von einer Telefonzelle aus an, sagte er, ohne dass er gefragt worden wäre, er werde an der Straße stehen. Er zog sich etwas Helles, Weites über, setzte einen Hut auf und eine Sonnenbrille, ging zur Straße und wartete ein paar Schritte unterhalb des Eingangs. Er hatte »so ein Gefühl«, ein Gefühl nach Abenteuer – aber vielleicht, räumte er im Rückblick ein, interpretiere er heute mehr hinein, als tatsächlich war, vielleicht war er einfach nur neugierig gewesen.

Er war mit seinem Leben nicht zufrieden.

Was aber nicht hieß, dass er unzufrieden mit sich selbst war; schon gar nicht, dass er an sich zweifelte oder dass er unter den vertrauten und gefürchteten Visionen von Versagen und Kapitulation gelitten hätte – nein: Er war nicht zufrieden, weil er sich mehr zutraute, als komisch zu sein und komische Filme zu produzieren. Er fühlte sich zu Weiterem begabt. Nicht zu Größerem – wenn er mit diesem Film fertig war, würden die Menschen sehen, dass es Größeres auf einem weiten Feld nicht gab – zu Anderem. Er wollte ein Werk über Nationalökonomie schreiben. Ein Notizbuch voll Ideen hatte er. Schon lange interessierte er sich für die Themen Wirtschaft und Gerechtigkeit. Die Arbeit an *Modern Times* war nicht Auslöser für dieses Interesse gewesen, sondern seine Frucht; und dass der Tramp Kapitalisten *und* Kommunisten gegen sich aufbrachte, war ihm zunächst bitter gewesen; aber dass die Unversöhnlichen sich einig waren in ihrer Empörung gegen die bloße Abbildung des Schwächsten, des Leisesten, des Bemitleidenswertesten, darin sah er den Fingerzeig, dass die *Methode des Clowns* auch die Seele der Gemeinschaft heilen könnte.

Er hatte der Welt gezeigt, wie verrückt eine Wirtschaft ist, die den Menschen zum Sklaven von Maschinen macht; der Tramp hatte die Verrücktheit mit Verrücktheit geschlagen, er hatte den Blick auf die Wirklichkeit gerade um die paar Winkelgrade »verrückt«, um die Wirklichkeit gerade so zu zeigen, wie sie war. Bei seinem Besuch in Berlin vor nunmehr zehn Jahren hatte er mit Albert Einstein über Ökonomie diskutiert, über die faszinierenden und einfachen Programme eines Mannes namens Silvio Gesell, der gegen Bodenrente und Geldzins war, weil diese durch den ihnen innewohnenden Zwang zur Umverteilung von unten nach oben die Ungerechtigkeit in der Welt perpetuiere und diese Welt immer hässlicher werden lasse. (Gelesen hatte er von Gesell nichts, aber er hatte sehr genau zugehört, als seine Einflüsterer Herbert Oakley und Ben Eichengreen, der eine Anarchist, der andere Marxist, sich über dessen Lehren unterhielten.) Einstein hatte ihm das Buch *Theorie der wirtschaftlichen Entwicklung* von Joseph Schumpeter geschenkt, mit dem er selbst gerade durch war (leider eine deutsche Ausgabe), und als Widmung hineingeschrieben: »Für Charlie Chaplin, den Nationalökonomen.« Das hatte ihm zu denken gegeben. Er hatte eine Kurzgeschichte geschrieben. Die erste in seinem Leben. Er hatte sich gefühlt wie ein junger Dichter, wie sich Keats gefühlt haben musste oder Shelley, deren Genius ahnte, dass nicht viel Zeit bleiben würde. Wenn er den Füllhalter umschloss, spürte er den Herzschlag in den Fingern pochen. Die Geschichte hieß: *Rhythm.* Im April dieses Jahres war sie übersetzt und in der französischen Zeitschrift *Cinemonde* abgedruckt worden. Sie spielte im Spanischen Bürgerkrieg. Ein Mann soll hingerichtet werden. Der Offizier, der das Exekutionskommando befehligt, ist ein Freund des Verurteilten; er hofft bis zuletzt auf die Nachricht der Begnadigung. Schließlich bleibt ihm keine Wahl, er muss den Befehl geben, der aus vier rhythmischen Anweisungen besteht: »Achtung! – Gewehr über! – Gewehr präsentiert! – Feuer!« Unmittelbar vor dem letzten Wort hört er Schritte, der Bote naht, der seinen Freund retten wird. Er ruft: »Halt!« Zu spät. Der Gewohnheit – dem Rhythmus – folgend, schießen die Soldaten. Ein Literaturkritiker – wie Chaplin erfuhr, sogar einer der angesehensten, seinen Namen hatte er sich nicht merken können – bezeichnete die Geschichte als Meisterwerk, würdig, mit den Besten in einem Atemzug genannt zu werden. Das hatte ihm zu denken gegeben. Das Genie, glaubte er bei E. A. Poe gelesen zu haben, zeige sich in allem; ein genialer Dichter, wenn er sich der Musik zuwende, werde auch ein genialer Musiker sein, ein genialer Musiker ein genialer Maler, ein genialer Maler ein genialer Staatsmann et cetera. Auch das hatte ihm zu denken gegeben. Dass er Genie besaß, war ihm eine Gewissheit, die ihn rührte und demütig sein ließ. Das hohe Klopfen in seiner Brust, das etwas Neues, Großes, Anderes ankündigte, machte ihn glücklich und neugierig – und unzufrieden. Die Abfassung des Skripts für den Film über den Diktator eines fiktiven Landes hatte ihn mehr Energie gekostet als jede Stoffentwicklung zuvor, aber keine Mühe. Er wusste, dies würde sein größter Film werden, er würde das größte Werk der Filmkunst werden. Wenn dieser Film fertig war, würde er lange Zeit keinen Film mehr drehen, womöglich nie wieder; er würde ein neues Leben mit einer neuen Kunst beginnen – oder ein Leben als Wissenschaftler – oder als Politiker, als Rhetor, als Tribun, ein Demosthenes, ein Cicero, ein Danton.

Er war nicht zufrieden – auf eine erwartungsvolle, hochzeitliche Weise war er nicht zufrieden. Vielleicht war der Anruf der erste Anstoß zu dem Neuen, Großen, Anderen – so dass er später würde sagen können: Alles fing an mit einem Anruf im Mai 1939 …

Das traf zu.

32

Es war unwahrscheinlich, dass ihn jemand erkannte. Nichts an seinem Kopf sah dem Kopf des Tramps ähnlich. Sein Haar war weiß, ohne Schminke wirkten die Wangen bereits ein wenig schlaff. Die Sonnenbrille deutete nicht an, dass sich dahinter jemand verbergen wollte, die Mainachmittage in Los Angeles waren gleißend. Und Hüte trugen die meisten Männer. Außerdem hatte er herausgefunden, dass sich die Menschen leichter an die Bewegungen eines Körpers als an ein Gesicht erinnerten. Nichts an seinem Gang war dem Gang des Tramps ähnlich. Als er das Bistro am Wilshire Boulevard betrat, schürzte er ein wenig die Lippen, wie es der Tramp nie getan, und imitierte den Gang von Douglas Fairbanks, wie er es sich in letzter Zeit angewöhnt hatte, unbewusst und bewusst – weil er Doug vermisste, seit dessen Scheidung vor drei Jahren hatte er ihn nicht mehr gesehen, er wohnte nicht mehr in Pickfair, und wie man hörte, ging es ihm nicht besonders, angeblich trank er nur noch, Mary kam auch nicht mehr zu Besuch, es war alles anders als früher, immer wieder hatte er sich vorgenommen, Doug zu einem Tennisnachmittag einzuladen.

In dem Lokal war es finster, er sah nichts. Er nahm die Brille ab. Die L-förmige Bar ließ gerade so viel Platz, dass man sich an den Hockern vorbeidrücken konnte. Zwei Männer standen beieinander und redeten mit dem Keeper. Sie blickten kurz zu ihm, ohne Interesse, und sprachen weiter. Er setzte sich so weit wie möglich von ihnen entfernt an den Tresen. Der Keeper kam langsam herüber, wischte unterwegs mit seinem Tuch über die Messingplatte und fragte in sattem kalifornischen Amerikanisch, was er ihm bringen dürfe – von wegen, hier werde nur französisch gesprochen. Er bestellte einen Weißwein. Der Keeper schob das übliche Glas Wasser vor ihn hin, es roch nach Chlor, manche mochten den Geruch nicht, er mochte ihn, nie hatte er jemanden gesehen, der davon getrunken hatte. Ob er zum Wein ein Sandwich haben könne? Könne er. Eines mit Schweizer Käse? Auch eines mit Schweizer Käse.

Er wartete. Aß sein Sandwich, trank seinen Wein. Roch den Chlor. Einer der Männer verabschiedete sich, nickte auch zu ihm herüber. Nicht, weil er ihn erkannt hatte. Weil er Manieren hatte. Der andere überflog die Sportseite der Zeitung, die Zigarette ragte steil aus seinem Unterkiefer, er grüßte und ging ebenfalls. Der Keeper konnte die Zeichen deuten; dass sich dieser Gast nach hinten gesetzt hatte, hieß, er wollte nicht reden. Ab und zu schaute er hinüber zu ihm, falls etwas gewünscht wurde.

Er wartete. Wartete eine Dreiviertelstunde.

Ein Mann und eine Frau betraten die Bar. Sie war groß, brünett und sehr schlank, hatte das Haar am Hinterkopf zu einer Rolle zusammengerafft, ihr Gesicht schimmerte weiß, sie trug ein altrosa Kleid mit einem breiten, weißen Gürtel, dessen Schnalle mit drei Dornen versehen war. Die beiden kamen auf ihn zu. Der Mann lächelte ihn freundlich an, hielt ihm die Hand entgegen – ohne sich vorzustellen –, sagte, Hannelore habe leider einen dringenden Termin, sie müsse gleich wieder gehen. Ihre Lippen und Fingernägel waren vom gleichen Rot. Sie wich seinem Blick aus, drehte sich um und verließ das Lokal, ohne etwas gesagt, ohne ihm die Hand gegeben zu haben. Der Mann sah ihr nach, bis sie im Schimmer der Straße verschwunden war. Er habe leider auch nur sehr wenig Zeit, sagte er. Er trug einen hellen Anzug mit einer Spur Rosa darin und einen Stetson von derselben Farbe, das Band war tiefblau, tiefblau auch die Krawatte. An seinem rechten Ringfinder prunkte ein goldener Ring mit einem ovalen Onyx in der Mitte. Die Sonnenbrille war fahlfarben, hell genug, um in dem Raum sehen zu können, dunkel genug, um die Charakteristika seiner Augen zu verbergen.

Der Mann bestellte ein *Apollinaris*. Nachdem sich der Keeper entfernt hatte, sagte er: Wenn er, Chaplin, nicht auf sich achte, werde er in spätestens einem Jahr nicht mehr am Leben sein; er solle ihn bitte nicht unterbrechen, er habe, wie gesagt, nicht viel Zeit, er solle ihm einfach nur zuhören: Er, Chaplin, werde, wenn er nicht auf sich achte, in spätestens einem Jahr sich selbst das Leben nehmen; er werde glauben, es sei sein eigener Entschluss, in Wahrheit aber werde er, ohne es gemerkt zu haben, so weit getrieben worden sein. Er müsse sich im klaren sein, dass er es mit Leuten zu tun habe, die über die raffiniertesten Methoden der Kriegsführung verfügten. Die Ausschaltung seiner Person sei ein Akt der Kriegsführung. Mehr habe er ihm nicht zu sagen. Er meine es gut. Das Mineralwasser bitte er ihn zu übernehmen.

Damit wandte sich der Mann um und war weg. Vielleicht hatte er in seinem Rücken noch die Frage gehört: »Und warum?« Wahrscheinlich aber nicht. Sie war sehr leise gesprochen worden.

Er bat den Keeper um Papier und einen Stift und schrieb auf, was der Mann gesagt hatte. Er erinnerte sich an jedes Wort. Er beschrieb das Aussehen der Frau, ihr Gesicht, ihre Kleidung, ihre Art zu gehen; das Gleiche beim Mann. Er schilderte den Klang seiner Stimme – weder besonders leise, noch besonders eindringlich war sie, auch war kein Akzent feststellbar; was auffiel, war die unangemessene Sachlichkeit.

Er bat den Keeper um einen weiteren Bogen Papier. Beschrieb den Geruch der Frau, der womöglich von ihrem Parfüm herrührte, aber in ihm die Erinnerung an Leder wachrief; sie hatte nach Leder gerochen, ein hintergründig scharfer Ledergeruch. Er glaubte nicht, dass sie Hannelore war. Sie hatte nichts gesagt, weil sie keine Deutsche war und einen deutschen Akzent nicht imitieren konnte und überhaupt eine andere Stimme hatte. In Hannelores Stimme, meinte er sich zu erinnern – und schrieb es auf –, war Angst gewesen, die Angst, die in einem aufschießt, wenn man etwas Schweres getan hat, hinter das man nicht mehr zurück kann, das die eigene Vernichtung bringt. Es waren nicht mehr als vier oder fünf Sätze gewesen, die sie am Telefon gesprochen hatte, und vom ersten über den zweiten, über den dritten Satz hatte sich die Angst in ihre Stimme eingeschlichen und sie allmählich in Besitz genommen, hatte das anfänglich Forsche verdrängt, hatte den Vorsatz zur Festigkeit verdrängt und sich schließlich in eine kindliche, flehentliche Ängstlichkeit gewandelt; die letzten Worte waren zitternd gesprochen, am Ende war sie dem Weinen nahe gewesen. Weil ihn diese emotionale Achterbahn über so wenige Silben hinweg in den Bann geschlagen hatte, deshalb, nur deshalb, wenn er sich Rechenschaft gab, hatte er zugesagt, sie in dem Bistro am Wilshire Boulevard zu treffen. War Hannelore vorgeschoben, war sie womöglich gezwungen worden, mit ihm am Telefon zu sprechen? Versteckte sich jemand hinter ihrer Stimme? War der deutsche Akzent oder seine Imitation Absicht? Sollte dies ein Hinweis sein, woher der Wind wehte? Glaubte jemand, das Gespräch werde aufgezeichnet und nachträglich analysiert? Wurde damit gerechnet? War dies sogar beabsichtigt? Von dem Industriellen Francis W. Purkey war bekannt, dass er sämtliche Telefonate auf Draht aufzeichnete, es war eine Maschine wie aus einem utopischen Film, die einen breiten Tisch in Purkeys Büro in Beschlag nahm und sich automatisch einschaltete, sobald das Telefon klingelte. Purkey hatte sich das Ding angeschafft, als eines seiner Kinder entführt worden war. Chaplin hatte für *Modern Times* ein Modell aus Sperrholz nachbauen lassen, dann aber aus Pietät darauf verzichtet, es im Büro des Chefs des Stahlkonzerns aufzustellen.

Alles schrieb er auf – seine Erinnerungen, seine Beobachtungen, seine Gedanken, seine Assoziationen, seine Spekulationen. Er schrieb und schrieb und schrieb. Eine Stunde schrieb er, bestellte noch ein Glas Weißwein und ein drittes. Ohne dass er darum gebeten worden wäre, reichte ihm der Keeper einen weiteren Bogen Papier.

Er fragte den Keeper, ob er den Mann und die Frau kenne oder wenigstens schon einmal gesehen habe. Hatte der Keeper nicht. Er fragte ihn, wie die beiden in seiner Erinnerung – die eine Stunde alt war – ausgesehen hätten. Der Keeper gab eine knappe Beschreibung, die sich mit seiner eigenen deckte; ergänzte diese mit der Beobachtung, der Mann habe eine gebeugte Haltung gehabt, einen leichten Ansatz zu einem Buckel; als er die Bar verließ, sei ihm das aufgefallen. Warum der Gast das alles wissen wollte, fragte der Keeper nicht. Hollywood war zu nahe. Barkeeper in dieser Gegend wundern sich über nichts. Die stoisch müden Augenlider sagten genau das, und er wusste genau, es würde verstanden. Und es wurde verstanden. – Auch diese Beobachtung notierte Chaplin.

Als er im Taxi zurück nach Hause saß, fühlte er eine wohlige Genugtuung. Die Warnung, dass eine solche Empfindung nicht angebracht sei, wo ihm eben erst der Tod angekündigt worden war, obendrein der Tod durch eigene Hand, vermochte sie nicht zu vertreiben.

33

Während ihres ersten Treffens in Los Angeles hatten sich Churchill und Chaplin vorgenommen, gemeinsam eine Filmstory zu entwickeln – über Napoleon. Auf dem dornigen Abstieg durch den Carbon Canyon, unter ihnen zerrissene Hosenbeine, über ihnen der weiße heiße Weltennabel, hatten sie sich Szene um Szene zugeworfen. Der Held sollte ein Doppelgänger des Kaisers sein. Er taucht in Paris auf, als der echte im fernen St. Helena sitzt. Er wird bestaunt und bejubelt, die Menschen wollen ihn wieder auf dem Thron sehen. Er kennt sich nicht aus, will erklären, wer er wirklich ist. Niemand hört ihm zu. Schließlich weiß er selbst nicht mehr, wer er ist. Er nimmt sich das Leben. Staatstrauer wird angeordnet. Inzwischen gelingt es dem echten Napoleon zu fliehen. Er kehrt nach Frankreich zurück. Aber die Leute lachen ihn aus, zeigen auf ihn, als wäre er der Affe des Kaisers. Er befiehlt die Hinrichtung der Spötter. Nun lachen sie noch mehr über ihn. Wo keiner an ihn glaubt, hat er alle Macht verloren. Er endet als Clochard, der zum Gaudium seiner Genossen unter den Brücken von Paris den großen Napoleon spielt.

Aus dem Projekt wurde nichts. Aber das Motiv des Doppelgängers beschäftigte Chaplin weiter. Allein schon die Vorstellung, in einem Film zwei Rollen zugleich zu spielen, habe einen hypnotischen Reiz auf ihn ausgeübt. Auslöser für die ersten Gedanken zu *The Great Dictator*, in dem er dieses Motiv schließlich umsetzte, sei weniger sein politisches Anliegen gewesen als die ästhetische Herausforderung, gegen sich selbst zu spielen: mit dem alten Handwerk der Pantomime *und* mit den ersten Worten, die er auf der Leinwand sprechen würde, »den einen den anderen vernichten zu lassen«. Roland Totheroh, der treue Kameramann – seit Beginn der United-Artists-

Ära war er bei jedem Film dabeigewesen –, berichtet, während der Dreharbeiten sei nie über Politik gesprochen worden. »Hätte Charlie Stalin ähnlich gesehen«, mochte er manchen ernüchtern, der den Chaplin dieser Periode zuvorderst für einen politischen Künstler hielt, »wäre der Film eine Abrechnung mit dem Kommunismus geworden. Hätte er dem Papst ähnlich gesehen, wäre ein Feldzug gegen den Katholizismus daraus geworden. So sah er eben Hitler ähnlich.«

Sah er ihm wirklich ähnlich?

Auf das gemeinsame Oberlippenbärtchen wurde immer wieder und überall aufmerksam gemacht, besonders gern natürlich in Karikaturen. Und weiter? Sehen wir uns Fotografien aus dieser Zeit an, beliebige Straßenszenen, sei es in Deutschland, Australien oder Amerika, so fällt uns auf: Die Männer tragen Hut, die meisten einen Bowler (wie der Tramp), und sehr viele den ominösen Nasenschattenbart – häufiger einen rechteckigen wie Hitler, seltener einen trapezförmigen wie der Tramp. Auch die Diskussion, die durchaus heftig geführt worden war, ob Hitler dieses Emblem dem einst verehrten Clown abgespickt hatte oder nicht, muss einem absurd erscheinen – auf Millionen andere träfe dieser Verdacht ebenfalls zu. Umso erstaunlicher, dass, lange bevor Chaplin selbst den Plan fasste, den deutschen Diktator zu spielen, die Öffentlichkeit auf eben diese Idee gekommen war.

Zwei Begebenheiten möchte ich berichten.

Von der ersten erfahren wir über Charlie Chaplin jr. In seinen Erinnerungen an den Vater (ich besitze nur die deutsche Ausgabe: *Mein Vater Charlie Chaplin*, Verlag Diana, Konstanz, 1961) schreibt er, dieser habe Mitte der dreißiger Jahre einen Artikel aus einer französischen Zeitung zugeschickt bekommen, mit beiliegender Übersetzung, und da sei zu lesen gewesen, Hitler habe die Chaplin-Filme in Deutschland verboten. Und warum? Weil der Tramp nach Meinung führender deutscher Physiognomiker zu viel Ähnlichkeit mit dem Führer habe. (Tatsächlich – meine Recherchen – findet sich in der *Sechsten Verordnung zur Durchführung des Lichtspielgesetzes* von 3. Juli 1935 ein Absatz über Charlie Chaplin mit dem üblichen Hinweis auf seine vermeintliche Jüdischkeit und dem Resümee, dass es fürderhin nicht erlaubt sei, seine Filme in deutschen Kinos zu zeigen.) Bei der französischen Zeitung, habe ich weiter herausgefunden, handelte es sich um *Paris-Midi;* dort hieß es einleitend und fett gedruckt: »Chaplin wird in seinem nächsten Film ohne sein legendäres Bärtchen auftreten, um nicht mit Hitler verwechselt zu werden.« Und nun folgt eine Geschichte, die ebenso aus der Luft gegriffen wie hellsichtig ist. Wie ihr Verfasser, ein gewisser Gaston Thierry, auf sie gekommen war, weiß niemand. Chaplin hat später mehrfach versucht, mit ihm Kontakt aufzunehmen – vergebens. Charlie Chaplin, schrieb Thierry, arbeite zur Zeit – es ist das Jahr 1935! – an einem Propagandafilm gegen Hitler. Darin sei folgende Szene zentral: Der Tramp, wie immer mit seinem Bärtchen, betritt einen Friseur-Salon. Er betrachtet fotografische Portraits berühmter Persönlichkeiten. »Vor Hitlers Bild bleibt er stehen. Er betastet seinen eigenen Bart, greift plötzlich wutentbrannt nach einem Rasiermesser, rasiert sich den Schnurrbart mit einem einzigen Schnitt ab … und geht wieder.« Und Thierry versichert: »Chaplin spielt die Szene so ausdrucksstark, dass die Bedeutung der Geste nicht missverstanden werden kann.« Und er gibt sich weiter bestens informiert: »Auch wenn das Verbot seines Films in Deutschland absehbar ist und Chaplin davon erhebliche finanzielle Einbußen davontragen wird, will er um keinen Preis auf die Szene verzichten.« – Nicht ein Wort wahr!

Das Ganze ist unheimlich. Und es war Chaplin unheimlich. 1935 hatte er tatsächlich nicht einmal einen Gedanken an einen auch nur ähnlichen Film. Aber – erinnert sich sein Sohn – von nun habe es »in ihm zu spinnen und zu weben begonnen«. Auch versuchte Chaplin herauszubekommen, wer ihm den Artikel, samt Übersetzung ins Englische, zugeschickt hatte – vergebens. Vierzig Jahre später noch war ihm mulmig zumute, wenn er daran dachte. Zu Josef Melzer sagte er, im Rückblick fühle er sich wie Macbeth, dem die Hexen prophezeit hatten, was aus ihm wird, woraufhin er alle seine Kräfte in

Bewegung setzte, um ebendies aus sich zu machen. Er, Chaplin, habe alle seine Kräfte in Bewegung gesetzt, um Gaston Thierrys dreiste Lüge in eine Wahrheit zu verwandeln.

Die zweite Begebenheit trug sich im Jahr darauf zu. Der Gedanke, Hitler zu spielen, hatte sich in Chaplin festgesetzt, er »vervielfältigte sich in mir«. Die meiste Zeit verbrachte er außerhalb von Hollywood, den gewohnten Freundeskreis mied er – »gleiche Stimmen, gleiche Gedanken«. Er wollte nicht bekannte Stimmen und nicht bekannte Gedanken. Die fand er, wie berichtet, in Carmel-by-the-Sea, südlich von San Francisco. Einer von seinen neuen Freunden, er wusste später nicht mehr, wer es war, schlug vor, Hitler einen Zwillingsbruder anzudichten, einen Taugenichts, den der Führer, sobald er an der Macht war, in ein Konzentrationslager sperrte, um ihn aus dem Weg zu haben. Und dieser Zwillingsbruder, der Tramp, wer sonst – so skizzierten sie in heiterer Runde einen Plot –, wird bei einem Ausbruch mitgeschleppt, die Häftlinge verstecken sich über Nacht in einer Wäscherei, entdecken dort SS-Uniformen, wechseln die Kleidung und marschieren durch die dämmrige Stadt, der Tramp wird für den Führer gehalten, das Volk lässt ihn hochleben und trägt ihn auf den Schultern in die Reichskanzlei. Als der echte Führer von seinem Urlaub zurückkehrt, lachen ihn alle aus, und schließlich sperrt man ihn in ein Irrenhaus. Man findet, es sei verrückt, wie er redet – obwohl er nicht anders redet als zuvor. – Einen Abend lang improvisierte er Szenen. Viel wurde gelacht. In der Nacht wachte er auf und wusste: Das ist es nicht. Am Morgen beschloss er, abermals die Freunde zu wechseln. Er zog zu Ben und Ethel Eichengreen, beide heftige Marxisten, Ethel obendrein Mitglied der Kommunistischen Partei.

Vor die folgende Geschichte sollte ich ein dickes Fragezeichen setzen; sie speist sich nur aus einer Quelle, und die gilt, wie erwähnt, bei den allermeisten Exegeten von Chaplins Werk und Leben als trüb: Ich meine das *Interview mit dem Tramp* von Erica Southern, alias Lilian Bosshart.

Eines Abends sei Chaplin wieder einmal zu Gast bei Ben und
Ethel Eichengreen gewesen, in ihrem reizenden, mit Büchern ausge-
polsterten Häuschen zwischen Carmel und Monterey. Während die
beiden ein Abendessen zubereiteten, sei er im letzten Licht hinunter
zur Küste gegangen, wo eine Gruppe von Mammutbäumen stand –
»die Wächter am Ende des Westens«, wie Ethel sie nannte –, da sah
er eine Gestalt nahe am Wasser gehen, sie war weit von ihm entfernt, in Schwarz gekleidet, ein langer Mantel, ein Hut. Es war ein
Mann, ein Rabbi wie aus dem Film *Die Stadt ohne Juden*; er lief über
den steinigen Strand auf ihn zu, breitete die Arme aus und rief seinen Namen: »Mister Chaplin, Mister Chaplin, was für ein Glück, Sie
hier zu treffen! Es heißt, Sie kommen jeden Abend hierher, um sich
von der Sonne zu verabschieden. Ich habe auf Sie gewartet.« Er hatte
einen dunklen langen Bart, Schläfenlocken und eine Brille mit dicken Gläsern, die Augen dahinter unwirklich. Er habe seine Hände
ergriffen und sie geküsst und gesagt: »Ich danke Ihnen, Mister
Chaplin, auch im Namen aller meiner Freunde, dass Sie einen Film
über den Unmenschen machen und ihn der Welt zeigen, wie er wirklich ist: böse.« Er, Chaplin, habe gefragt, woher er wisse, dass er so
einen Film drehen wolle. Jeder wisse das, habe der Mann geantwortet, jeder anständige Mensch auf der Welt. Und noch etwas wisse
jeder: dass er wunderbar einen Juden spielen werde, der den großen
Feind besiegt, den bösen Haman. »Ich werde einen Juden spielen?
Das weiß ich aber nicht«, habe er gesagt. »Aber ja, das wissen Sie, natürlich wissen Sie das!«, habe der Mann ausgerufen. »Was für einen
Juden werde ich denn spielen?« »Einen kleinen Mann, einen einfachen Mann, einen schwachen Mann, den schwächsten von allen.«
»Und der wird den Unmensch besiegen?« »Weil der in seinem Herzen ein Golem ist.« Und dann sei der Mann zurück zum Wasser gelaufen. Sein Neffe warte, habe er gerufen, er könne ihn nicht länger
warten lassen. Aber dort sei niemand gewesen. Die Sonne war unter-
gegangen, und Chaplin stand zwischen den gigantischen Bäumen.
Und wartete darauf, dass er aufwachte. Er hatte aber nicht geträumt.

Er sei zu dem niedlichen, mit Stroh bedeckten Haus von Ben und Ethel spaziert, oben an der Küstenstraße habe ihn die Abendkälte schneller gehen lassen. Und er habe wieder das Gefühl gehabt, er müsse alle Kräfte in Bewegung setzen, um eine Prophezeiung in Wahrheit zu verwandeln – die Prophezeiung eines Rabbi an der Küste des Pazifiks. Er habe seinen Freunden von der Begegnung erzählt, und Ben habe gesagt, das sei eine brauchbare Idee für eine Geschichte. »Das mit dem Zwillingsbruder von Hitler, das war immer ein Blödsinn!« Und Ethel habe ihrem Mann beigepflichtet: »Der Tramp ist ein Jude, das glaubt ohnehin jeder. Spiel Hitler und spiel zugleich einen Juden, der aussieht wie Hitler! Das wird ein Lacher!«

Von dieser Stunde an habe er an der Geschichte, wie wir sie kennen, gearbeitet, erst nur in seinen Ahnungen, dann allein in seinen Gedanken, später zusammen mit Dan James am Skript (diese Arbeit habe ihm besonders viel Freude bereitet, dem jungen, hochbegabten James sei es gelungen, in ihm eine Lust am Dialogschreiben zu wecken, schon sei er bereit gewesen, all seine Stummfilmtheorien über Bord zu werfen) und schließlich hinter der Kamera und vor der Kamera zusammen mit dem größten Team, das er je befehligen würde, zuletzt bei Tag am Schneidetisch zusammen mit Willard Nico und bei Nacht zusammen mit dem Komponisten Meredith Willson am Cello und am Klavier. Er sei besessen gewesen von dieser Arbeit. Charlie Chaplin jr. berichtet: Dieser Film sei seinem Vater ein Gnadengeschenk und eine schwere Last in einem gewesen. Alles sei ihm leicht gefallen und schwer zugleich. Er habe sich Tag für Tag auf nichts mehr gefreut als auf die Arbeit, aber auch auf nichts mehr, als endlich, endlich mit ihr fertig zu sein. »Es wird kommen, wie es kommen muss.« Das habe er gesagt – jeden Morgen und jeden Abend. Als er ihn einmal gefragt habe, was er damit meinte, antwortete er dem damals Zwölfjährigen unwirsch, das wisse er selber nicht; etwas in seinem Kopf sage ihm diesen Satz vor, an manchen Tagen hundert Mal, an anderen Tagen tausend Mal.

Charlie doppelt, das war der geniale Grundeinfall des Films – Charlie als lächerlicher Diktator und zugleich als jüdischer Friseur, das war der Schlag ins Gesicht des Unmenschen. Nur einer hat ähnlich hart zugeschlagen – Winston Churchill; er freilich nicht mit den Waffen des Clowns.

34

Dann kündigte Kono.

Eines Morgens lag ein Kuvert auf Chaplins Frühstücksteller. Es enthielt eine Karte. Darauf stand in Handschrift:

Verehrter Mr. Chaplin,
ich bitte, aus dem Dienst und der Freundschaft entlassen zu
werden.
Kono Toraichi

Es war halb fünf. Um diese Zeit pflegten normalerweise alle im Haus zu schlafen: Paulette und ihr Dienstmädchen, der Koch, der Butler, Frank Kawa und Kono. Chaplin frühstückte allein, notierte sich auf ein Blatt Papier den Tagesablauf. In einem Monat sollten die Dreharbeiten beginnen. Um sechs würden ihn Kawa und Kono aus der Küche abholen. Diesmal kam Kawa allein.

Chaplin habe, berichtet sein Sohn Charlie jr., den Brief erst für einen Scherz gehalten. Sein erster Gedanke sei gewesen, jemand habe sich in der Nacht ins Haus geschlichen und das Stück Papier auf seinen Teller gelegt. Der zweite Gedanke, Kono habe gelernt, witzig zu sein. Und erst der dritte Gedanke: Es ist wahr, was hier steht. Kono war humorfrei. Diesen Charakterzug schätzte Chaplin an seinem Majordomus besonders. Kono lachte nie. Auch wenn er lachte, lachte er nicht. Besprachen sie einen neuen Gag, dann lachten sie nicht. War der Gag gut, sagte Kono: »Die Leute werden lachen.« Mehr war nicht zu erwarten, von Kono nicht und auch nicht von dem Gag.

Kono war seit achtzehn Jahren in Chaplins Dienst. Er gehörte zu seinem Leben wie Syd. Der Vorteil von Kono gegenüber Syd war, dass sich Chaplin um die Befindlichkeit des letzteren sehr oft und intensiv Gedanken machte, um die des ersteren nie. Über Konos Privatleben, sollte es so etwas geben, wusste er nichts. Und es war kein Bedauern darüber in ihm. Und er wusste – meinte zu wissen –, dass auch Kono solche Gedanken nicht erwartete. Kono war verheiratet. Wann und wo und auf welche Weise diese Ehe stattfand, konnte sich niemand ausmalen. Kono war immer da. Manchmal brauchte er ihn nicht, dann war er nicht da. Er war im Alter von siebzehn Jahren in seine Dienste getreten, als Chauffeur. Ein Einwanderer aus Japan, der in frappierend kurzer Zeit erst fließend, bald fehlerlos Englisch lernte und schließlich wort- und bildreich wie kein anderer diese Sprache beherrschte, für jedes Lebensspiel das passende Shakespearezitat parat hatte, große Passagen aus *Moby-Dick* auswendig konnte und Briefe im Chaplinstil diktierte. Er stieg zum Privatsekretär auf, erklärte sich selbst zum Bodyguard – bei Anlässen, über die sein Chef nicht genauer informiert werden wollte, trug er eine Waffe bei sich, und auf die Frage, ob er sie denn auch benützen werde, hatte er auf unvergleichlich knappe Art genickt. Als diese Zeit längst hinter ihm lag, wird Chaplin in einem Radiointerview sagen: »Er war mein Freitag.« Dafür schämte er sich, rief bei dem Sender an, bat darum, dass die Passage herausgeschnitten würde, der Redakteur versprach es, hielt aber sein Wort nicht. Kono war auch Chaplins Muse gewesen – »die einzige ideale Muse«, wie er sich erinnerte. Er hörte zu, ohne ein Wort zu sprechen, in seinem Gesicht war nichts zu lesen. Er war sein privatester Privatsekretär – the very private Private Secretary. Und er war sein Freund. Um genau zu sein: Für eine Nacht war er sein Freund gewesen – im Mai 1931, in Juan-les-Pins, als der Herr den Diener pflegte, weil dieser an einer Fleischvergiftung darniederlag. Der Herr drückte dem Diener die Hände und kehrte die Augäpfel nach oben und betete laut: »Lass meinen Freund leben, bitte, bitte, lass meinen Freund leben!« Als der Diener aus tiefem, langem Schlaf erwachte und über den Berg war, saß der Herr immer noch an seinem Bett, und nun hielt er die Hände seines Herrn fest und sagte, das Wort – »Freund« – sei es gewesen, was ihm die Kraft gegeben habe zu überleben. Später formten sie gemeinsam aus diesem Augenblick eine Szene. Für einen Sprechfilm. Manche Worte machen die Schöpfung nicht kleiner. Drei Seiten Dialog. Die warteten im Safe, irgendwann verwendet zu werden.

Paulette mochte Kono. Aber er mochte sie nicht. Er hatte auch Lita nicht gemocht. Aber die hatte ihm Grund dafür gegeben. Lita hatte gegen Kono intrigiert. Sie hatte ihn verleumdet, hatte behauptet, er sei der Spion einer japanischen Filmgesellschaft. Sie wollte Chaplin verbieten, mit Kono irgendwelche Ideen zu besprechen. »Schließlich würde ein möglicher wirtschaftlicher Schaden auch mich treffen!« Paulette dagegen sagte bei jeder Gelegenheit, wie sehr sie Kono schätzte. Sie meinte es ehrlich. Nie habe sie einen besser organisierten Menschen getroffen. Nur: Sie wollte den Haushalt selbst führen. Kono hatte sich selten aktiv um Haus, Küche, Garten oder Garage gekümmert; aber wenn es Fragen gab – ob die Lobby neu gestrichen werden sollte oder ob die modernen Stahltöpfe angeschafft werden sollten, ob die Reinigungsfirma für die Teppiche gewechselt oder ein neuer Wagen oder eine neue Netzbespannung für den Tennisplatz angeschafft werden sollte –, dann hatte er das letzte Wort. Paulette aber tat, was sie tat, und fragte ihn nicht. Und das war für Kono Grund genug zu kündigen.

Die Entlassung ging ebenso schnell vonstatten wie vor achtzehn Jahren die Einstellung. Kono war gekommen und war geblieben. Kono ging und ließ sich nie mehr blicken.

Der Schock weckte Chaplin eine Woche später mitten in der Nacht.

Er ging in die Küche, setzte sich auf den Fußboden neben den Herd. Sein Nacken fühlte sich kalt an. Ihm fiel ein, wie Kono reagiert hatte, als er ihm von »Hannelores« Anruf erzählte. Sein Gesicht war ausdruckslos gewesen. Auch während der langen Zeit, die sie zusammen waren, war es Chaplin nie gelungen, in Konos Gesicht zu lesen, wie er es in anderen Gesichtern konnte. Die Kunst des Mienenlesens machte ihn den Menschen überlegen. Hatte er seine Kunst bei Kono nie eingesetzt? Oder hatte sie bei ihm versagt? Er war sich nicht sicher. Weil ihm das Innenleben dieses Mannes nichts bedeutete? Er hatte in Konos Gesicht geblickt, und ein Gedanke war in ihm aufgezuckt: Er weiß es. Der Gedanke war sofort wieder erloschen. Und wenn es wahr wäre? Die Kündigung war hanebüchen. Paulette wünschte, mit Kono zu sprechen, sie wollte ihm in allem nachgeben. Er lehnte ab. Sie glaubte, ihre Haushaltführung war nur ein Vorwand. Und Chaplin glaubte das auch. Aber was war der Grund für die Kündigung?

Angenommen, Kono hatte tatsächlich schon vorher gewusst, dass »Hannelore« anrufen würde. Dann wusste er wahrscheinlich auch von dem Mann und der Frau aus dem Bistro. Vielleicht hatte er irgendwo zufällig gehört oder ihm war zugetragen worden, dass irgendein dummer Scherz gegen ihn, Chaplin, geplant war – über die Motive der Scherzbolde brauchte man keinen Gedanken zu verlieren, Verrückte können lässig Wasser und Feuer zu einem Kloß kneten, und Verrückte gab es bekanntlich viele in dieser Gegend der Welt. Kono hatte die Sache nicht ernst genommen und ihn damit verschonen wollen, dabei aber ein schlechtes Gewissen gehabt. Und vor lauter schlechtem Gewissen gekündigt? Ohne weitere Erklärung? Nach achtzehn Jahren? Absurd! Oder es war eben mehr als ein Scherz. Und Kono wusste davon und wusste mehr. Wusste, wer »Hannelore« war. Vielleicht war die Sache tatsächlich todernst. Der Mann im Bistro hatte ihm angekündigt, er, Chaplin, werde Selbstmord begehen, ehe das kommende Jahr um sei. An dem Mann war nichts Scherzboldhaftes gewesen.

Er verquirlte zwei Eier in einem Teller, gab eine Prise Salz dazu und eine kleine Tasse Milch und legte Weißbrotscheiben hinein. Bis sie sich vollgesogen hatten, schmolz er Butter in einer Pfanne. Er liebte French Toast. Er fand in einem der Kästen die Flasche mit dem Ahornsirup. Als er vor sieben Jahren mit Sydney und Kono in Japan gewesen war, war etwas geschehen, was er damals nicht richtig mitbekommen hatte und worüber er erst viel später unterrichtet worden war – von der Polizei von Los Angeles unterrichtet worden war. Angeblich hatte eine rechtsextreme japanische Organisation, die sich *Gesellschaft des schwarzen Drachens* nannte, ein Attentat auf ihn geplant. Ein Leutnant der Kwantung-Armee war verhaftet worden. Im Verhör sagte er aus, man habe Charlie Chaplin töten wollen, weil er eine bekannte Persönlichkeit und der Liebling der kapitalistischen Klasse sei; man habe für möglich gehalten, dass sein Tod einen Krieg mit Amerika herbeiführen würde. Der Beamte vom Los Angeles Police Department hatte ihm auf sicherem amerikanischem Boden mit Grabesstimme diese Nachricht überbracht, am selben Abend war im Freundeskreis kräftig darüber gelacht worden. Sketches waren ihm dazu eingefallen, aus denen hätte »der Zweitbeste bis an sein Lebensende jedes Jahr einen Film gedreht« – wörtlich der Produzent Joseph Schenck. Mrs. Pryor hatte sich die Finger wund geschrieben: Der Tramp in Japan, lustig watschelt er zwischen alten Tempeln umher, flirtet mit Geishas, während neben ihm Bomben explodieren, Dolche aufblitzen, Pistolen knallen – die Bomben hält er für Neujahrskracher, die Dolche für Blitzlichter eines Fotografen, die Pistolenkugeln für lästige Mücken.

Das war vor sechs Jahren gewesen. Vor sechs Tagen hatte Kono gekündigt. Ohne begreifbaren Grund. Nach dieser langen Zeit in seinem Dienst.

35

Dreimal in der Nacht klingelte das Telefon in der Lobby. Paulette hatte es nicht gehört. Aber Paulette hätte auch nichts gehört, wenn der Mond in den Pool gefallen wäre. Sie nahm Schlafmittel und steckte sich Wachs in die Ohren. Allerdings lag ihr Schlafzimmer näher beim Telefon als seines, und der Klingelton war sehr laut, er sollte auch gehört werden, wenn man im Garten war. Oder er hatte es sich nur eingebildet. Dass er geträumt hatte, »Hannelore« rufe ihn noch einmal an? Der Personaltrakt war zu weit entfernt, es hatte keinen Sinn, das Dienstmädchen oder den Koch oder Frank Kawa zu fragen. Im Studio beauftragte er Miss Nicolaisen nachzuforschen, wer der Anrufer gewesen sein könnte – oder die Anruferin. Oder ob überhaupt jemand angerufen habe. Aus der dem Weinen nahen Stimme am Ende ihrer Ausführungen hatte er geschlossen, dass »Hannelore« unter Druck stand; dass sie womöglich gezwungen wurde, zu sagen, was sie sagte. Nun glaubte er sogar, sich zu erinnern, dass ihre Stimme geklungen hatte, als läse sie ab. Jemand hatte ihr einen Text vorgelegt. Könnte es sein, dass sie benutzt worden war? Und warum ausgerechnet sie? Wegen ihres deutschen Akzents?

Am Nachmittag klopfte Miss Nicolaisen an die Tür zum Konferenzraum, wo er mit Alf Reevers, Sydney, Dan James, dem Agenten Toni G. Williams und dem Herrn von der Security-Firma die Probleme besprach, die durch die Massenszenen entstanden. Und die Kosten. Syd war der Meinung, man könnte sich diese allesamt sparen und stattdessen mit einer entsprechenden Tonkollage aus dem Off eine viel mächtigere Wirkung erzeugen. Der Chef konnte dem einiges abgewinnen. Miss Nicolaisen winkte ihn zu sich. Sie flüsterte. Was sie sonst nie tat. Wer mitten in der Nacht angerufen hatte, habe sie nicht herausfinden können. Sehr wohl aber, dass angerufen worden sei. Dreimal. Ihre Freundin bei der Telefongesellschaft habe das bestätigt.

Er brach die Sitzung ab. Er ließ sich von Frank Kawa nach Pacific Palisades fahren. Er vermisste Kono. Mit ihm würde er am Strand entlang gehen und aus dem Gespräch heraus entwickeln, was er, wäre er der Chef des auf ihn angesetzten Nazikommandos, als nächstes tun würde. Und wenn sie Kono auf ihre Seite gebracht hatten? Er an ihrer Stelle würde das versuchen. Er hatte Kono immer für den Loyalsten der Loyalen gehalten. Aber jeder Mensch ist erpressbar. Kono hatte eine Frau. Die Liebsten machen uns zu Geiseln in den Klauen der Welt. Die japanischen Rechtsextremisten sympathisierten mit den Nazis. Wenn sie es tatsächlich auf ihn abgesehen hatten, wussten sie alles über ihn. Wussten, dass sein privatester Privatsekretär alles über ihn wusste.

Er wies Kawa an, alle Wochenschauen sammeln zu lassen, amerikanische, englische, deutsche, französische, in denen Hitler gezeigt wurde – wie er mit Kindern spricht, wie er Babys streichelt, Patienten in Krankenhäusern besucht, Militärparaden abnimmt, zwischen Parteigenossen posiert, wie er bei allen möglichen Anlässen Reden hält, wie er isst, in der Nase bohrt, rülpst; alle greifbaren Fotografien, alle möglichen Tonaufnahmen; die englische Übersetzung von *Mein Kampf* – alles. Man solle die Sachen aber nicht ins Studio bringen, sondern nach Hause. Seit Kono gegangen war, betraute er Kawa mit Aufgaben, die eigentlich nicht zu seinem Job gehörten und auch nicht mit dem Lohn eines Chauffeurs ausgeglichen waren. Falls Kawa eine Gehaltserhöhung verlangte, würde er ihn an Syd verweisen. Dem war es egal, als Geizhals zu gelten.

Es war ein geschickter Zug, ihm Kono zu nehmen. Er brauchte Freunde wie Wasser und Brot. Wäre er an ihrer Stelle, er würde sich verleumden. Würde dabei weder mit Plumpheit noch mit Brutalität sparen. Einen geldgierigen Juden würde er sich nennen. Einen Mädchenschänder. Einen unbegabten Grimassenschneider. Einen, der stielt, der lügt, der nicht richtig lesen und schreiben kann, der anderen das Gehirn aussaugt. Zuerst würden sich die Freunde mit ihm solidarisieren. Aber wenn man hartnäckig bleibt, nichts zurücknimmt, nichts relativiert, keinen Vorwurf belegt, nicht argumentiert, sondern weiter beschimpft und beschmutzt, herabsetzt und verspottet, dann würden die Freunde stiller werden. Weil ihnen vorgeführt würde, wie es ihnen ergehen wird, wenn sie sich weiter hinter den da stellen. Der da war der Berühmteste, der Beliebteste. Wenn *ihm* nicht zu helfen war, wer würde ihnen helfen? Würden die Freunde denken. Und würden sich zurückziehen. Und irgendwann würden sie denken: Also wirklich, so plump, so brutal kann man mit jemandem nur umgehen, wenn irgendetwas an den Vorwürfen dran ist. Kono hatten sie ihm bereits genommen. Wer war der nächste? Sie waren klug. Kluge Verrückte. Würden sie ihn einfach über den Haufen schießen oder mit einer Bombe in die Luft jagen oder mit einem Dolch erstechen, wie es die schwarzen Drachen geplant hatten, dann würden sie einen Helden schaffen, einen übermächtigen, unbesiegbaren. »Die Nazis töten den beliebtesten Menschen der Welt!«, würde die Schlagzeile lauten, auf der Titelseite jeder Zeitung der Welt. Kein Nazipolitiker würde sich mehr auf der Welt blicken lassen dürfen, im hintersten Winkel von Patagonien würde man mit dem Finger auf ihn zeigen: »Chaplinmörder!« Er dachte an die begeisterten Massen, die ihn in Berlin begrüßt hatten. Es war ganz und gar nicht ausgemacht, wen die Deutschen mehr liebten, Adolf Hitler oder Charlie Chaplin. Das eigene Volk würde sich gegen die Mörder erheben. Wenn es jedoch hieß, Charlie Chaplin hat sich das Leben genommen, während er an einem Hetzfilm gegen das Deutsche Reich und seinen Führer arbeitete, dann wäre es für einen geschickten Propagandisten wie diesen Herrn Goebbels ein Leichtes, das eigene Volk und die Welt glauben zu lassen, der kleine »Zappeljude« aus dem verderbten Hollywood, der »Ghetto-Clown«, habe sich aus Scham und schlechtem Gewissen selbst über den Jordan befördert.

Bevor sie den Pacific Coast Highway erreichten, kam Chaplin der Gedanke, Douglas Fairbanks in Santa Monica zu besuchen. Freunde erzählten, Doug sei die meiste Zeit auf Reisen, in Europa vorzugsweise, in Paris habe er ein Studio gekauft. Er hatte wieder geheiratet. Ob sich Doug freuen würde, seinen Freund zu sehen? Oder war er inzwischen schon sein »ehemaliger« Freund? Mit Mary, die ja immer noch keine hundert Schritte über ihm wohnte, in Pickfair, das nun anders hieß, hatte er seit über zwei Jahren nicht mehr gesprochen. Einmal hatten sie einander zugewinkt, als sie mit dem Gartenschlauch die Rosen goss. Er hatte ein schlechtes Gewissen den beiden gegenüber. Weil er nicht in die Situation gebracht werden wollte, entweder für Doug oder für Mary Partei zu ergreifen, hatte er sich von beiden zurückgezogen. Er war nie in Dougs Beach House in Santa Monica gewesen. Die Einladung zur Einweihungsparty hatte er ignoriert. Hatte sich auch nicht bedankt. Hatte die Karte bis zum Datum zu Hause auf seinem Schreitisch liegen lassen und irgendwann zerrissen und in den Papierkorb geworfen.

Es war kurz nach zwei Uhr am Nachmittag, er fand Doug betrunken. Aber fröhlich. Glücklich, dass der Freund ihn besuchte.

»Was weißt du über mein neues Projekt?«

Die Frage riss ihr gemeinsames Lachen auseinander.

»Wahrscheinlich nicht mehr als alle Einwohner Hollywoods wissen«, antwortete Doug ernst.

»Kannst du dir denken, warum ich frage?«

»Ich glaube schon.«

»Und warum frage ich?«

»Du solltest mir gegenüber nicht diesen Verhörton anschlagen«, sagte Doug und legte ihm die Hand an die Wange. Er tat es wie früher, und Chaplin hatte es immer geliebt. »Ich gehöre nicht zu denen. Das müsstest du wissen.«

»Zu welchen?«

»Bitte, Charlie, sag irgendetwas ohne dieses Fragezeichen, das eigentlich ein Rufzeichen ist.«

»Sie wollen mich fertigmachen, Doug. Tut mir leid, wenn ich grob klinge.«

»Sie wehren sich auf ihre Art, Charlie. Und ihre Art ist keine feine Art. Aber das ist alles. Hitler kann Roosevelt nicht befehlen, dir zu verbieten, einen Film über ihn zu drehen.«

»Glaubst du, sie wissen, dass ich dich besuche?«

»Wie bitte?«

»Ich glaube, sie wissen über jeden meiner Schritte Bescheid.«

»Glaubst du das, Charlie, oder weißt du das?«

»Was ist der Unterschied? Seit heute glaube ich es. Ich fühle es. Das ist, als ob ich es wüsste.«

Er erzählte von Kono Toraichi. Doug schien sich über die Kündigung nicht zu wundern. Warum nicht? Er hatte sich mit Kono immer gut verstanden, genauso wie Mary, nicht nur einmal und nicht nur im Spaß hatten sie versucht, ihn abzuwerben. Er hatte es Kono freigestellt. Die beiden hätten ihm mehr bezahlt. Kono hatte nicht einmal geantwortet. Den Whiskey, den ihm Doug eingeschenkt hatte, rührte er nicht an. Von den Schokoladekeksen probierte er. Warum wunderte sich Doug nicht, dass Kono gegangen war? »Warum bist du allein zu Hause?«, fragte er.

»Was vermutest du denn?«

»Was rätst du mir, was ich tun soll, Doug?«

»Hättest du mich vor einem Jahr gefragt, hätte ich geantwortet: Lass es! Such dir eine andere Geschichte aus. Eine, die besser zu Paulette passt.«

»Und warum sagst du das jetzt nicht?«

»Weil du in der Arbeit schon zu weit bist. Zu viel Geld investiert hast. Zu viel Fleiß. Zu viel Leidenschaft. Du kannst nicht mehr aufhören und willst nicht mehr.«

»Woher weißt du das alles?«

36

Kawa erwies sich als geschickt.
Ohne dass es ihm aufgetragen worden wäre, organisierte er eine Kopie von Leni Riefenstahls Dokumentarfilm über den Reichsparteitag
1934. Chaplin hatte den Film schon einmal gesehen. Ein Agent, der
Name fiel ihm nicht mehr ein, ein sich anbiedernder Zyniker, der
amerikanische Filme in Deutschland vertrieb, hatte in die Vorführ-
räume von *Metro-Goldwyn-Mayer* zu einer Vorstellung geladen.
Etwa zehn Persönlichkeiten aus der Branche waren gekommen, darunter David Selznick und der fabelhafte, leider schon schwer kranke
Irving Thalberg. Der Agent hatte eine kleine Ansprache gehalten
und erzählt, wie sehr Frau Riefenstahl die amerikanischen Filmleute
und ihre Sachen bewundere. Unter vier Augen war er deutlicher geworden: Frau Riefenstahl wünsche sich besonders, dass er, Chaplin,
ihren Film sehe, über eine Rückmeldung würde sie sich freuen; und
ein Auge zudrückend: über eine Einladung nach Hollywood noch
mehr. Er hatte den Film zum Lachen gefunden. Eine brillant in-
szenierte gigantomanische Lächerlichkeit. (Der spanische Regisseur
Luis Buñuel war auch eingeladen; in seinen Memoiren schreibt er:
»Chaplin... lachte wie ein Irrer. Er ist vor Lachen sogar vom Stuhl
gefallen.«) Während der Abspann lief, hatte er sich aus dem Staub
gemacht. Als der Film bei der Weltausstellung in Paris mit einer
Goldmedaille ausgezeichnet wurde, der weitere Auszeichnungen in
Frankreich, Schweden und sogar in den Vereinigten Staaten folgten,
zerstritt er sich mit Freunden, die ihm vorwarfen, er könne nicht
zwischen Politik und Kunst unterscheiden; *Triumph des Willens* sei
gewiss ein Propagandawerk für eine verabscheuenswerte Ideologie,
zugleich aber ein Höhepunkt kinematografischer Kunst, ein besserer
politischer Film sei nicht gedreht worden, es sei eben das Wesen von

Politik, dass die einen dafür, die anderen dagegen sind, als Künstler müsse man darüberstehen und dürfe nur ästhetische Kriterien gelten lassen. Er hatte geantwortet, ob einer von ihnen Scheiße mit eben dieser Begeisterung essen würde, wenn sie nur erst zu einem Steak mit belgischen Pommes frites und Brokkoli geformt und entsprechend angemalt wäre.

Nun sah er sich den Film noch einmal an, zusammen mit Dan James. Und war begeistert. Frau Riefenstahl war eine große Künstlerin – und eine hinreißend hinterlistige Komikerin. Sie lieferte ihm das perfekte Übungsmaterial für Adenoid Hynkel. In langen Passagen wurde Hitler gezeigt. Gestik und Redensart des Diktators waren bis in die kleinste Lächerlichkeit hinein auf Zelluloid festgehalten. Er reißt das Maul auf, bellt banalsten Unsinn ins Universum hinaus, und schon ist die Kamera zur Stelle und bohrt sich in dieses lippenlose Schreiloch hinein bis hinunter zum Zäpfchen, forscht die Nasenlöcher aus, legt jeden Popel frei.

»Ich an Hitlers Stelle«, sagte er zu Dan James, »ich würde Frau Riefenstahl den Hals umdrehen.«

Dan fand das nicht lustig.

»Umdrehen lassen.«

Auch das fand Dan nicht lustig. Warum eigentlich nicht?

»Also meinetwegen, ich würde sie verklagen«, besserte er mit gespielter Resignation nach.

Aber auch das fand Dan nicht lustig.

Gut, Mr. James durfte lustig finden, was er lustig finden wollte. Die Gedanken sind frei. Und das Drehbuch war fertig. Für die Feinheiten benötigte er Mr. James nicht mehr. Die große Rede am Schluss – die er selbst sprechen würde! – wollte er ohnehin erst schreiben, wenn der erste Schnitt getan war. Noch wusste er nicht, was er sagen würde. Noch existierte nur eine Notiz im Treatment:

Charlie tritt vor. Er beginnt langsam – er hat eine Heidenangst.
Aber seine Worte verleihen ihm Kraft. Beim Reden verwandelt sich
der Clown in einen Propheten.

Seine Idee war, die Rede aus dem Off einzuspielen. Im Bild: Soldaten, die aus dem Stechschritt in einen Walzer verfallen, oder ein Exekutionskommando, das die Waffen niederlegt, oder die aufmarschierten Truppen, die während der Rede in Freudentänze ausbrechen. Oder Paulette – Hannahs Gesicht, Hannahs Augen, Wolken, durch die Sonnenstrahlen brechen, Kornfelder und so weiter. Musik: entweder etwas Selbstgemachtes oder, wenn schon, denn schon, Richard Wagner, wenn schon, denn schon, das Vorspiel zu Lohengrin. Er wollte von der Kamera nicht beobachtet werden, wenn er sprach; jedenfalls nicht, wenn er einen längeren Text sprach, einen grammatikalisch, syntaktisch und inhaltlich sinnvollen – Kauderwelsch war dagegen wie Pantomime, universell verständlich, Stummfilm mit Worten. Bei der Schlussrede konnte ihm niemand helfen. Die Diskussion um die Massenszenen erklärte er für beendet. Nach Riefenstahl war ihm klar: Die Massen werden gezeigt! Müssen! Keine Frage nach den Kosten! Die Kamera wird in Hynkels Rücken positioniert. Wir sehen, zu wem er spricht: zu Tausenden. Er wies Syd an, Dan James auszubezahlen und zu entlassen.

Über Umwege und erst nach Monaten erfuhr Chaplin, dass in England gegen seinen Film intrigiert wurde. – Woher wusste alle Welt, an was für einem Film er arbeitete! – Nach der Unterzeichnung des Münchner Abkommens durch Premierminister Neville Chamberlain im September des vorangegangenen Jahres war die britische Politik ängstlich und peinlich darauf bedacht, Hitler nicht zu reizen, hatten die Zugeständnisse doch nur einen Zweck: die Bestie satt zu halten und Zeit zu gewinnen. Ein Parlamentsmitglied hatte einen »besorgten« Brief an einen Untersekretär des Auswärtigen Amtes geschrieben und diesen aufgefordert, alles zu unternehmen, damit die Aufführung des Films, »in dem Charles Chaplin Herrn Hitler satirisch portraitieren will« in England verboten wird. – Wovor fürchtete sich dieser Mann? Dass Hitler England bombardierte? Wegen der Vorführung eines Films? – Jedenfalls bat die britische Film-Zensur daraufhin die US-Zensurbehörde in einem Telegramm um Aufklärung und Übersendung der Unterlagen über das Projekt. Diese wiederum wandte sich an Chaplins Firma und erhielt die Antwort, es existiere nichts, kein Drehbuch, kein Drehplan, kein Finanzierungsplan. Wer diese Antwort gegeben hat, konnte Chaplin nicht eruieren. Einerseits fand er die Antwort originell, andererseits war er fassungslos, dass er nicht unterrichtet worden war. Einen Vormittag lang brüllte er jeden an, der ihm im Studio über den Weg lief. Am Nachmittag las er in einem Artikel im *Hollywood Reporter*, Charlie Chaplin habe eingesehen, dass es »einen schlechten Geruch mache«, wenn er das gewählte Oberhaupt eines in gutem Einvernehmen mit der US-Regierung stehenden Staates attackiere, und habe deshalb beschlossen, das Projekt aufzugeben. Am nächsten Tag waren die Zeitungen voll davon, die Radiosender brachten die Neuigkeit als Spitzenmeldung – vor den letzten Nachrichten vom chinesisch-japanischen Krieg. Die Telefone klingelten ununterbrochen, zu Hause und im Studio. Auf dem Summit Drive drängten sich wieder die Reporter. Reevers und Syd pflanzten sich vor dem Chef auf, ihre Beine wie ein großes M, wollten eine Erklärung, vor allem eine Erklärung, warum er offensichtlich mit einem dieser Zeitungsschmierern und nicht zuerst mit ihnen geredet habe. Habe er nicht, schrie er sie an, habe er doch gar nicht. Alles sei erfunden! Von eben diesen Zeitungsschmierern erfunden! Was denn in sie gefahren sei, ihm einen solchen Vertrauensbruch zuzutrauen! Wie solle er mit Leuten zusammenarbeiten, die in ihm einen solchen hinterlistigen Schurken sähen!

Er gab eine Presseerklärung heraus.

Ich stelle klar: Ich habe meinen ursprünglichen Entschluss, den Film zu produzieren, zu keinem Zeitpunkt aufgegeben. Alle anderslau-

tenden gegenwärtigen und künftigen Nachrichten sind absichtlich falsch. Ich lasse mich nicht einschüchtern und habe keine Angst vor Zensurmaßnahmen oder vor sonst etwas.

(Gezeichnet: Charlie Chaplin)

Es war seine erste öffentliche Äußerung zu *The Great Dictator*. Er war berühmt und beliebt. Und er war berühmt und verhasst. Körbeweise trafen Drohbriefe ein. Die meisten galten »dem Juden Chaplin«. Das Hays Office, die US-Zensurbehörde, schickte einen Mann, der Chaplin nicht zu Wort kommen ließ – was einiges heißen mochte! – und im Stil und im Ton eines Mafiaschutzgeldeintreibers erklärte, die Firma United Artists könne sich einen Haufen Geld sparen, wenn sie jegliche Tätigkeit für diesen Film unverzüglich einstellte, denn unter keinen Umständen – das könne er versprechen, ohne auch nur zehn Meter gesehen zu haben – werde der Streifen in einem amerikanischen Kino zugelassen. Am selben Tag traf die Meldung ein, die chilenische Regierung habe beschlossen, Chaplins neuesten Film zu verbieten – man glaubte dort, der sei längst fertig. Ähnliches hörte man aus der Türkei und aus Japan und sogar aus Frankreich.

Und endlich konnte die Welt auch hören, was der Führer des Deutschen Reiches zu all dem meinte – allerdings, ohne Chaplin beim Namen zu nennen:»Was sich hier verschiedene Organe der Weltbrunnenvergiftung erlauben, kann nur als kriminelles Verbrechen gewertet werden.« Wie wohl ein *nicht* kriminelles Verbrechen aussehe, kommentierte Sydney.

Eine Sekretärin in der Pressestelle der United Artists stellte mit ihrem Freund einen Katalog der Beschimpfungen zusammen, die in deutschen Zeitungen gegen den Chef zu lesen waren:»Hanswurst«, »Musterjude«, »Darsteller abgeschauten psychopathischen Kretinismus«, »hebräischer Wüstling«, »verhimmelter nigger-groteskhafter Galizier«, »Bajazzo eines minderwertigen Volkes«, »rassenschänderisches jüdisches Schwein«, »Bolschewist nach Geschäftsschluss«.

Und so weiter. Der Freund stammte aus einer deutsch-jüdischen Emigrantenfamilie, er übersetzte die Ausdrücke ins Englische, sie präsentierte die Liste stolz dem Chef, und der veranlasste, dass sie in derselben Stunde gefeuert wurde.

Kawa wollte sich als geschickt erweisen und erwies sich als zu geschickt. Er hob das Telefon ab und entschied, ob Mr. Chaplin zu sprechen sei oder nicht. Als er die Frauenstimme mit dem deutschen Akzent hörte, entschied er sich gegen sie. Und sprach mit seinem Herrn darüber nicht. Seit Kono gekündigt hatte, gab Kawa allen Bediensteten, die er entweder auf gleicher Höhe mit sich selbst oder darunter einschätzte, Befehle. Auch er hatte sich *Triumph des Willens* angesehen. Er gebot nur über eine zarte Stimme, aber den Tonfall des Führers kriegte er ganz gut hin. Und das zeigte Wirkung. Den Dienstmädchen verbot er, ans Telefon zu gehen. Er verbot ihnen auch, Mr. Chaplin zu belästigen. Sie sollten das Telefon entweder klingeln lassen oder sich an ihn, Kawa, wenden, wenn er in der Nähe war. Eines der Mädchen ließ sich zwar von dem Ton einschüchtern, aber nur von dem Ton, und das hielt nicht lange. Sie sprach mit ihrem Chef, der allein ihr Chef war. Fragte scheinheilig, ob ihm das recht sei, wie Mr. Kawa es wünsche. Es war ihm nicht recht. Er ließ Kawa kommen und unterzog ihn einem Verhör. Ob unter den Telefonaten, die er abgelehnt hatte, eine Frau mit deutschem Akzent gewesen sei. Ja, sei. Er solle ihm wortgetreu wiedergeben, was sie gesagt habe. Er habe, murmelte Kawa, leider nicht abgewartet, was sie sagen wollte, sondern aufgelegt, der Chef möge ihm verzeihen. Aber der Chef verzieh nicht. Er brüllte den Chauffeur mit der neu gewonnenen Stimme des Diktators (auch er!) nieder, zwang ihn zu wiederholen, er sei der Chauffeur und nur der Chauffeur und nur der Chauffeur und auch das nur, solange es ihm, Chaplin, passe, jetzt zum Beispiel passe es ihm nicht, und er forderte ihn auf, ihm augenblicklich die Schlüssel zum Studebaker auszuhändigen.

Chaplin fuhr nach Carmel zu Ben und Ethel Eichengreen.

Vierzig Jahre später kommentierte Dan James Chaplins Verhalten zu dieser Zeit: »Natürlich hatte er einige Eigenschaften, die Hitler ebenfalls besaß. Er beherrschte seine Welt. Er schuf seine Welt. Und Chaplins Welt war auch keine Demokratie. Charlie herrschte über alles wie ein Diktator.«

37

Dass die Deutsche Wehrmacht Polen überfallen hatte, erfuhr Chaplin aus dem Radio in Ethels und Bens Küche. Ethel, deren Mutter aus Lublin stammte und die als Kind mit ihren Eltern nach Amerika ausgewandert war, sank auf das kleine Sofa nieder und weinte. Ihr Mann ärgerte sich über sie. Seit sie aus dem Wechsel sei, heule sie bei jedem Dreck. Er schenkte ihr ein Glas Wasser ein. Ob ihm denn nicht klar sei, jammerte sie und trank, das Glas mit beiden Händen haltend, es gehe Hitler nicht um Polen, warum auch, dort gibt es nichts, er wird nicht in ein Land einziehen, aus dem ihre Großeltern ausgezogen sind, es gehe ihm um die Juden. Ah, rief Ben aus, so habe er es gern! Als Herr Hitler in die Tschechoslowakei einmarschiert sei und als er in Österreich einmarschiert sei, habe sie nicht geweint. Was sei denn an den Juden anders, dass sie um sie weine? Seien die Österreicher denn keine Menschen und die Tschechen? »Ich bin Jüdin, du bist Jude«, sagte Ethel, »alle, die wir kennen, sind Juden, Herbert ist Jude, Charlie ist Jude. Hitler marschiert gegen uns!« Ben argumentierte mit irgendetwas Marxistischem und mit Hegel, außerdem sei Herbert Oakley Anarchist und zwar Individualanarchist, also zu rein gar nichts zu gebrauchen, weder zum Dienst an einer Rasse noch zum Dienst an einer Religion.

Chaplin schaffte es nicht, ihnen zuzuhören. Diesmal nicht. Sonst war er immer mit Hingabe, sogar Begeisterung Bens Reden gefolgt, hatte sich in den Historischen Materialismus und in die politische Ökonomie einführen lassen, hatte genickt, bis ihm der Nacken weh tat, wenn ihm Ben den tendenziellen Fall der Profitrate oder den Fetischcharakter der Ware erklärte. Und er hatte sich bezaubern lassen, wenn Ethel erzählte, was für Typen sich einmal im Monat in der Ortsgruppe der Kommunistischen Partei treffen – hilfsbereite Finsterlinge, von denen sie vermute, dass sie sich nachts in Dostojewskis *Dämonen* zurückzögen und den Buchdeckel über sich schlössen. Diesmal nahm er die Stimmen seiner Freunde nur als Musik wahr, das genügte ihm. Er saß mit dem Rücken am Kachelofen, den Ben und Ethel wie alles andere in dem Haus selbst gebaut hatten, er hatte die Beine ausgestreckt, weil die Sitzbank so tief war, wie eine Puppe saß er. Die Wärme machte ihn müde und ein bisschen dumm. Die beiden hatten immer schon einen Kampf miteinander geführt, aber es war ein Liebeskampf zwischen Eheleuten, die emotional fit bleiben wollten. Er mochte Ethel lieber als Ben, aber nur ein bisschen lieber. Ben war fett und schlaff im Gewebe, Ethel hingegen schaute auf sich. Sie trainierte ihre Figur, aß reichlich Gemüse, kein Fleisch, Fisch nur roh und trank Unmengen Wasser. Ihr Haar war grau, aber vital wie das Haar eines jungen Mädchens. Sie malten beide, sie abstrakt, er gegenständlich, und hatten damit ihr Auskommen.

Zum ersten Mal erzählte er von sich selbst. Und Ben und Ethel hörten ihm zu, wie er ihnen zugehört hatte. Er erzählte von allem und von Anfang an, von dem Anruf der Frau, die sich »Hannelore« genannt und mit deutschem Akzent gesprochen hatte, von dem Mann und der Frau im Bistro am Wilshire Boulevard, von den nächtlichen Anrufen, von Kono, von Kawa; und erzählte auch, dass ihm sein Selbstmord vorausgesagt worden war.

Zu seiner Überraschung waren sich die beiden einig, dass er Schutz benötige. Professioneller Schutz, also Schutz durch eine der Schutzfirmen aus Hollywood, sei jedoch abzulehnen, da über sechzig Prozent der Angestellten dieser Einrichtungen, wie erst kürzlich von der liberalen Presse aufgedeckt worden war, sich selbst als Sympathisanten der Nazis bezeichneten, nicht wenige seien Mitglied bei den *Silver Shirts*. Der Schutz müsse aus innerer Überzeugung gewährt werden. Ohne lange darum herumzureden: Es gebe nur zwei Organisationen, die dafür einstehen würden und auch die entsprechende Macht hätten: die Gewerkschaften und die Kosher Nostra, das jüdische Verbrechersyndikat um Bugsy Siegel und Meyer Lansky. Ethel könnte über Genossen der Partei Kontakt zu Harry Bridges aufnehmen, dem Vorsitzenden der Hafenarbeiter-Gewerkschaft, der sei ein bekannter Nazihasser, und einen größeren Gefallen als den, Nazis zu verprügeln, könne man ihm nicht tun. Wenn allerdings härtere Maßnahmen gefordert seien, sei es geraten, sich an die Mobster zu wenden. Er, Ben, wisse aus sicherer Quelle, dass Siegel und Lansky bereits überlegten, eine bewaffnete Truppe gegen amerikanische Nazis zusammenzustellen, und was Bugsy Siegel von Charlie Chaplin halte, habe dieser schon mehrfach kundgetan, nämlich das Allerhöchste, für Mister Benjamin Hymen Siegelbaum komme Mister Charles Spencer Chaplin gleich nach seiner Mame und dem großen Jahwe.

Dieses Aufblähen von Ben tat ihm gut. Er wusste, dass seine beiden Freunde Beziehungen weder zur Gewerkschaft noch zum organisierten Verbrechen hatten und auch keinen kannten, der hatte, nicht einmal einen, der einen kannte, der einen kannte; aber dass es draußen Männer geben könnte, die bereit wären, sich als eine kleine, schlagfertige Armee um ihn zu scharen, das tat ihm gut. Und es tat ihm gut, seiner Phantasie freien Lauf zu lassen und mit Grimm und Lust und ohne Gewissen die blutigen Bilder zu betrachten, die ihm die Phantasie auf seine innere Leinwand projizierte, schließlich waren es Bilder einer gerechten Rache, und nicht er würde Regie führen.

»Und was deinen Selbstmord betrifft«, sagte Ben, »da gibt es eine todsichere Methode, dem auszuweichen: Tu es einfach nicht!«

Das war im September gewesen. Im Dezember starb Douglas Fairbanks. Er erlitt in der Nacht einen Herzinfarkt. Im März des folgenden Jahres wurde Ben Eichengreen von drei Männern am Strand zusammengeschlagen. Seine Frau Ethel und sein Freund Herbert Oakley waren Zeugen, sie identifizierten die Täter, keiner von ihnen wurde festgenommen. Wenige Tage später schoss Ben sich eine Kugel in den Kopf.

Chaplin konnte – wollte – nicht zur Beerdigung seines Freundes

Doug nach Glendale zum Forest Lawn Memorial Park Cemetery
fahren und auch nicht zur Einäscherung seines Freundes Ben nach
Carmel. Er habe es nicht übers Herz gebracht, beichtete er Josef Melzer. Er habe es auch nicht übers Herz gebracht, Ethel Eichengreen einen Brief zu schreiben. Er hörte nichts mehr von ihr. Und nach Carmel hinauf fuhr er nie wieder.

38

Schule der Clowns, Stadt der Clowns. – Ich bin in einer Stadt in Deutschland aufgewachsen, die während des zweiten Krieges nicht bombardiert wurde. Das hatte – so ist es in unserer Stadtchronik nachzulesen – mit der Einwohnerzahl zu tun, die nur wenig über der vom britischen Bomber Command vorgegebenen Größe lag, und da habe Marschall Harris Gnade walten lassen, ewig sei ihm Dank. Unsere Stadt hat keine besonders interessante Geschichte, und wer Dinkelsbühl, Rothenburg ob der Tauber, Bamberg oder Wittenberg gesehen hat, wird bei uns vergeblich die Augen nach Ähnlichem aufsperren. Aber wir waren die einzige Stadt in Deutschland, nein: lange Zeit auch in der Welt, in der es eine Schule für Clowns gab. Die Schule wurde 1849 gegründet, sozusagen als Faust in der Tasche, nachdem die Revolution niedergeschlagen worden war, sie nannte sich damals *Deutsche Bildungsanstalt für Illusionskünstler und Komödianten.* Sie wurde von Anfang an privat geführt und aus Schulgeld und Spenden finanziert. Irgendwann wurde ihr die Berechtigung erteilt, Diplome zu vergeben. In den zehner Jahren des vergangenen Jahrhunderts war überlegt worden, sie aufzulösen und in die *Königliche Akademie der Künste* in Berlin einzugliedern. Dazu kam es aber nicht; die Schule wurde verkauft und von Grund auf umstrukturiert und in *Schule der Clowns* umbenannt. Der neue Besitzer, Frederic Mehring, war ein Amerikaner, dessen Großvater aus Deutschland stammte. Er übersiedelte mit seiner Familie in die alte Heimat und investierte hier, was er drüben in der Stahlbranche verdient hatte. In den zwanzig Jahren bis zur Machtergreifung der Nazis blühte unsere Stadt, es gab vier Theater – das größte fasste über tausend Zuschauer – und ein halbes Dutzend kleine Bühnen in Kellern und Schuppen, und überall wurde Komödie gespielt und Komödie gelehrt, Vaudeville gespielt und Vaudeville gelehrt. Hypnotiseure, Schlangenbeschwörer, Jongleure, Schnellredner, Schnellrechner, Zauberer, Witzeerzähler, alle fanden sie hier ihre Bretter. Jede Nacht konnte man das Lachen in den Straßen und Gassen hören. Frederic Mehring hatte im Laufe seines Lebens ein dichtes Netz an Beziehungen geknüpft, er war mit Grock befreundet, mit Dominik Althoff und Carl Godlewski; der Entfesselungskünstler Harry Houdini war der Pate seines Sohnes, und mit Erik Jan Hanussen lieferte er sich, wann immer sie sich trafen, die heftigsten Debatten. Er war ein charmanter, redegewandter Mann, der einen Hydranten für Philatelie begeistern konnte. Künstler aus aller Welt kamen zu uns – unvergesslich der Abend mit dem Kunstfurzer Joseph Pujol im Stadttheater, in der ersten Reihe saßen friedlich nebeneinander Christian Kraft Fürst zu Hohenlohe-Öhringen und der linke Sozialist Georg Ledebour, und als der »König der Winde« als Hommage an den Gastgeber den *Yankee-Doodle* pupste, sah man in den Augen beider Tränen stehen.

Die Idee von Frederic Mehring war: Jeder Künstler, der in unserer Stadt auftrat, sollte ihr wenigstens für eine Stunde auch als Lehrer dienen und den Nachwuchs unterrichten, »damit das Lachen und Staunen in unserer Zeit nicht ausstirbt«. Die meisten taten es umsonst und taten es gern, denn unsere Stadt war einmalig – sie war »die Stadt der Clowns«.

Diesen Namen hatte ihr Charlie Chaplin gegeben.

Der größte aller Komödianten war während seiner Europareise 1931, von Berlin kommend, hier abgestiegen. Jeder Clown der Welt, sagte er, kenne unsere Stadt, es wäre eine Schande und er dürfte sich in Amerika nicht mehr bei Seinesgleichen blicken lassen, wenn er uns nicht besucht und nicht wenigstens eine Vorstellung gegeben und uns nicht wenigstens einen seiner Tricks gezeigt hätte.

Er improvisierte auf der Bühne des Stadttheaters Szenen aus seinen Filmen, zeigte den Semmeltanz aus *The Gold Rush* und die Sequenz im Löwenkäfig aus *The Circus* – natürlich ohne Löwen – und die Schlussszene aus *City Lights*, in der das Blumenmädchen erkennt, wer ihr Wohltäter ist – natürlich ohne das Blumenmädchen. Dazwischen erzählte er aus seinem Leben. Die meisten Zuschauer konnten kein Englisch, »aber Mister Chaplin verfügt über eine Sprache, die keiner Worte bedarf, und die Worte, die er tatsächlich spricht, sind Musik« – hieß es in unserer Stadtzeitung. Jemand brachte ein Cello auf die Bühne, und Chaplin spielte Melodien aus seinen Filmen, die er selbst komponiert hatte. Der Abend dauerte über zwei Stunden, hinterher erhob sich das Publikum und applaudierte »und wollte lange nicht damit aufhören«.

Am folgenden Tag hielt Chaplin in der *Schule der Clowns* ein Seminar vor Kindern ab. Einer der Buben war mein Vater. Den Trick, den er an diesem Vormittag gelernt hatte, führte er sein Leben lang jedem vor, der uns besuchte. Der »Trick« war nichts anderes als eine bestimmte Köperhaltung, die man bis dahin ausschließlich an Charlie, dem Tramp, hatte beobachten können. Normalerweise dient ein Stock, und sei er nur ein Stöckchen, dazu, dem Standbein Gewicht abzunehmen. Wenn der Mann steht und das rechte Bein belastet, hält er den Stock also in der rechten Hand. Chaplin aber hält ihn in der linken. Wir sehen ihn an und spüren, etwas ist anders, als es sich gehört, wissen aber nicht was. Seine Haltung irritiert uns: Dieser hier verstößt gegen die Gesetze der Schwerkraft. Er zeigt uns die Dinge außerhalb ihres Zusammenhangs. Wir sind irritiert: Ist die Welt gar nicht so stabil, wie uns die Physik und die Mächtigen weismachen möchten?

Nicht ein Wort wurde während der Unterrichtsstunde gesprochen. Die Teilnehmer mussten ihre Schuhe ausziehen, jeder hatte ein Stöckchen mitgebracht. Auch das Lachen sollten sich die Schüler aufsparen. Der Clown lacht nicht. Sein Lachen wird vom Lachen des Publikums abgezogen. Als Erinnerung an diesen Nachmittag schenkte Chaplin jedem eine Fotografie, die den Tramp zeigte, wie er sich auf sein Stöckchen – *nicht* – stützte. Quer über das Bild schrieb er seinen Namen.

In dem Seminar saß auch ein Erwachsener. Nur einer. Ein kleiner dicker, schon etwas älterer, laut schnaufender Mann im schwarzen Anzug mit einer schweren Uhrkette an der Weste. Er stellte sich von allen am ungeschicktesten an. Die Ungeschicktheit verdeutlichte Chaplin, indem er sie vorspielte: Sie war in Wahrheit Geschicklichkeit. Dem Mann gelang es nicht, die Dinge aus ihrem Zusammenhang zu lösen. Er wusste über die Dinge zu gut Bescheid. Er war zu geschickt. In der Welt des Clowns aber war er zu ungeschickt. Die Methode des Clowns besteht darin, den Irrsinn mit Irrsinn zu heilen. Sei ungeschickt! So ruft er uns zu. Und meint damit: Lass dich nicht unterkriegen! Die Rolltreppe fährt nach oben – wenn du auf ihr nach unten gehst, tu es mit Grandezza! Wenn du den Spazierstock in der falschen Hand hältst, tu es ohne Zweifel!

Chaplin bat meinen Vater – den geschicktesten der Ungeschickten –, dem Herrn Nachhilfeunterricht zu geben. Der Herr musste »nachsitzen«, während draußen der Schnee fiel und die Kinder mit ihren Rodeln unterwegs waren. Sie übten im Spiegelsaal der Schule. Der Mann konnte nicht deutsch, also erklärte ihm mein Vater mit Händen und Füßen und Mienenspiel, wie man auf geschickte Weise ungeschickt ist. Mein Vater war erst neun Jahre alt. Er hat seine Sache sehr gut gemacht.

Das Gerücht hing in der Stadt, und sein Leben lang behauptete mein Vater, dieser fremde Mann sei niemand anderer gewesen als Winston Churchill. Tatsächlich war Churchill zu jener Zeit in Deutschland, das lässt sich belegen, den Grund seiner Reise kenne ich nicht, wahrscheinlich hatte sie – wie seine zweite Reise wenige Monate später gemeinsam mit seiner Familie – den Zweck, für sein Marlborough-Buch zu recherchieren. Vielleicht aber war er auch gekommen, nur um seinen Freund Charlie zu treffen – vielleicht sogar, um bei ihm die *Methode des Clowns* zu studieren.

Als Dank für die Unterweisung schrieb der Herr meinem Vater auf die Rückseite von Chaplins Fotografie:

Thank you, my friend Robert,
I will not forget you and your pretty little town
God bless the clowns!
Your faithful student.

Mit seinem Namen unterzeichnete er freilich nicht.

Mein Vater hat die Schrift graphologisch untersuchen lassen, gleich von drei Gutachtern. Der erste glaubte eher nicht, dass es sich um Churchills Handschrift handelte; der zweite war überzeugt, niemand anders als der ehemalige englischen Premierminister habe die vier Zeilen geschrieben; der dritte hielt dies immerhin für möglich bis wahrscheinlich.

Mein Vater hat es nie ausgesprochen. – Er war ein durch und durch naiver Mensch. Einer von den seltenen, die wissen, dass sie naiv sind; einer von den weit selteneren, denen dieses Wissen nichts anhaben kann. Ein Clown wär er gern geworden. Hätt' auch Talent gehabt. Hat's gern gesehen, dass sein Sohn einer geworden ist. – Er hat es nie ausgesprochen, nein, aber ich weiß, ich weiß, ich weiß, er glaubte fest daran, dass er unserer Heimatstadt den Untergang erspart hat. – *God bless the clowns!*

Fünfter Teil

39

Seinem Herrn verheimlichte William Knott, dass er verheiratet war; seiner Frau verheimlichte er, worin der Dienst bei seinem Herrn bestand. Vor dem Herrn log er, er habe sich kurz vor der Hochzeit von seiner Verloben getrennt, weil er sich eingestanden habe, dass er sie nicht liebe; vor der Frau flunkerte er, seine Aufgabe sei es, was der Premierminister beiseite spreche, zu notieren und nach Datum und Themen zu ordnen, weil die Absicht bestehe, irgendwann daraus Memoiren zu verfertigen. Dass er so gut wie keine Zeit mehr für sie hatte, begründete er damit, dass sein Herr so gut wie immer beiseite spreche.

Zu meinem Vater war er ehrlich. In seinem ersten Brief wiederholte er, was er ihm, dem Unbekannten, in ihrem Gespräch in Aachen großspurig gestanden hatte: »Seit fünfunddreißig Jahren lüge ich: Das ist meine Geschichte, und es ist mein Beitrag zur Geschichte des 20. Jahrhunderts.« Um endlich damit aufzuräumen, regte er den Briefwechsel an. William Knott war es, der den Vorschlag gemacht hatte. Mein Vater wäre zu schüchtern gewesen. Ihm hätte es genügt, mit dem »*very private* Private Secretary to a *very prime* Prime Minister« zu Mittag zu essen und ihm hinterher auf einem Spaziergang durch den Westpark ein paar Fragen zu stellen – ausnahmslos Politisches und Historisches betreffend, an Psychologischem war mein Vater nicht interessiert.

»Seit fünfunddreißig Jahren lüge ich«, brach es bei diesem Spaziergang aus William Knott hervor. (Später erinnerte er sich, die mechanische, farblose Sprechweise meines Vaters – Schriftenglisch in Ton übersetzt – habe es ihm erleichtert, sich anzuvertrauen, gleichsam in die anonyme Luft hinein. Ich möchte ergänzen: dazu das ausdruckslose Gesicht meines Vaters, das eine verdächtige Ähnlichkeit mit Buster Keatons Physiognomie aufwies; verdächtig, weil die wenigsten, die Keaton kannten, an einen Zufall der Natur glaubten, sondern sich aus unerklärlichen Gründen auf den Arm genommen fühlten.)

Gleich in seinem ersten Brief gewährte Knott einen Blick in »seine innerste Herzkammer«: »Die Lüge ist eine zweite, eigentlich die erste Existenz für mich geworden. Ich lebe wie ein Emigrant, der gelernt hat, in einer anderen Sprache zu sprechen, und die eigene Sprache vergessen hat. Ich denke in der fremden Sprache, ich träume sogar in dieser fremden Sprache. Ich lüge, wo es nicht nötig ist. Wenn ich auf Reisen bin, telefoniere ich mit meiner Frau, und ohne dass sie danach gefragt hätte, erwähne ich, dass ich den blauen Anzug trage, wenn ich doch die Hosenbeine und die Ärmel des beigen vor mir sehe. Ich sage, ich komme vom Essen, wenn ich von einem Spaziergang komme. Ich sage, ich war im Kino, und war doch den ganzen Abend auf einer Bank am See gesessen und habe die Schwäne gefüttert. Selbst wenn ich die Wahrheit sage, spreche ich mit dem Akzent der Lüge.«

Mein Vater hatte die Nähe zu jemandem gesucht, der eine Zeitlang in der Nähe des hochverehrten Mannes gelebt hatte. William Knott hatte die Nähe eines geeigneten Menschen gesucht, um mit seiner Hilfe von demselben Mann loszukommen. Was William Knott meinem Vater in vielen langen Briefen über seinen Dienst bei Winston Churchill erzählte – das meiste davon wollte mein Vater gar nicht wissen –, hatte den Zweck, den Faden aufzuwickeln, der ihn in das eigene Leben zurückführen sollte.

William Knott wurde am 22. Mai 1911 in London im Stadtteil Lambeth im Knie der Themse geboren. Sein Vater war auf einem höheren Posten bei der Stadtverwaltung tätig, seine Mutter unterrichtete an einer Grundschule, außerdem gab sie Klavierstunden. William studierte Physik, brach sein Studium jedoch ab, weil ihm eine Stelle als Techniker bei der im Aufbau befindlichen Fernsehabteilung der BBC angeboten wurde. Nach der Kriegserklärung Englands an Deutschland – zwei Tage nach dem Überfall der Deutschen Wehrmacht auf Polen – hielt Churchill im Fernsehen eine Ansprache. Premierminister Chamberlain hatte ihn ins Kabinett geholt, die lange Zeit in der Wüste war beendet, Winston kehrte zurück in das Amt des Ersten Lords der Admiralität. John Reith, der Direktor der BBC, entschied, die Menschen draußen sollten Winston hören und Winston sehen, Winston Churchill, nicht Neville Chamberlain. Der neue alte Marineminister hatte noch nie im Fernsehen gesprochen. Die Kamera machte ihn nervös, auch dass er geschminkt werden musste, machte ihn nervös, die Scheinwerfer, die vielen Menschen, das Getue, dass er wie der Messias behandelt wurde – niemand interessierte, was ein anderer Politiker dazu zu sagen hatte, dass England wieder in einen Krieg verwickelt war, man wollte Winston, Winston, Winston, nur er verstehe, was es bedeutete, einen Krieg zu führen –, das alles machte ihn nervös. Und dass seine Zahnprothese ausgerechnet an diesem Tag auf die Fliesen des Badezimmers gefallen war und sich dabei gerade um so viel verbogen hatte, dass sie schlecht saß und er beim Reden mehr zischte als sonst, das machte ihn besonders nervös. Man solle seinen Zahnarzt anrufen, er solle unverzüglich kommen und das Ding zurechtbiegen, es stehe die Moral des Volkes auf dem Spiel. Da sah er, wie ein junger Mann in der Crew den Kopf schüttelte. Er deutete auf ihn, fragte ihn barsch, warum er den Kopf schüttle. Der junge Mann kam auf ihn zu, beugte sich zu ihm nieder und flüsterte ihm ins Ohr, er solle nichts ändern, unter keinen Umständen solle er etwas ändern, genau so müsse der künftige Premierminister eines kriegführenden Staates zum Volk sprechen: zischend wie eine gefährliche Schlange. Der zukünftige Premierminister? Richtig, der zukünftige Premierminister. Also sprach er zischend. Nicht einer im Team, dem nicht ein Schauder über den Rücken gelaufen wäre. Den jungen Mann, diesen Techniker bei der BBC, den wollte der Kriegsherr um sich haben. Er warb ihn ab. Das heißt: Er requirierte ihn. Am nächsten Tag trat William Knott seinen höchst merkwürdigen Dienst bei Winston Churchill an. Wenige Monate später, am 10. Mai 1940, wurde Churchill zum Premierminister gewählt; er bildete eine Allparteienregierung und übernahm zusätzlich das Verteidigungsministerium, das nun ein Kriegsministerium war. Am selben Tag begann die deutsche Westoffensive mit dem Angriff auf Luxemburg, Belgien und Holland.

William Knott, gerade neunundzwanzig Jahre alt, war der private Privatsekretär Churchills. Als solcher wurde er vorgestellt, als solcher stellte er sich vor. Seinen Lohn – er verdiente weniger als bei der BBC – bezahlte sein Arbeitgeber aus eigener Tasche.

Der private Privatsekretär hatte keine Korrespondenzen zu erledigen, er hatte keinen Terminkalender zu führen, er sollte keine Telefonate annehmen, bei Unterredungen des Premierministers musste er nicht unbedingt anwesend sein. Wenn ihn einer fragte, was eigentlich genau seine Aufgabe sei, sollte er sagen: »Alles.« Sollte er den Ton drastisch verschärfen und fragen: »Und Sie? Wer sind Sie, dass Sie eine solche Frage stellen? Was ist Ihr Interesse? Wer hat Sie dazu angehalten? Ich werde Sie melden müssen.« Und mit ausnahmslos jedem solle er so umspringen: selbstbewusst, arrogant, von oben herab. Natürlich nicht mit Clementine. Mit Randolph aber schon. Diana und Mary seien klug genug, keine Fragen zu stellen.

Churchill machte ihm nichts vor. »Sie sollen auf mich aufpassen«, sagte er, als er ihm das Zimmerchen zeigte, das in Downing Street Nr. 10 für ihn freigeräumt worden war (auch in Chequers, dem traditionellen Landsitz des Premierministers, und ebenso in Chartwell war ein Zimmer für ihn bereit). »Ich kann es mir und England kann es sich nicht leisten, dass mich der schwarze Hund anfällt.« Und er erklärte ihm, was es mit diesem Tier auf sich hatte. »Sollte ich trotz Ihres Einsatzes eine Gelegenheit finden, mich zu erschießen, werden Sie die Waffe an sich bringen, meine Fingerabdrücke abwischen und behaupten, Sie seien ein von Hitler gedungener Mörder. Bin ich wenigstens noch als Märtyrer zu etwas nütze. Im Krieg hat das Gewicht. Nichts motiviert und mobilisiert mehr als ein Märtyrer. Allerdings nicht für immer. Nicht einmal für lange. Hoffentlich lange genug, bis ein Nachfolger gefunden ist. Sie wird man wahrscheinlich hinrichten. Das ist in dem Job inbegriffen. Also passen Sie gut auf mich auf. Sie passen gleichzeitig auf sich selbst auf. Es hängt viel von Ihnen ab. Es hängt alles von Ihnen ab. Wenn die Menschen erfahren, dass Winston Churchill sich das Leben genommen hat, stünde Hitler nichts mehr im Weg. England wird untergehen. Die Zivilisation wird untergehen.«

Nicht anders habe Churchill mit ihm gesprochen, schrieb Knott in seinem ersten Brief an meinen Vater. Am Anfang habe der Premierminister täglich eine Stunde Zeit gefunden, sich mit ihm zu unterhalten.

»Zwischen uns beiden«, sagte der Chef, »besteht im Leben nur ein Band: die Wahrheit. Sie sind der einzige Mensch, zu dem ich nur die Wahrheit sage und nichts als die Wahrheit. Und Sie halten es mir gegenüber genauso. Kann ich mich darauf verlassen?«

»Darauf können Sie sich verlassen«, antwortete der privateste Privatsekretär.

»Und über alles, was wir beide für uns allein sprechen, zu allen anderen: Lüge. Kann ich mich darauf verlassen?«

»Sie können sich darauf verlassen.«

40

Der Alkohol dirigierte Churchills Leben. »Dirigieren heißt aber nicht diktieren«, wortspielte er. »Die das verwechseln, sind unsere Feinde.« William Knott schlug vor, das Trinken zu strukturieren. Er meine damit nicht, dass der Premierminister weniger trinken solle; es gelte nur, in dieser besonderen Zeit den Überblick zu bewahren, wann getrunken werde und wann nicht. Jeden Morgen nach dem Frühstück – das Herr und Diener *immer* getrennt einnahmen – überreichte ihm Knott einen halben Briefbogen, auf dem er die Trinkzeiten des Tages eingetragen hatte. Churchill forderte nicht mehr Zeit und weniger natürlich auch nicht.

Über die Alkoholfrage kam es zu einer garstigen Auseinandersetzung mit Churchills neuem Leibarzt Lord Moron. »Der war einen Kopf kleiner als ich, und dennoch gelang es ihm, auf mich herabzublicken.« Dessen Aufgabe war der von William Knott ähnlich: für den Premierminister da zu sein, ausschließlich und zu jeder Zeit. Einige Kabinettsmitglieder seien von Winstons Unentbehrlichkeit so überzeugt gewesen, dass sie eine ständige Beobachtung seines Gesundheitszustandes für unerlässlich hielten, schreibt Lord Moron in seinen Erinnerungen. Er wusste, worauf ihre »Sorge« abzielte; er selbst hielt es für mehr als besorgniserregend, wenn der Premierminister (der »PM«, wie er ihn in seinem Buch durchgehend nennt) solche Mengen Alkohol zu sich nahm. Churchill hatte bei einer ausführlichen Untersuchung – in Anwesenheit von William Knott, darauf hatte er bestanden – auf die Frage, wie viel es denn genau sei, geantwortet: »Ein Flasche Champagner am Morgen, eine am Abend. Whisky über den Tag mit Wasser verdünnt, in der Nacht pur, zusammen eine Flasche oder zwei. Und natürlich Wein zum Essen und nach dem Essen Brandy.« Und hatte sich, nackt, wie er war, seinem

Sekretär zugewandt: »Ist das korrekt, Willnot, oder habe ich eine Flasche unterschlagen?« Während sich der PM hinter der spanischen Wand ankleidete, nahm der Arzt den Sekretär beiseite, etwas zu grob, und bat ihn – oder wie sich Knott ausdrückte: befahl ihm –, ihn in seiner Praxis aufzusuchen. Er notierte Termin und Adresse auf ein Rezeptblatt und schob es ihm in die Rocktasche.

»Lord Moron war unverschämt, weil eifersüchtig«, schreibt Knott. »Er bot mir nicht einmal Platz in seiner Praxis an. Er unterstellte mir, ich hätte mich in die Gunst des PM eingeschlichen.« Es sei bekannt, dass Churchill in der langen Zeit seiner politischen Absenz ein Faible für saufende Angehörige der Unterschicht entwickelt habe. Weil die angeblich zwischen Glück und Unglück nicht unterscheiden können und darum weder vom einen noch vom anderen gepiesackt werden. Ganz London wisse, dass sich der großartige Marlboroughsprössling »in gewissen Nächten« mit Bierfahrern und anderem Gesindel herumgetrieben habe. Damit müsse Schluss sein. England befinde sich im Krieg! Knott entgegnete: Erstens seien die meisten Bierfahrer nicht zum Gesindel zu zählen, der Nachbar seiner Eltern zum Beispiel, Benjamin Winkle, sei Bierfahrer und ein durch und durch aufrichtiger Mann, Familienvater und Philosoph, der sehr wohl zwischen Glück und Unglück unterscheiden könne; zweitens, was ihn selbst betreffe: Er trinke keinen Schluck Alkohol, in seinem ganzen Leben habe er alles zusammengenommen weniger getrunken als »mein Chef« an einem einzigen Tag; allerdings sei er der Auffassung, »mein Chef« sei alt genug, um zu entscheiden, was und wie viel er trinke, und so lange er nicht ohne Unterbrechung trinke, schade es weder ihm noch England; immerhin sei »mein Chef« sechsundsechzig Jahre alt geworden und dies bei bester Gesundheit.

»Ach?«, sagte Lord Moron. »Woher wollen Sie das wissen? Sind Sie Mediziner? Ein Kollege also? Wo haben Sie studiert? Was ist Ihr Fachgebiet?«

William Knott sah ihm unter halbgeschlossenen Lidern gerade ins Gesicht und sagte: »Und Sie? Wer sind Sie, dass Sie mir solche

Fragen stellen? Was ist Ihr Interesse? Wer hat Sie dazu angehalten? Ich werde Sie melden müssen.«

Woraufhin Lord Moron kreidebleich wurde.

Wenig später – Churchill war gerade bei einer Sitzung des Komitees der Stabschefs und William Knott wartete vor der Tür auf einem Sessel (den ein Parlamentsdiener auf Befehl des PM durch die langen Gänge getragen hatte) – sah sich Knott plötzlich umringt von fünf Männern in Frack und Zylinder, die ihn anlächelten, sich sogar vor ihm verbeugten, freilich nur andeutungsweise. Sie standen wie eine schwarze Mauer vor ihm, blähten ihre Röcke, so dass er von einem Vorbeigehenden nicht gesehen werden konnte. Zunächst entschuldigten sie sich für das Verhalten des Arztes. Lord Moron habe tatsächlich nicht gewusst, welche ehrenwerte Aufgabe er, William Knott, erfülle, sagten sie. Er nickte. Wollte aufstehen. Sie traten noch näher an ihn heran, neigten ihre Oberkörper über ihn. Er brauche keine Angst vor ihnen haben. Er habe vor niemandem Angst, sagte er. Das wiederum sei wenig klug, sagten sie, die ganze Welt habe zum Beispiel vor Adolf Hitler Angst, nur der Dumme habe vor niemandem Angst. Also meinetwegen, sagte er, vor Hitler habe auch er Angst. Wer sich um das Wohl Englands sorge, der müsse Angst haben, fuhren sie fort. Sie meinten es gut. Ob er sich an eine bestimmte Formulierung erinnere, die Lord Moron in Zusammenhang mit dem PM und seinem Lebenswandel verwendet habe – die »gewissen Nächte«? Mhm, daran erinnere er sich. Ob er wisse, was Lord Moron damit gemeint habe? Wissen nicht, nein. Ob er ahne, was Lord Moran damit meinte? Darauf antwortete er nicht.

»Unsere Sorge nun, oder nennen Sie es Angst«, sagte einer von ihnen, den er als den ältesten schätzte, und der war jetzt nicht mehr freundlich, »ist, dass Sie, Mister Knott, den PM in seinem dunklen Trieb, oder wie man diesen unerquicklichen Seelenunsinn, der von irgendwelchen gelangweilten österreichischen Klugscheißern herbeigeredet wurde, dass Sie den PM darin unterstützen, ihn sogar in diese Richtung antreiben. Was, glauben Sie, ist England? Ein Debattierclub? Eine schrullige Teegesellschaft? Ein Nest voll mit Käuzen? Eine Pferderennbahn? Warum, glauben Sie, wurde William der Eroberer William der Bastard genannt? Wir wissen warum. Weil er ein Bastard war. Wenn uns jemand mit Moral und Religion kommt, gründen wir eine neue Kirche und hauen die alte in Grund und Boden. Was glauben Sie, warum in Shakespeares Königsdramen mehr Blut fließt, als sämtliche Zuschauer zusammen in ihren Adern haben? Weil es uns Engländern Freude bereitet, Köpfe abzuhacken, Hälse durchzuschneiden, Augen auszureißen, Frauen und Kinder unserer Feinde zu erstechen, Brüder und Neffen zu vergiften und andere Verwandtschaft in Verließen verschimmeln zu lassen. Wenn uns einer im Weg steht, bringen wir ihn nicht einfach um, nein, wir zerstören alles um ihn herum, so weit sein Auge gereicht hat. Wir spielen hier nicht Dr. Jekyll gegen Mr. Hyde, Mister Knott, wir spielen Vereinigtes Königreich gegen Deutsches Reich. Winston Churchill ist nun mal unser oberster Soldat. Wir werden es nicht dulden, wenn ihm jemand Flausen in den Kopf setzt. Hitler hat recht: Unser PM besitzt keine Seele. Da gibt es nichts, was in gewissen Nächten aufgereizt werden könnte. Quittieren Sie Ihren Dienst! Sie haben in diesem Haus keinen Chef. Niemand braucht Sie hier. Wenn wir über Sie drüberfahren, merken wir es nicht einmal!«

Er sei aufgestanden, schreibt William Knott, habe sich ohne ein Wort an den Männern vorbeigedrückt und auf die andere Seite der Tür gestellt. Merkwürdigerweise habe sie das aus der Fassung gebracht. Sie hätten einander angesehen, hätten geschmatzt und seien davon im Eilschritt. Raben im Parlament.

Am Abend habe er den Vorfall seinem Chef gemeldet. Churchill habe ihm auf die Schulter geklopft und gelacht. »Geniale Strategie!«, habe er ausgerufen. »Nicht debattieren, den Standort wechseln, aber nicht den Standpunkt!«

In Wahrheit habe er sich einschüchtern lassen von den Raben. Ihm sei nichts eingefallen, was er hätte entgegnen können. Sogar die eingepaukte Formel habe er vor Aufregung vergessen. Und dass er anstatt Fersengeld zu geben, sich auf die andere Seite der Tür gestellt habe, nur deshalb: die Knie seien ihm butterig geworden.

Churchill wusste, dass es – vor allem in den Reihen seiner eigenen Partei – einige gab, die ihn für »wankelmütig« hielten, und einige, die ihn für »unberechenbar« hielten, und einige, die schlicht meinten, er sei verrückt. Es waren interessanterweise dieselben, die sich selbst für staatstragend genug hielten, um ihn als eine vom Volk geliebte Gallionsfigur nach vorne zu schieben, während sie im Hintergrund die Fäden ziehen wollten – zum Wohle Englands, versteht sich. Damit kein Zweifel aufkomme, wer von nun an im Staat das Sagen hatte, erließ er folgende Verfügung:

Es muss vollkommene Klarheit darüber herrschen, dass alle von mir ausgehenden Weisungen schriftlich ausgestellt sein werden oder sogleich nachher schriftlich bestätigt werden sollen und dass ich keine Verantwortung für Dinge, die die nationale Verteidigung betreffen und über die ich Entscheidungen getroffen haben soll, übernehme, wenn diese Entscheidungen nicht schriftlich festgelegt sind.

Mit der Hand fügte er hinzu:

Dies gilt auch und vor allem für sämtliche Personalentscheidungen, die meine Person betreffen. Das meint: Personen zu meinem Schutz, Fahrer, Köche und Sekretäre.

Der Alkoholkonsum des Premierministers verringerte sich deutlich. Er diskutierte darüber mit William Knott, und er tat dies mit demselben Ernst, mit dem er eine Stunde zuvor seinen Stabschefs zugehört und ihnen gekontert hatte, als sie ihm über die Lage Frankreichs berichteten. Aus den gesammelten Trinkkalenderblättern geht hervor, dass sich der Champagner zum Frühstück auf ein Glas reduziert hatte, dass der Brandy nach dem Essen ganz weggelassen und der

Whisky am Tag mit doppelt so viel Wasser getrunken worden war, die Menge sich also halbiert hatte. William Knott betont in den Briefen an meinen Vater, dies habe nichts mit einem reuigen Vorsatz zu tun gehabt, sondern mit einem Mehrfachen an Arbeit, was auch bei einer Schreibtischarbeit mit einem Mehrfachen an Handbewegungen einhergehe, so dass für den Premierminister weniger Gelegenheit bestanden habe, nach dem Glas zu greifen, um zu trinken, und nach der Flasche, um nachzuschenken; auch sei der Mund bedeutend mehr mit Reden beschäftigt gewesen als früher (»was«, kommentiert er, »kaum möglich sei, wie mir Wegbegleiter des Premierministers versicherten, was aber doch der Fall war, wie sie nach einem halben Tag in seiner Gegenwart zugeben mussten«). Der Alkoholkonsum sei zurückgegangen, obwohl die Tage länger dauerten. Der Premierminister habe weniger geschlafen als vor seiner Wahl. Dafür aber tiefer. Und traumlos. »Ich bedarf keiner aufmunternden Träume«, habe er gesagt (und schrieb er auch in *Der Zweite Weltkrieg*), »Tatsachen sind besser als Träume.«

41

Im September begannen die Luft-
angriffe auf England. Nach einem britischen Vergeltungsschlag gegen Berlin verstärkte Göring den Druck sogar; von nun an donnerten
jede Nacht zweihundert deutsche Bomber über London. Die Stadt
war nicht vorbereitet. Keine Gelegenheit hatte Churchill in den letzten Jahren ausgelassen, um von der parlamentarischen Hinterbank
aus die Aufrüstung Englands zu fordern; und hatte sich gefallen lassen müssen, als Kriegstreiber beschimpft zu werden, auch von den
eigenen Leuten. Eben jene rechneten jetzt mit seiner Häme. »Sie
rechnen mit meiner Häme«, sagte er zu William Knott, »und sie haben Phantasie und Erfahrung genug, sich auszudenken, was ich ihnen an den Kopf werfen könnte. Also schweige ich. Alles weitere
wäre Verschwendung.« Aber natürlich schwieg er nicht. Er wetterte
gegen den kläglichen Einsatz der britischen Nachtjäger und der Flak-
geschütze. Er beschimpfte General Pile, den Kommandeur der Flie-
gerabwehrartillerie, brüllte auf den vor ihm Sitzenden und seine
Mütze in den Händen Drehenden ein, bis dem Mann die Tränen über
die Wangen liefen; Ergebnis: binnen achtundvierzig Stunden wurde die Anzahl der Geschütze in der Hauptstadt verdoppelt. Die Ka-
nonade holte zwar nur wenige feindliche Flugzeuge vom Himmel,
gewährte den Londonern aber Genugtuung und befeuerte ihren
Grimm. Deutsche Spione meldeten nach Berlin, das Leben in der
Siebenmillionenstadt nehme nach anfänglichen Irritationen seinen
mehr oder weniger normalen Lauf – was von Göring und seinen Of-
fizieren mit Wut, Erstaunen und Bewunderung zur Kenntnis genommen wurde. Hitler dröhnte: »Wenn sie unsere Städte angreifen,
werden wir ihre Städte ausradieren!«
Auch die Regierungsgebäude rund um Whitehall bekamen Tref-

fer ab. Die ministeriellen Büros und die Privaträume des Premierministers wurden in die solideren Regierungsgebäude bei Storey's Gate verlegt. Für William Knott wurde auch dort ein Zimmerchen freigegeben (es musste beantragt werden – was Churchill tat, und was Churchill genehmigte). Ein Schlafschlupf und ein Arbeitsraum waren zudem für Professor Frederick Lindemann reserviert; er war Churchills engster Berater beim Auf- und Ausbau der Luftwaffe, der Premierminister bestand darauf, ihn in Rufweite um sich zu haben, falls ihm mitten in der Nacht eine Idee kam, die er mit ihm besprechen wollte.

Die allabendlichen Kabinettsitzungen fanden nicht selten im Keller der Privatwohnung des Premiers statt, nicht selten bei Kerzenschein, wenn der Strom ausfiel und das Dieselaggregat wieder einmal repariert werden musste. Churchill befehligte ein Heer von Informanten, so dass er über die Arbeit der einzelnen Ressorts nicht weniger Bescheid wusste als die zuständigen Minister; was gelegentlich zu Spannungen führte, weil sich das eine oder andere Regierungsmitglied übergangen fühlte, und was schließlich in einer heftigen Debatte mit Rücktrittsdrohungen gipfelte, als der Premierminister ohne vorherige Absprache das Innenministerium und das Ministerium für nationale Sicherheit zusammenlegte und neu besetzte. Es komme der Tag, wurde gewitzelt – und nicht gewitzelt –, da werde es nur mehr ein Ministerium geben, *sein* Ministerium, und das werde der Tag sein, an dem die Funktionen von Premierminister und König zusammengelegt würden.

Jeden Dienstag wurde Churchill von König Georg VI. im Buckingham Palast zum Mittagessen empfangen, wo sie die Lage besprachen und die Staatsgeschäfte erledigten. Mehrmals mussten sie ihre Teller und Gläser in die Hand nehmen und in den Schutzraum hinuntersteigen, der gerade im Ausbau begriffen war. Churchill kam in Uniform, was den König anfänglich störte. Ob er mit einer Maschinenpistole umgehen könne, fragte Churchill. Selbstverständlich nicht, entrüstete sich der König. Diese Art Waffen hielt der Monarch für vulgär, eine Massenvernichtungswaffe, unschicklich und unbrauchbar im ritterlichen Kampf. Churchill überredete ihn zu einer Stunde auf dem Schießstand. Hinterher habe der König vor Begeisterung im Falsett gesprochen, habe geschwärmt – von »seiner« Thompson. Beim nächsten Besuch brachte Churchill einen Karabiner, eine Pistole und ein amerikanisches Jagdmesser mit. Und als ein Jahr später die erheblich leichtere *Sten Gun* entwickelt wurde, eine britische Maschinenpistole, deren Mündungsgeschwindigkeit dreimal so hoch war wie die amerikanische, erhielt der König das erste Exemplar, sein Premierminister das zweite.

William Knott schreibt, er habe den Eindruck gehabt, Churchill habe sich vom Schlaf verabschiedet. Er selbst habe in den Nächten des »Blitz« nie mehr als vier Stunden geschlafen, aber wenn er um fünf Uhr aufgestanden und barfuß über den Flur in das improvisierte Badezimmer geschlichen sei, habe er gehört, wie der Premierminister an seiner Zigarre vorbei ein Lied brummte. Die Tür zu seinem Arbeitszimmer stand offen, damit er jederzeit wem auch immer seine Befehle geben konnte. In den Nächten, wenn die Angriffe am heftigsten waren, habe der Chef ihn und Professor Lindemann geweckt, und sie seien gemeinsam auf das Dach neben der Kuppel gestiegen und hätten sich das Spektakel angesehen. Es sei gewesen wie der Weltuntergang. Als habe die Stadt geschrien, so sei es gewesen. Das Gesicht von Professor Lindemann habe keine Regung gezeigt, aber Churchill habe gejubelt. Über dem Schlafanzug die Uniformjacke, auf dem Kopf die Offizierskappe, sei er vorne an der Brüstung gestanden, und bei jedem Einschlag habe er gerufen: »Zehnfach zurück! Zehnfach zurück!« Der größte Teil von Pall Mall sei in Flammen gestanden. In der St. James's Street loderten Brände, ebenso in Piccadilly. Jenseits der Themse sah man eine Kette von Feuersbrünsten. Die folgenden Nächte verbrachten Churchill, seine Frau, Professor Lindemann und William Knott im Keller. Gegen Churchills Willen. »England ist unser Schiff, und ich bin der Kapitän«, sagte er. Lindemann sagte, das sei sentimentaler Unsinn, England brauche keinen toten Helden, sondern einen lebendigen Strategen, der die Rache führe.

Eine Stadt wie London in Schutt und Asche zu bombardieren, dazu fehlten den Deutschen die Kapazitäten. Zur Verwundung und Vernichtung der Seelen reichte es. Die Flugzeuge warfen zusätzlich zu den konventionellen Sprengbomben Zeitbomben ab. Die gruben sich im Boden ein, verschwanden in Häusern und Hinterhöfen, mussten gesucht, ausgegraben und entschärft werden – wenn sie überhaupt entschärft werden konnten und nicht vorher explodierten. Das war mühsam, enervierend, gefährlich, demoralisierend. Die Ungewissheit zermürbte die Menschen, machte sie verrückt. Im allgemeinen Lärm eines Angriffs wagte niemand zu sagen, ob und wo eine »stille« Bombe heruntergekommen war. Es konnte überall sein. Es ging das Gerücht, die Bomben seien mit Nägeln bestückt. Es ging das Gerücht, sie seien bunt bemalt, um Kinder anzulocken. Wenn Menschenleben zu beklagen waren, gab man dem staatlichen Zivilschutz die Schuld. Das säte Zwietracht. Es sollte Zwietracht säen. Das war psychologische Kriegsführung. Churchill ordnete an – und entwarf gleich auch einen detaillierten Organisationsplan –, dass in jeder Stadt, in jedem Ort, in jedem Bezirk besondere Kompanien aufzustellen seien, Freiwillige, die nach den tickenden Bomben suchen, sie ausgraben und entschärfen sollten. In einem Schnellkurs wurden junge Männer und junge Frauen ausgebildet – in einer Disziplin, von der auch die Ausbilder nichts verstanden. »Die Freiwilligen«, schreibt Churchill in seinen Memoiren lakonisch, »drängten sich zu dem tödlichen Spiel.« England hatte seine ersten Märtyrer. Die Menschen sagten: »Hätten wir nur früher auf Winston gehört!«

Churchill ernannte Herbert Morrison, einen erfahrenen Labour-Politiker und einstmals scharfen Gegner, zum Versorgungsminister und obersten Feuerwehrmann von London und verlangte von ihm nicht weniger, als die Anzahl der Toten und Verletzten um mindestens die Hälfte zu reduzieren. Keine zwanzig Stunden später zitierte er ihn mitten in der Nacht ins »Kriegsbüro« (sein Schlafzimmer), um sich seine Antwort anzuhören. Man arbeite daran. Das war zu wenig. Also legte der Premier selbst einen Plan vor: einen Schutzraum, einfach und schnell herzustellen, leicht zu transportieren und billig. Er hatte sogar eine Zeichnung angefertigt, maßstabgetreu, minutiös. Wann? Es handelte sich bei dem in Massenproduktion zu erzeugenden Ding um einen großen Kasten aus Stahl mit starken Seitenwänden aus Drahtgeflecht, in der Form einem Küchentisch ähnlich, »wohl imstande, die Trümmer eines kleinen Hauses zu tragen«. Die Objekte sollten in den Kellern an gut zugänglichen Stellen plaziert werden. In jedem hatten fünf bis sechs erwachsene Personen Platz oder acht bis neun Kinder.

»Aber das sind ja Käfige«, sagte Morrison. »Sie wollen unsere Leute in Käfige sperren?«

»Wie wilde Tiere, ja«, sagte der Premierminister. »Die Deutschen haben aus uns wilde Tiere gemacht. Sperren Sie ein wildes Tier in einen Käfig, und es wird noch wilder. Was haben Sie dagegen, wenn in dieser Zeit aus uns Briten Bestien werden? Die Produktionskosten übernimmt selbstverständlich der Staat. Bereiten Sie einen entsprechenden Antrag vor! Gleich jetzt! Setzen Sie sich drüben an die Schreibmaschine! Ich werde den Antrag genehmigen und unterschreiben. Den Käfig dürfen die Leute behalten. Nach dem Krieg können sie damit anfangen, was sie wollen. Ich bin schon gespannt.«

Um das Kopfschütteln seines obersten Feuerwehrmannes zu bremsen, schlug Churchill vor, den Käfig *Morrison-Schutzraum* zu nennen. »Sie werden dafür vom König einen Orden bekommen.« Und den bekam Mr. Morrison auch.

Am 14. November 1940 gab Göring den Befehl zum Unternehmen *Mondscheinsonate*. In der Stadt Coventry wurden nach dieser Nacht 568 Tote gezählt, mehr als viertausend Häuser waren zerstört. Goebbels sprach von »coventrisieren« und meinte damit die Zerstörung von Städten aus der Luft. Marshall Arthur Harris, ab 1942 Chef des RAF Bomber Command, wird nach der Auslöschung Hamburgs durch einen Feuersturm von *Hamburgisation* sprechen. Köln, Kassel, Dortmund, Darmstadt, Frankfurt, Pforzheim, Dresden – lang ist die Liste – wurden *hamburgisiert.* Ein Großteil der deutschen Städte war nach dem Krieg zu achtzig, neunzig Prozent, manche waren total zerstört – Lindemanns Methode.

42

Churchill habe in dieser Zeit gelebt wie drei Personen, die sich den Tag untereinander aufteilen, schreibt William Knott an meinen Vater. Und er habe sich zugetraut, auch die kleinsten Lücken in seinem Zeitkorsett mit Sinnvollem auszufüllen – wobei er unter Sinnvollem, wie er vor seinem privatestem Sekretär des öfteren dozierte, nicht die Politik, schon gar nicht den Krieg verstand, sondern »die Beschäftigung mit dem Schönen«. Als er in dem vor dem Krieg neu erbauten türkischen Hotel *Pera Palas* (das, im Dezember von einer SC 2000 Bombe getroffen, in sich zusammenstürzte und nach dem Krieg nicht mehr aufgebaut wurde) mit dem kanadischen Außenminister zu Abend aß, fielen ihm auf der Toilette die kleinen Springbrunnen auf, die statt der Wasserhähne über den Waschbecken angebracht waren und mit einem Knopfdruck bedient werden konnten. Der Sinn, auf diese Art Wasser zu spenden, so schloss er, könne nur darin bestehen, zu verhindern, dass man beim Trinken mit dem Hahn und über diesen mit den Bakterien eines Vorgängers in Berührung komme. Das Gespräch mit dem Kanadier war an diesem Tag bereits sein achter Termin, drei weitere hatte er vor sich, einen mit dem Generalmanager der Rolls-Royce-Werke. Dennoch konnte er nicht widerstehen, eilte in den Speiseraum zurück, holte Schreibblock und Stift aus seiner Tasche, bat seinen Gast, ihn weitere fünf Minuten zu entschuldigen, lief wieder in die Toilette und zeichnete den Wasserhahn ab – genau solche wollte er nach dem Krieg im Restroom in dem zu erweiternden Gästehaus auf Chartwell einbauen. Während er die Verteidigung der englischen Städte organisierte, die Vernichtung Deutschlands plante, den amerikanischen Präsidenten mit sanften, aber steten Mahnungen zum Eintritt in den Krieg drängte, während er die üblichen Staatsgeschäfte erledigte, die im Krieg wie im Frieden die gleichen waren, während er zur Einweihung neuer Kriegsschiffe fuhr, zur Einweihung von neuen Flugzeugen; kurz, während er die Kapitänsarbeit auf dem Schiff England leistete, plante und zeichnete er und baute aus Pappe Modelle dieses Gästehauses. Auch entwickelte er ein System, wie seine Bibliothek neu zu ordnen wäre – gelochte Karteikarten, die auf mehreren dünnen Metallstäben hängen und nach Stichworten gesteckt oder gezogen werden konnten, die primitive Vorform einer Suchmaschine.

Einmal, nach einer langen Kabinettsitzung bat er William Knott in sein Büro. Der Sekretärin sagte er, er wolle in der nächsten Stunde nicht gestört werden, auch wenn Herr Hitler persönlich anklopfe, um die Kapitulation Deutschlands anzubieten, müsse er eben warten. Er schloss die Tür ab und forderte William Knott auf, sich ihm gegenüber zu setzen. Das war ihre privateste private Sitzordnung: Kniescheibe an Kniescheibe. Churchills Alternative zu Freuds Couch.

Der Chef sei ihm außergewöhnlich ernst erschienen, schreibt William Knott.

Churchill habe begonnen: »Wenn ein Mensch stirbt, stirbt eine ganze Welt. Kennen Sie diesen Spruch?«

Er habe diesen Spruch nicht gekannt.

»So sagen die Juden. Wie finden Sie diesen Spruch, Willnot?«

Er habe geantwortet, er finde diesen Spruch tadellos.

»Es ist ein guter Spruch«, habe Churchill gesagt. »Wir dürfen nicht aufhören, so zu denken, Willnot. Erst recht im Krieg dürfen wir nicht aufhören, so zu denken.« Er habe seinen Schreibblock aus der Innentasche seines Rocks gezogen. »Wir dürfen nicht aufhören, so zu denken«, habe er wiederholt. »Das wurde mir während dieser unglaublich langweiligen Sitzung vorhin klar. Wir reden und reden und reden. Halifax kann sogar mitten im Krieg diesen Unterton von Ironie nicht lassen, jedes Wort klingt bei ihm, als würde er ein ›sogenannt‹ davorsetzen – die ›sogenannte‹ Abstimmung, das ›sogenannte‹ Abkommen, der ›sogenannte‹ Krieg. Clement wie immer präzise und knapp. Und nun redet Kingsley Wood in seiner bedächtigen Art, wo ich schon nach dem vierten Wort weiß, wie das siebzehnte lauten wird, und ich denken muss, hoffentlich kommt die Bombe, die gerade im Begriff ist, auf unsere Köpfe niederzufallen, etwas schneller vorwärts, bevor Mr. Wood fertig ist mit seinem Beitrag, den ohnehin alle vergessen haben werden, wenn er zum Punkt kommt, zum ›sogenannten‹ Punkt, wie Halifax sagen würde. Aber wenn uns die Bombe tatsächlich trifft, habe ich gedacht, sind all diese Welten ausgelöscht. Verstehen Sie, Willnot, jeder hat etwas gesagt, etwas Unwichtiges oder etwas Wichtiges. Wir neigen dazu zu denken, angesichts des Todes sei alles unwichtig. Aber das stimmt nicht. Diese letzten Worte, seien sie noch so banal und langweilig, enthalten plötzlich alles. Alles. Das Leben nämlich. Schlicht das Leben. Da haben sie geredet – da liegen sie und sind tot. Sie haben Worte geformt, und es waren ihre letzten Worte, und sie wussten es nicht. Stellen Sie sich vor, Willnot, ein Dichter verstünde es, die Worte zu gebrauchen, als würden sie zum letzten Mal gesprochen. Ist das nicht eine Definition von Poesie? Sprich, als wäre es das letzte Mal! Jedes Wort wäre ein Fundstück aus einer untergegangenen Welt. Ein Beweis, dass hier einmal Leben war. Nichts anderes ist Poesie. Wenn Ihnen jemand eine andere Definition auftischen will, hauen Sie ihm auf den Kopf! Ich konnte nicht anders, habe mitgeschrieben, was die Herren sagten. Und ich habe es gesetzt wie ein Gedicht in freien Rhythmen.«

Im Oktober kehrte Sarah aus Amerika zurück, allein. Ihr Mann, Oliver Vic, habe einen zu guten Job in Hollywood, um sie zu begleiten, hieß es in einem »bestimmten Blatt«. Es war Mittag, die Sonne schien über der Stadt, die Menschen warteten auf die Abendangriffe, nützten die lärmfreie Zeit und die letzten warmen Strahlen, um im Freien einzukaufen oder nur spazieren zu gehen oder sich einfach irgendwo in die Sonne zu setzen. Churchill winkte William Knott zu sich, sie begegneten einander im Flur von Downing Street No. 10, er solle ihn aufs Dach begleiten, er habe mit ihm zu reden. Das Gesicht des Chefs sei feucht und bläulich weiß gewesen. Oben auf dem Dach habe er ihm den Artikel gezeigt. Unverschämterweise hatten die Schmierfinke dieses bestimmten Blattes nicht nur »einen zu guten Job« in Anführungszeichen gesetzt, sondern auch »ihr Mann«. Der Herausgeber, Harold Moore, war ein persönlicher Feind Churchills, ein Nazisympathisant, der vor einem Jahr Hitler zur Besetzung der Tschechoslowakei gratuliert hatte. Im letzten Satz des Artikels hieß es, Oliver Israel (sic!) Vic wolle die als stur wie ein Maulesel bekannte Tochter »unseres« Premierministers wohl loswerden; und wörtlich: »Die Art und Weise ist gewiss schäbig, eben wie wir es von Seinesgleichen kennen, andererseits kann man ihn auch wieder verstehen.«

»Jetzt ist es nicht mehr möglich, dass sie sich von ihm scheiden lässt«, sagte Churchill. »Sie wollte sich scheiden lassen, jetzt kann sie es nicht mehr.«

Der Chef habe ihm erzählt, schreibt William Knott, dass er ein Jahr lang einen Detektiv bezahlt habe, damit er Sarahs Mann in Hollywood beschatte, um etwas zu finden, was bei einer Scheidung gegen ihn verwendet werden könnte. Und er habe gefunden. Mehr als genug habe er gefunden. Aber das alles sei jetzt für die Katz.

William Knott sagte darauf nichts.

»Sie meinen, es war niederträchtig von mir, meinen Schwiegersohn bespitzeln zu lassen?«

William Knott sagte wieder nichts darauf.

»Ich wusste, dass sie unglücklich mit ihm wird. Ich wusste es. Genauso, wie ich wusste, dass es Krieg zwischen England und Deutschland geben wird. Es hat Krieg gegeben. Sie ist unglücklich geworden. Wenn Sie eine Tochter hätten, Willnot, würden Sie nicht eine Niederträchtigkeit begehen, um sie aus dem Unglück zu erlösen?«

Und nun habe er geantwortet: »Ja, das würde ich.«

»Eine miese, schmutzige Niederträchtigkeit?«

»Die mieseste, schmutzigste Niederträchtigkeit.«

Der Premierminister habe nach oben zu seinem Kopf gelangt und ihn zu sich heruntergezogen und habe ihn an sich gedrückt. Sehr lange.

Sie hätten sich auf die Holzbank gesetzt, die Ed Thomas, der Hausdiener, schon vor Wochen aufs Dach geschleppt hatte, damit der Premierminister und seine Gäste bequem sitzen und die Angriffe beobachten konnten. Unten auf der Straße war ein Gewimmel von Menschen, manche auf dem Fahrrad, einige, die einen Karren zogen, Frauen mit Kinderwägen, der Milchmann mit Pferd und Wagen. Paare eingehängt. Eilige Einzelgänger. Schlendernde Müßiggänger. Irgendwoher war Musik zu hören, eine Blaskapelle. Die Trillerpfeife eines Polizisten brachte die Vögel zum Verstummen, aber nur für kurze Zeit, gleich zwitscherten die Spatzen weiter im Chor.

»Mein ganzes Leben habe ich Ihnen noch nicht erzählt, Willnot«, sagte Churchill. »Dazu werden wir wohl keine Zeit mehr haben. Aber mehr als allen anderen habe ich Ihnen erzählt. Ich meine, über das hinaus, was hier jeder weiß. Ich werde verfügen, dass das Dach von nun an für jedermann gesperrt ist. Sie und ich, Willnot, wir sind die Ausnahmen. Nur Sie und ich. Wenn ich Sie nicht finde, muss ich wissen, dass Sie hier oben sind. Darf ich Sie darum bitten?«

»Ja.«

»Dann ist es gut.«

»Darf ich Sie auch um etwas bitten, Sir?«, habe er den Premierminister gefragt. »Sagen Sie bitte nicht mehr Willnot zu mir. Mein Name ist William Knott.«

43

In einer der Nächte, als wieder die Sirenen dröhnten und die Bomben detonierten – schreibt William Knott an meinen Vater –, habe er nicht einschlafen können und sei aufs Dach gestiegen und habe dort den Chef getroffen, der in der Dunkelheit vor der Staffelei saß und malte. Ohne Whisky! Es war so dunkel, dass er die Farben unmöglich voneinander unterscheiden konnte. Manchmal erhellte ein Blitz den Himmel, aber der blendete einen nur. Churchill sagte, er solle sich zu ihm setzen und ihm zusehen. Er rührte, ohne einen Blick darauf, mit dem Pinsel in den Farben und trug sie mit großen, schnellen Zügen auf die Leinwand auf. Ob er Kandinskys *Aquarell ohne Titel* kenne, fragte er. Es gelte als das erste abstrakte Bild in der Kunstgeschichte. Aber er glaube das nicht. Er glaube nicht, dass Kandinsky ein abstraktes Bild malen wollte. Kein Mensch wolle so etwas. Warum auch. Seine Meinung sei: Kandinsky habe kein Licht gehabt, wie er jetzt kein Licht habe. Natürlich habe Kandinsky etwas Gegenständliches malen wollen. Aber er habe nichts gesehen. Und darum sei herausgekommen, was eben herausgekommen sei, nämlich *Aquarell ohne Titel*. Theorie werde nachgereicht. Immer. Das sei in der Kunst nicht anders als in der Politik. Und im Krieg sei es genauso. In der Schlacht entscheiden irgendwelche nicht nachvollziehbaren Zufälle über Sieg und Niederlage. Erst hatte es geheißen, die Geschichte sei Gottes Plan; dann, die Geschichte werde vom Menschen gemacht. Und wenn beides nicht wahr ist? Die Antworten der Theologen seien ihm immer absurd vorgekommen, und sei es auch nur wegen der Worte, in die sie gekleidet waren – Geist statt Brot, Sinn statt der Erfindung winterfester Kleidung. Schon als Kind habe ihn das Unvermögen ausgezeichnet, sich von Schattenbildern betören zu lassen.

»Wäre es nicht ein Spaß, den Fingerzeig Gottes zu spielen, indem wir zum Beispiel die wunderbare Stadt Köln dem Erdboden gleichmachen, den Dom aber stehen lassen? Die Deutschen würden glauben, ihr Gott sei es gewesen. Dabei waren es wir.«

Hitler und seine Deutschen wüssten es nicht oder wollten es nicht wissen: Am Ende würden ihre Städte aussehen wie abstrakte Bilder. Der Krieg beschleunige diesen Prozess nur. Alles wird irgendwann aussehen wie ein abstraktes Bild.

»Mister Knott, es gehört eine ordentliche Portion Tapferkeit dazu, ein getreu gegenständliches Bild zu malen! Abstraktion ist nur Feigheit, ist ein Kniefall vor der Vergänglichkeit, ist ein Anerkennen der Sinnlosigkeit des ewigen Ablaufs von Ursache und Wirkung. Wir dürfen nicht gemeinsame Sache mit dem Geistlosen machen! Geist haben nur wir. Es gibt sonst niemanden im Universum, der sich das Unvorstellbare vorstellen kann. – Genug geredet, Mister Knott, genug gesehen, genug gehört! Packen wir zusammen! Gehen wir!«

Unten im Büro hätten sie sich gemeinsam das Bild angesehen. Inzwischen sei es drei Uhr morgens gewesen.

»Was sagen Sie dazu, William?«, habe ihn der Chef gefragt. »Wie soll ich es nennen? Denken Sie darüber nach! Bitte!«

Aber er habe nicht gewusst, was er dazu sagen sollte.

Das war Ende November gewesen.

Am Abend des 12. Dezember – an dieses Datum würde sich Mr. Knott immer erinnern – kratzte es an der Tür. Der schwarze Hund war da.

William Knott wusste, was zu tun war.

Als er endlich begriffen habe, worin seine Aufgabe bestand – »wenn einer zu Ihnen sagt, passen Sie auf mich auf, dass ich mir nicht eine Kugel in den Kopf schieße, dann hören Sie zwar seine Worte, sind sich aber über die Konsequenzen nicht gleich im klaren« –, habe er mit einem »Psychologen« Kontakt aufgenommen. Er müsse relativieren: kein Psychologe in dem Sinn, dass er über eine

Lizenz verfügte, aber doch nicht irgendein Schwätzer, der einem ein Problem in die Brust und das Geld aus dem Sack redet. Es war der Freund eines Bekannten, der schon manche Ehe gekittet und manche Schwermut zerstreut, manchen von der Flasche weg- und manchen zum Herrgott zurückgebracht hatte. Zu dem sei er gegangen – »bei Euch würde man sagen, ein Heiliger« –, habe ihm ein Lamento über seinen suizidgefährdeten Vater vorgeschwindelt und habe ihn gefragt, wie er sich im akuten Fall verhalten solle. Die Antwort lautete: »Spazierengehen, spazierengehen und nochmal spazierengehen. Bis zur Erschöpfung spazierengehen.«

Es war in diesen Tagen ungewöhnlich kalt. Das war ein Vorteil. William Knott besorgte – aus eigener Tasche – einen billigen, aber gut gefütterten langen Mantel, wie ihn Tausende trugen, und eine billige, gut gefütterte Mütze mit langen Ohrenklappen, dazu einen Schal und Handschuhe. In dieser Vermummung würde selbst Mrs. Churchill den Premierminister nicht erkennen. Sie war zum Glück in Chartwell, kümmerte sich um Sarah und das Gewächshaus. William Knott hatte die Nacht in der Wohnung in Storey's Gate verbracht, auf der Matratze vor der offenen Tür zu Churchills Schlafzimmer.

Churchill ließ alles mit sich geschehen. Er saß auf seinem Bett und starrte auf die gegenüberliegende Wand. William Knott hatte nur die Leselampe eingeschaltet. Die Vorhänge blieben zugezogen. Er kleidete seinen Chef an, sagte laut vor sich hin, was er gerade tat – das hatte ihm der »Psychologe« empfohlen, es mache den Patienten auf die Realität aufmerksam und wirke zudem komisch –, zog ihm die Mütze über die Stirn, wand ihm den Schal um den Hals, so dass nur Nase und Augen frei blieben, half ihm in den Mantel, zupfte die Handschuhe zurecht und führte ihn am Arm zur Tür und hinaus auf die Straße. Rechts war niemand zu sehen, links war niemand zu sehen. Zwei Blocks weiter wartete der Chauffeur im Wagen. Es war nicht Churchills Chauffeur oder sonst ein offizieller, es war der Freund eines Bekannten, den William Knott in Eile organisiert und dem er irgendeine Geschichte aufgebunden hatte. Er schob seinen eingepackten Chef auf den Rücksitz, klemmte sich neben ihn, und sie fuhren los. Die Sonne war noch nicht aufgegangen.

Sie fuhren aus der Stadt hinaus und weiter die Themse aufwärts, bis sie auch die letzten Häuser hinter sich gelassen hatten. Nun hielten sie am Wegrand, um zu frühstückten. William Knott hatte Käsebrote, Schinkenbrote, Äpfel und in einer Thermosflasche Tee mitgebracht. Der Chauffeur drehte sich zu ihnen um und schaute ihnen zu, er wollte nichts, er habe schon. Churchill hatte bisher kein Wort gesprochen. William Knott schob ihm den Schal unters Kinn, reichte ihm ein belegtes Brot und einen Blechbecher mit dampfendem Tee. Stumm aß und trank er. Rauchen wollte er nicht. Er schüttelte den Kopf. Alkohol hatte der Sekretär keinen mitgenommen.

Sie ließen sich weiter nach Osten zu den sumpfigen Ufern der Themse fahren. William Knott liebte diese Gegend, er liebte die Erinnerung daran, dort hatte sein Großvater gewohnt, Pferde großgezogen und Pferdesättel repariert. Eine Sekunde lang dachte er, er wäre gern ein Pferd. Es kam ihm als eine gute Idee vor zu tun, als wären sein Chef und er Pferde, zwei wilde, freie Pferde. Er vereinbarte mit dem Chauffeur, er solle in vier Stunden an derselben Stelle auf sie warten.

Sie gingen und schwiegen. Churchill schüttete immer wieder den Kopf, sagte aber nichts. Der Weg führte zwischen Pferdezäunen dahin. Hinter Pappeln waren Stallungen und Wohnhäuser im Fachwerkstil zu sehen. Rauch stieg auf. Auf einem freigetrampelten Platz stand ein Dutzend Rösser, starr wie Statuen, Sonnenstrahlen, die durch den Nebel drangen, fielen auf ihre Köpfe. Graue Pferde waren darunter, ein Schimmel, braune mit schwarzem Schweif und schwarzer Mähne und schön geschwungenem Schwanenhals.

Ein Motorrad mit Beiwagen kam ihnen entgegen, ein Mann und eine Frau, beide bis zur Nase in dicke Mäntel gehüllt, Lederkappen auf dem Kopf, Schutzbrillen vor den Augen. Der Mann drosselte das Tempo, fragte mit wattegedämpfter Stimme, ob er behilflich sein könne, ob sie jemanden suchten. William Knott lachte familiär, als kennte er den Mann und die Frau, sagte, er unternehme einen Vorweihnachtsspaziergang mit seinem Vater, der sei hier aufgewachsen, er wolle ein wenig sein Heimweh abstreifen, er sei erst vor ein paar Tagen aus Chicago gekommen. Als die beiden weitergefahren waren, sagte Churchill: »Sehr gut. Ich könnte Ihr Vater sein, oder?« Über die Lügengeschichte gelacht hatte er nicht. Der »Psychologe« hatte ihm eingetrichtert, nichts bringe einen Schwermütigen leichter zum Lachen, als wenn ein Dritter in seiner Gegenwart dreist angelogen werde. Jawohl, eingetrichtert hatte er ihm das. »Sie müssen sich ein bisschen gaunerhaft geben«, hatte er gesagt, »klauen Sie in seiner Gegenwart ein Stück Kuchen, lügen Sie einen Polizisten an, strecken Sie einem Kind hinter dem Rücken der Mutter die Zunge heraus, spielen Sie einen hinkenden Franzosen oder einen Stotterer. Es heitert einen Schwermütigen auf, zum Komplizen gemacht zu werden. Fragen Sie mich nicht, warum das so ist. Es ist so.«

William Knott beschleunigte den Schritt, allmählich, damit sein Chef es nicht merkte. Auch das hatte ihm der »Psychologe« geraten. Es müsse unbedingt ein hoher Grad an Erschöpfung erreicht werden, einfach nur müde genüge nicht. »Wenn der Mensch gezwungen wird, an Knochen und Muskeln zu denken, denkt der nicht an die Seele.« Im übrigen war der »Psychologe« der Meinung, die Seele existiere nicht (weshalb ihn William Knott in seinen Briefen auch zwischen Anführungszeichen setzte).

Irgendwann fragte Churchill, ob er im Büro Bescheid gesagt habe, England gehe ja weiter. Er habe mit Paul Ackroyd – einem der Staatssekretäre aus dem Verteidigungsministerium – gesprochen, antwortete William Knott, habe ihm gesagt, der Premierminister nehme einen Tag Urlaub auf den Bahamas. Der Premierminister habe sich spontan dazu entschlossen. Es sei nicht nötig gewesen, dies zu begründen, jeder im Büro sei der Meinung, der Premierminister müsse dringend wenigstens einen Tag Urlaub nehmen. Auch über die Bahamasgeschichte habe der Chef nicht gelacht.

Als sie zwei Stunden gegangen waren, sagte Churchill: »Es war eine gute Idee von Ihnen. Danke, William. Es geht mir nun besser. Das meinen Sie auch, oder?«

In der Nacht zum 15. Dezember schlief William Knott nicht auf dem Boden vor Churchills Tür, sondern auf dem Boden vor Churchills Bett. Wenn der Chef aufstehen wollte, musste er auf ihn drauftreten. Das war die Idee. Dann aber wachte er auf, und der Chef war nicht in seinem Bett. Auf ihn draufgetreten war er nicht. Er hatte sich aus dem Zimmer geschlichen. William Knott schlüpfte in Stiefel und Mantel, rannte über die Stiege nach oben und stieg über die Metallleiter aufs Dach. Der Chef stand am Geländer. Barfuß. Im Schlafanzug. Barhäuptig. Die Bombenangriffe hatten seit Mitte November nachgelassen. Vielleicht legten sich die Deutschen eine neue Strategie zurecht, nachdem es ihnen nicht gelungen war, den Mut der Londoner zu brechen; vielleicht hatten sie ja auch das Interesse an Großbritannien verloren. Als bekannt geworden war, dass Hitler mit Stalin einen Pakt geschlossen hatte, war Churchill durch die Gänge marschiert, fuchtelnd und grinsend. Dies sei der erste Schritt zur deutschen Kriegserklärung an Russland, hatte er prophezeit. Entweder Stalin sei tatsächlich der schlaue Fuchs, für den er ihn halte, dann werde er von nun an wie der Teufel aufrüsten, oder er sei genauso blöd wie alle Welt, dann werde die deutsche Wehrmacht Russland bald überrennen. Dass die Flüge gegen England reduziert wurden, war für Churchill ein Zeichen, dass der Angriff auf Russland unmittelbar bevorstand – das hatte er erst vor wenigen Tagen (bevor der Hund an der Tür gekratzt hatte) den staunenden Ministern verkündet. Die Nacht war klar, nicht so kalt wie die vorangegangenen Nächte und ruhig. Kein Feuer, keine Sirene, keine Kanonen, keine Detonationen. Eine dunkle Stadt zwar, aber friedlich.

Ohne dass er sich zu seinem privatesten Privatsekretär umdrehte, sagte er: »Ich mache Ihnen keinen Vorwurf, William. Niemand wird Ihnen einen Vorwurf machen. Sorgen Sie sich nicht. Ich springe nicht. Jetzt bin ich noch klar genug, um eine Entscheidung zu treffen. Ich werde zurücktreten. Dr. Moron wird vor der Presse eine entsprechende Erklärung abgeben. Ich bin nur heraufgekommen, um zu sehen, wie es sein könnte.«

»Wie was sein könnte?«, habe er gefragt.

»Wie es sein könnte, wenn ein kleiner fetter Mensch wie ich wenige Tage vor Weihnachten vor der Tothill Street auf dem Asphalt aufschlägt. Es ließe sich schwerlich ein Attentat daraus konstruieren. Obwohl sich alles konstruieren lässt. Habe ich Ihnen erzählt, dass mein Freund Charlie Chaplin und ich, dass wir beide leidenschaftlich Selbstmordarten sammeln? Wir stellen uns eine Methode vor und stellen uns zugleich vor, wie es wäre, sie an uns selbst anzuwenden. Das kann erheiternd sein …«

Da habe er seinen Chef unterbrochen und ausgerufen: »Charlie Chaplin ist in der Stadt! Wussten Sie das nicht? Es steht in der Zeitung! Er führt in drei Tagen seinen neuen Film vor. Es ist der lustigste Film, den er je gedreht hat. Ein Film über Hitler. Er ist zum Totlachen!«

Die Premiere von *The Great Dictator* sollte in vier Kinos zugleich stattfinden, im *Prince of Wales Cinema*, im *Gaumont Haymarker*, im *Marble Arch* und in den *London Pavilion Theaters*. William Knott fuhr von Kino zu Kino. Owen Peters vom *Haymarker* schließlich wusste – oder war der einzige, der es für Geld ausplauderte –, wo sich Chaplin aufhielt: in den Haydon Studios in Hammersmith, er habe für fünf Tage einen Schneideraum gemietet. Es heiße, er schlafe sogar dort.

44

Als ich noch an der Schule unterrichtete, weil ich vom Spaßmachen allein nicht leben konnte, schrieb ich Sketches für zwei Personen, trat zusammen mit einer Kollegin auf, ich als Pierrot, sie als August mit roter Knollennase und zu großer karierter Latzhose. Das ging gut. Unsere Wochenenden waren ausgebucht. Wir waren aufeinander eingestimmt. Ich schrieb mir den weniger lustigen Part des weiß geschminkten Besserwissers und schrieb ihr den des schlauen, absichtlich tollpatschigen, bisweilen grausamen Anarchisten. Sie heiratete, da ging es nicht mehr gut, sie bekam ein Kind, da ging es gar nicht mehr. Eine Zeitlang trat ich solo auf. Das liegt mir aber nicht. Ende der achtziger Jahre des letzten Jahrhunderts sah ich in Stuttgart im Rahmen des Figurentheaterfestivals den australischen Puppenspieler Neville Tranter mit seinem Stück *Underdog* – und war im Herz getroffen. Ich wollte sein wie er. Ich wollte es mit einer Puppe als Gesprächspartner versuchen. Ich hatte meine Bestimmung gefunden. Dabei war es so nahegelegen. Ein Mann vom anderen Ende der Welt hat mich auf meine eigene Geschichte aufmerksam gemacht.

Meine Mutter starb, als ich fünf war, ich kann mich nur schemenhaft an sie erinnern. Mein Vater hat den Verlust nie überwunden. Er hat nicht mehr geheiratet. Um sich selbst zu trösten und um mir ein wenig das Gefühl einer Familie zu vermitteln, spielte er mir am Abend vor dem Einschlafen »Gespräche der Eltern über ihren Sohn« vor. So sachlich drückte er sich aus. Er umarmte ein Kopfkissen, das war meine Mutter, und sprach einmal als er, einmal als sie. Ohne die Stimme zu verstellen. Es war nichts Parodistisches dabei. Die Gespräche waren manchmal lustig, meistens ernst; wenn sie lustig waren, waren sie nicht lustig gemeint. Er erzählte meiner Mutter, was am Tag geschehen war, sie gab ihre Kommentare dazu ab, er fragte sie um Rat, sie gab Rat. Es kam vor, dass sie nicht einer Meinung waren; es kam vor, dass sie sich stritten, dann war er beleidigt und redete nicht mehr und überließ ihr das Reden, bis sie sich wieder versöhnten. Er spielte das so glaubwürdig, dass mir während der Szene nicht ein Mal der Gedanke kam, das alles sei gar nicht echt. Wenn er den Beleidigten spielte, *war* er beleidigt, und ich bat ihn, wieder mit Mama gut zu sein; ich hätte sonst nicht einschlafen können. Mein Vater war ein großer Komödiant, ein großer unfreiwilliger Komödiant.

Ich baute und probierte verschiedene Puppen aus, alle nach Neville Tranters Vorbild: lebensgroß und mit Klappmaul – einen August, einen Harlekin, einen Kasper, den eierköpfigen Weißclown, einen Buster Keaton. Ich improvisierte Gespräche mit ihnen. Ich traf den Ton nicht.

Dann starb mein Vater, und ich fand in seinem Nachlass den umfangreichen Briefwechsel zwischen ihm und William Knott. Ich las über Churchills Freundschaft mit Charlie Chaplin und dass die beiden eine Allianz geschmiedet hatten gegen ihren gemeinsamen Feind, die Depression. Ich las, wie William Knott in seiner Verzweiflung den obersten Kriegsherrn Großbritanniens in der Nacht zum 15. Dezember 1940 in einem Taxi unerkannt nach Hammersmith in die Haydon Studios gebracht hatte, um dort den Freund zu treffen, der ihm helfen konnte. Ich las, dass sie Chaplin inmitten eines Haufens zerschnittenem Zelluloid fanden, aus dem gerade noch sein schmächtiger Oberkörper ragte – ein Mann, der die Hilfe seines Freundes nicht weniger nötig hatte als der Freund die seine. Das war nämlich nicht vorgesehen gewesen: dass der schwarze Hund sie beide zur gleichen Zeit besuchen würde.

Aus Furcht vor der Hearst-Presse, die im Westen mehr Einfluss hatte als im Osten der USA, hatte sich Chaplin entschlossen, die Welturaufführung von *The Great Dictator* in New York in den *Capitol* und *Astor Theatres* stattfinden zu lassen. Die Zeitungen im Besitz von Randolph Hearst hielten sich bei ästhetischen Überlegungen nicht auf, für sie war der Film eine widerliche Kriegshetze, von der Churchill-Roosevelt-Clique in Auftrag gegeben. Die Zeitungen der Ostküste hingegen streiften die allzu offensichtliche politische Dimension des Films höchstens, zeigten sich vom künstlerischen Rang jedoch wenig überzeugt. Die *New York Times* schrieb zwar, es sei dies wahrscheinlich der wichtigste Film, der je gedreht wurde, bezog das allerdings auf die politische Wirkung und die Kühnheit des Unternehmens, ansonsten hielt der Kritiker die Dialoge für schwach – »kein Wunder, Chaplins erster reiner Sprechfilm« –, die Musik für katastrophal, ansonsten wirke der Film wegen der ständigen Stilbrüche konfus. Ein anderer Rezensent sprach von einem grandiosen Misserfolg. Ein dritter meinte gönnerisch, der Film sei nicht so schlecht, hätte aber besser werden können. Den Monolog am Ende, als der jüdische Friseur, der für den Diktator gehalten wird, über Radio zu Frieden, Toleranz, Freiheit und Hoffnung aufruft, war allen zu kitschig. Von Peinlichkeit war die Rede, von einer kolossalen Geschmacklosigkeit, von Verrat am künstlerischen Ethos. Einer schrieb, mit der Rede habe Chaplin nicht nur diesen Film, sondern seine gesamte Karriere ruiniert. Klaus Mann tobte: »Der Film hat keinen Stil, keinen roten Faden, keine überzeugende Kraft. Er ist eine lächerliche Farce, ausgeschmückt mit geschwollenen Bekenntnissen. Chaplins Rede am Schluss des Films ist unerträglich banal.«

Chaplin war nach der New Yorker Premiere nicht ansprechbar. Später erzählte er Josef Melzer, er habe sich gefühlt, als fließe Eiswasser in seinen Adern. Als lache ihn die ganze Welt zu Tode. Als habe er ein Verbrechen begangen. Erst wollte er die Londoner Premieren absagen; aber Syd machte ihm klar, dass die Pönale ihr Budget sprengen würde. Daraufhin mietete er telegrafisch ein Studio in London und fuhr früher, als geplant, nach England – in seinem Koffer das schmucke, mit Samt ausgekleidete Holzkistchen von Raphael Brooks. Er wollte in fünf Tagen den Film von Grund auf neu schneiden. Wenn er Tag und Nacht arbeite, redete er sich zu, könnte das zu schaffen sein. Einen Tag vor der Aufführung wusste er, es war nicht möglich gewesen. Er hatte die Kopie zerschnitten. Wenn schon die amerikanische Fassung gezeigt werden musste, dann wollte er sich dem Londoner Publikum nicht stellen. Er wollte sich nie wieder einem Publikum stellen.

Bevor Churchill und William Knott den Schneideraum betraten, hatte Chaplin sich gerade – zum hundertsten Mal! – die Rede des Friseurs angehört.

Hannah, kannst du mich hören? Wo auch immer du bist, blicke nach oben. Blicke auf, Hannah! Die Wolken zerstreuen sich. Die Sonne bricht durch! Wir kommen aus der Finsternis in das Licht! Wir kommen in eine neue Welt – in eine freundlichere Welt, wo die Menschen sich über ihre Gier, ihren Hass und ihre Gewalttätigkeit erheben. Blicke empor, Hannah! Die Seele des Menschen hat Flügel bekommen, und nun endlich beginnt er zu fliegen! Er fliegt in den Regenbogen, in das Licht der Hoffnung. Blicke empor, Hannah! Blicke empor!«

Churchill sei hinter ihn getreten, habe seine Hand auf seine Schulter gelegt und gesagt: »Ich bin's, Winston.« Und habe noch einmal gesagt: »Ich bin's, Winston.«

Chaplin habe sich umgedreht, sei aufgestanden, habe zu ihm, William Knott, gesagt, er wolle mit seinem Freund allein sein. Er bat ihn zu warten. Er solle auf seinem Sessel Platz nehmen. Er griff nach Churchills Hand und führte ihn in die Dunkelkammer. Die Tür klinkte er hinter sich ein.

Und er – er habe gewartet, schreibt William Knott.

Mir war bekannt, dass mein Vater mit William Knott befreundet gewesen war, nicht allerdings, was für eine Aufgabe dieser im Dienst Churchills zu erfüllen hatte. Auch über den Umfang ihres Briefwechsels hatte mein Vater mit mir nie gesprochen. Als ich nun die Briefe las – Knotts Witwe war so freundlich gewesen, mir die Gegenbriefe zukommen zu lassen –, wusste ich mit einem Mal, dass ich ein langes, ein sehr langes Gespräch mit meinem Vater führen musste. Ja, jetzt, da er nicht mehr lebte. Wie er mit meiner Mutter ein langes, sehr langes Gespräch geführt hatte, als sie nicht mehr lebte. Ich baute eine Puppe, gab ihr seine Gesichtszüge, seine Haare, seinen Hals, seine Hände. Kein anderes Requisit sollte auf der Bühne stehen als ein großer Tisch, an dem würden mein Vater und ich sitzen. Es sollte aussehen, als hätte ich meinen Arm um ihn gelegt. Auf diese Weise führte ich die Puppe. Ich schrieb den Dialog, bat meine ehemalige Kollegin, mir als Kontrollregisseurin und Coach behilflich zu sein. Sie las den Text. Ob ich mir sicher sei, fragte sie. Ja, sagte ich, warum? Sie habe gedacht, der Text sei den klassischen Clown-Entrées ähnlich, nur eben länger. Ich sagte: Ist er das nicht? Mein Vater und ich unterhielten uns über Depression, ich war der Weißclown, er der August. Wir erzählten nicht einen einzigen Witz, verdrehten nicht einen einzigen Satz zu einem Wortspiel, sagten kein einziges schlüpfriges Wort. Wir ließen lange Pausen, himmeltraurige lange Pausen. Aber das Publikum lachte. Lachte so sehr, dass die Premiere zwanzig Minuten länger dauerte als die Generalprobe. Weißclown und August unterhielten sich über verschiedene Methoden, Selbstmord zu begehen, und verschiedene Methoden, dem Selbstmord zu entgehen. Und sie unterhielten sich auch über die *Methode des Clowns*. Der Weißclown erzählte das alte indianische Schöpfungsmärchen, das von dem Gott berichtet, der aus Langeweile die Welt erfindet, indem er, auf dem Bauch liegend und sich im Uhrzeigersinn drehend, alle Geschehnisse der Zeit – beginnend bei der Trennung von Licht und Dunkel, von Wasser und Land, fortfahrend zur Erschaffung der Pflanzen aus Sonnenstrahlen, der Erschaffung der Tiere und des Menschen aus Schlamm, weiter zur ersten Liebe, zum ersten Hass, zum ersten Mord, zum ersten Vergeben, zur ersten Erinnerung, zur ersten Musik, zum ersten Erkennen eines Zusammenhangs –, indem er alles, was geschieht, in einer Spirale aus Bildern und Zeichen in den Stein ritzt, und dass die Welt untergehen wird, wenn er, an seinem Bauch angekommen, nicht mehr weiterzeichnen kann. Der August erzählte dagegen von der Freundschaft zwischen dem größten Staatsmann und dem größten Schauspieler; wie die beiden gemeinsam gegen den schwarzen Hund kämpften und gemeinsam gegen Hitler kämpften, der eine mit Lachen, der andere mit Krieg. Der Weißclown streute die Geschichte über Theodor W. Adorno ein und seinen verschollenen Aufsatz *Gerüste zu einer Theorie des Komischen*, und dass der Philosoph in der Stunde bitterster Verzagtheit im amerikanischen Exil sich auf den Bauch gelegt und einen Brief an sich selbst geschrieben habe. Der August erzählte von Gott, an den er glaubte, und dass Gott sich manchmal betrügen lasse, von puppenspielenden Weißclowns zum Beispiel, und dass er denen nicht böse sei, auch wenn sie nicht an ihn glaubten. Der Weißclown nannte den August einen dummen August, und der August schwieg und schwieg lange und blickte geradeaus in das Schwarze hinein. »Bitte, sprich mit mir«, sagte der Weißclown zum August, »sprich mit mir, sonst kann ich heute Nacht nicht einschlafen!« Da küsste ihn der August und erzählte, wie er vom größten aller Komödianten gelernt hatte, den Stock in der falschen Hand zu halten, und wie er, der Geschickteste der Ungeschickten, einem kleinen dicken, schon etwas älteren, laut schnaufenden Mann im schwarzen Anzug mit einer schweren Uhrkette an der Weste Nachhilfeunterricht im Ungeschicktsein gab, während vor den Fenstern der Schnee fiel und die Buben und die Mädchen mit ihren Rodeln hinauszogen zu dem Hügel vor unserer Stadt, die groß genug war für die Pläne von Professor Lindemann und dennoch über den Krieg heil bleiben würde. Es gibt nur eine Beglaubigung für das Komische: das Lachen. Der Weißclown, aus dessen Hand der August sich bewegte, hörte es im Saal. Sehen konnte er nichts, denn die Scheinwerfer waren auf ihn gerichtet.

William Knott wartete. Er legte das Ohr an die Tür. Nach einer Stunde – er meinte, es sei eine Stunde gewesen – drückte er die Klinke nach unten und öffnete. Er sah einen Tisch, an dem saßen der Staatsmann und der Clown, die Köpfe nahe beieinander. Sie blickten ihn an und blinzelten ins Licht.